KB096207

인생은 제주도처럼

인생은 제주도처럼

발 행 | 2020년 10월 05일
저 자 | 갈유겸
펴낸이 | 한건희
펴낸곳 | 주식회사 부크크
출판사등록 | 2014.07.15(제2014-16호)
주 소 | 서울특별시 금천구 가산디지털1로 119 SK트윈타워 A동 305호
전 화 | 1670-8316
이메일 | info@bookk.co.kr

ISBN | 979-11-372-1919-9

www.bookk.co.kr

인생은 제주도처럼

길유검 시음

CONTENT

제주도를 아시나요?

저는 지금도 잠시 제주도를 생각하면, 벌써부터 코에는 초록냄새가 귀에는 시원한 폭포와 파도소리가 입에서는 군침이 절로 솟아납니다. 그 아름다운 섬에는 인간을 비롯한 모든 만물이 소생하는 곳이기도 하지요.

제주도가 지금의 모습을 보여주기 까지의 과정은 우리가 어떤 방법으로 생각을 짜내 어도, 공감할 수 없을 정도로 기적과 같은 일들일 것입니다.

저는 우리 모두의 삶이 꼭 제주도처럼, 깊은 바다 밑에서 꿈틀대며 분화하며, 쉬었 다를 반복하며, 결국에는 대폭발로 기적처럼 현재의 틀을 만들어내고, 지금까지 휴식하며 만물이 소생할 수 있도록 공간을 마련하는 모습 말이죠.

그런 제주도가 활화산으로 재분류가 되었다고 하니, 끊임없이 도전하는 모습에도 우리는 다시 용기를 내어보아야 할 것입니다.

저는 현재 32살 갓 태어난 아이의 아빠입니다.

그런 저는 얼마전,

2019년 12월 6일, 잘 다니던 대기업을 퇴사했습니다. 제주도가 수면위로 모습을 들어내며, 결국 지금의 토대를 마련하는 결정적인 대폭발처럼 스스로 첫 대폭발을 한 사건입니다.

묵직한 결과들을 남긴 채 말입니다.
 2017년 1월 12일, 2016 DAESANG Award 개인 최우수상 시상
 2016년 9월 9일, 2016 상반기 영업본부 우수사원 선정
 2014년 7월 14일, 대상(주) 입사

그리고 무거운 책임감을 앞둔 채 말입니다.
 2019년 10월 19일 결혼
 2019년 11월 11일 지금은 태어난 첫 아들을 초음파로 확인

무엇이 저를 자극하여, 마그마방을 폭발시켰을까요? 에드시런의 노래가사처럼, 지금까지 살아온 제 주변의 모든 분들의 영향일지도 모르겠습니다.

하지만, 어느 순간부터 제 주변의 환경들을 스스로 설계해 나가기 시작했습니다. 책과 무거운 책임감과 함께 말이죠.

'책 속의 한 문장이 인생을 바꾼다'는 말이 있습니다. 그걸 믿고 실천한 결과가 '퇴사'였습니다. 다음 문장이 바로 제가 읽고 실천한 내용입니다.

'점차 사람들은 도덕적으로 선한 것을 유익함에서 분리시키면서, 어떤 것은 유익하지 않으면서도 도덕적으로 선할 수가 있고, 도덕적으로 선하지 않는 것이 유익할 수도 있다고 인정할 정도에까지 다다르게 되었다. 인간 생활에서 이것보다 더 해로운 생각은 생길 수가 없을 것이다.'

- '유익함에 대하여'라는 부분 중 (키케로의 의무론, 허승일 옮김)

첫 폭발 이후에도 태초의 제주도처럼 기생화산들은 열심히 활동을 하고 있습니다. 남들처럼, 완성된 제주도를 보여주는 책은 아니지만, 제주도를 닮아가고자 하는 한 인간의 삶을 공유하고, 함께 멋진 섬을 만들고, 함께 제주도에 살고자 이 책을 바칩니다.

제1화 60일간의 기적(1)

'기적'

2020년 7월 2일, 한라산의 뚜껑이 라는 전설이 있는 산방산처럼, 첫 아들인 도빈이가 제 화산에 큰 기운을 넣어주어 산방산을 하나 얻었습니다. 아들이 세상밖으로 나온 지 얼마 되지않아 제주도에 출장을 떠났습니다. 출장을 돌아오는 날 아침, 아쉬운 마음에 골프를 치러 갔다가 홀인원을 한 것입니다.

'나만의 도구'

저는 음양오행사상을 접한 지 3년이 되었습니다. 천간의 10가지(갑을병정무기경신임계)와 지지의 12가지(자축인묘진사오미신유술해)를 조합한 공배수인, 60일(갑자,을축~임술,계해)을 매일 꼭꼭 씹어 먹고 살고 있었습니다. 그리고, 8년째 손으로 기록하고 있는 3P바인더를 통해 삶을 기록해 나가고 있습니다. 덕분에, 8년간의 기록들로 제 인생의 큰 흐름을 알 수 있었습니다.

'기적의 로직을 찾아 나서다'

홀인원을 경험한 날짜는 제게 소중한 자료가 되었습니다. 흐름만 알았지 기적이 나오는 날은 찾지 못하고 있었습니다. 그리고, 신기하게도 홀인원을 한지 61일차 되는 날이 제 생일입니다. 소중한 오늘과 똑같은 날은 60일 뒤에 반복됩니다. 2020년 8월 31일에는 성산일출봉이 하나 탄생할지 모르겠습니다. 제 생일은 43번째날입니다.

'책의 구성'

책은 2020년 7월 20일 '갑자일'을 시작하기 전날, 대폭발 이후 8개월만에 대폭발에 버금가는 폭발을 시작으로 지속적인 활화산의 모습을 보여드리고, 열기를 식혀 만물이 소생할 수 있도록 만드는 여정을 떠나볼까 합니다. 2020년 9월 17일, 계해일이 되는 날까지 하루하루를 꼭꼭 씹어 먹어가는 여정을 공유하고자 합니다. 결국, 저의 영향력으로 모두가 마음의 소리를 세상에 내어놓는 계기가 되었으면 합니다.

'제 책 읽는 법'

일기 형식이다 보니, 주저리 주저리 남의 이야기를 들어주는 힘든 과정일 수 있습니다. 따라서, 매일매일 일기장 제목을 날짜 옆에 적어 둘 예정입니다. 책장 우측면 아래에 보시면 항상 홀수로 시작한다는 것을 알 수 있습니다. 저도 책을 쓰면서 처음 알았습니다. 왼쪽 엄지손을 집게손에 비비시듯 쭈욱 넘기시면서 보이는 우측 상단의 제목들 중 잔상에 남는 것을 골라 살펴보시면 재미있을 것 같습니다. 그러다 보면, 어느새 저와 소통하고 있을지 모릅니다. 그리고, 함께 제주도와 같은 아름다운 섬을 키워갈지도 모르죠.

*주의 : 거침없는 분화활동으로 글들이 부담스러울 수 있음

바인더로 가득한 책상

제2화 계해, 또다른 시작

'계해, 또다른 시작'

2020년 7월 19일 일요일 새벽 우리 도빈이(30일 갓 넘긴 첫 아들)의 울음소리에 60갑자 마지막 날 이자, 다시 시작을 알리는 계해일 임자시로 하루를 시작했다.

전날, 잠자기 전 계획했다. 새벽에 일어나면 한 동안 출근하지 않았던 사무실로 달려가 나의 짐을 가지고 오겠다고, 두번째 퇴사는 그렇게 아들 덕분에 행동으로 나섰다.

'대화빌딩'

03시 삼성동 대화빌딩 도착, 옵티머스 자산운용 사태가 터지는 바람에 한동안 나가지 않았던 사무실 건물은 없었던 잠금 장치가 생겨 건물출입이 불가능했다. 건물출입이 가능할 때까지, 무엇을 하며 시간을 보낼까 생각하며 강남을 한바퀴 돌다, 고민 끝에 끊었던 담배를 하나 사서 대화빌딩을 주변을 한바퀴 돌며 피워가며 마지막 작별인사를 고했다. 아직 도빈이 얼굴을 보지못한 부모님이 새벽에 자가용으로 서울로 올라오신다고 하여 새벽에 어머니에게 전화를 드린다. 설마 했는데 받으셨다. 2시간뒤에 일어나서 출발하신다고 한다. 아무쪼록 정말 초 연결 사회다. 다시한번 정문을 살펴보니 그제서야 희미하게 안내문이 보인다. '00~04시 야간 출입금지'.

'기다림'

모기 한 마리와 함께 오붓하게 다시 차에 탑승하여 경비아저씨가 출근하기를 기다렸다. 와이프가 선물한 차량용 안마기를 키고, 마사지를 받으며 밀리의 서재로 새로운 책을 볼까 하다가 페이스북을 켠다. 얼마 전에 올린 홀인원 자랑 글에 달린 댓글들에, 다시 정성스레 답글을 다는데 시간을 보냈다. 시계를 보니, 04시가 훌쩍 넘었다. 아까 눈에 스쳤던 비상벨을 눌려볼까 하는 마음에 다시 정문으로 향했다. 비상벨을 눌리니, 바로 안에서 경비아저씨가 졸린 눈을 비비며 나타나셨다. '아까 누를껄!' 미리 준비해둔 보스턴백 2개를 들고 7층으로 올라갔다. 얼른 책상으로 달려갔다.

'배려 없는 책상'

역시나 내 책상은 얄밉게도 주변의 동료들의 짐들로 가득했다. 그렇다. 나는 사실, '태도'를 중시하는 꼰대 중에 최상급 꼰대다. 입사할 때 장만했던 책꽂이와 책꽂이 위의 나의 8년 간의 인생기록이 담긴 내 소중한 바인더들과 서랍의 기타 잡동사니들을 담고 마지막으로 나의 이름표를 떼어왔다. 양손에 담긴 보스턴백 들은 5년 넘게 다녔던 첫 직장의 퇴삿짐 보다 훨씬 무거웠다. 이 짐들은 고작 6개월치 짐인데 말이다. 그만큼 두번째 직장에서 성공하겠다는 마음은 더 컸는지 모르겠다. 근데 왜 내가 야반도주를 하고 있을까? 그만큼 인간관계에 지쳤는지 모른다. 트렁크에 짐을 다 싣고 미련없이 바로 떠났다. 홀가분했다. 너무 행복했다. 꼭 첫 번째 회사 마지막 퇴근길의 느낌과 같이.

'계해일 해돋이'

자동차를 올림픽대로 춘천방향으로 올리니 동해로 가고 싶다. 부모님 오시기전 해돋이를 보고 돌아오고 싶다. 하지만, 시계를 보니 벌써 05시다. 하지만, 해돋이는 꼭 보고싶다. 60갑자 마지막날 이자, 시작을 알리는 계해일의 해돋이가 너무 보고싶다. 어디서 볼 수 있을까? 스마트폰을 들어 '해돋이' 로 검색해 보며 가다보니 벌써 구리-암사대교다. 일단, 꺾자. 그렇게 구리로 들어서니 가끔 가는 두물머리가 생각났고, 두물머리 해돋이를 검색하니 누군가 사진을 찍어 블로그에 올린 흔적이 있다. 그렇게 두물머리로 향했다.

'두물머리로'

20분 남짓 걸려 도착한 두물머리 주차장. 평일에 와도 주차장이 혼잡해 항상 작은 로터리를 돌아 포기하고 드라이브만 즐겼던 길이다. 일요일 새벽, 주차요원이 없어 주차장은 개방되어 있었다. 너무 행복했다. 그리고 내차가 편히 들어오라고 손짓하는 주차공간에 주차를 하고 곧장 산책로로 보이는 곳을 따라 내려갔다. 탁트인 공터와 한강이 보였다. 아니다 엄밀히 말하면 남한강. 시선을 오른쪽으로 돌리니, 사진기들이 무척 많았다. 와이프와 연애시절 거제도 운해를 경험한 날이 생각났다. 본능적으로 유투브를 킨다.

'공유하고 싶은 욕구'

나의 유투브 채널은 구독자수가 적어서 스마트폰으로 생방송이 안되어야 하는데(1,000명이 되야 가능하다고 함), 그날 신기하게도 켜졌다. 마음이 들떠 산책로를 걸으며 붉어지는 하늘을 바라보며 독백을 했다. 지나가는 사람 몇몇의 시선이 신경 쓰였지만, 이 아름다운 광경을 공유하고자 생각하니 들뜬 마음이 더 컸다. 횡설수설, 20분이 흐르고, 결국 두번째 직장 팀장님이 마음에 걸렸다. 팀장님을 초대했다. 그리고 나의 사랑하는 사람들을 초대했다. 아무도 들어오지 않는다. 나중에, 라이브 종료하고 업로드하면 되니까 일단 계속 찍자.

'두물머리 버킷리스트'

가는 길에 두루미인지 학인지 모르는 흰 새와 인사도 나누었다. 사진기들이 많은 곳에 가니 드론도 있다. 그리고 라이브방송에 한 명이 참여했다. 고향인 공주에 내려간 축산학 박사님이다. 고향집에 소여물을 주러 새벽에 잠이 깬 모양이었다. 그렇게 잠깐의 소통으로 방송을 종료하고 신나는 마음으로 업로드를 눌렀다. 용량이 큰지 업로드가 오래 걸릴 듯싶다. 업로드를 살펴보며, 화장실을 다녀와 바로 옆 까페 의자에 앉아 오랜만에 버킷리스트를 작성해본다.

'첫번째 프로젝트 : 두물머리, 버킷리스트'
1번 와이프 로또 복권 1등 당첨되기.
2번 두물머리 까페 인수하기.

'목욕재개'
갑자기, 비가 온다. 배터리가 없다. 차로 돌아와 트렁크를 열어보니, 아까 챙겨온 잡동사니 중에 보조배터리가 있다. 마음이 평온해진다. 집에 가는 길에 목욕을 하고 싶다. 와이프에게 카톡을 보낸다. 용량이 큰지 업로드가 되지 않는다. 현대차 네비게이션에 목욕탕을 검색했다. 도착했는데, 목욕탕이 없다. 카카오 맵 어플을 열었다. 평점이 좋은 근처 목욕탕으로 향했다. 5,000원 저렴하다. 큰 변을 누고 반신욕을 시작으로 습식사우나와 건식사우나로 이동해 운동을 한다.

'아침 체중측정'
운동을 한 이유는 두번째 회사 팀장님과 매일 08시 전에 서로의 샤오미 디지털 몸무게에 체중을 측정해 카톡을 주고 받고, 전날 감량이 높은 쪽에게 10,000원을 주기로 한 것이다. 나는 그

결과치들을 나의 다이어리에 수치화 시켜 그래프를 그리고 승패여부도 적고, 일진을 적어 내가 왜 패배를 했는지 스스로 분석을 하고 있었다.

'카카오 네비게이션'

땀을 빼다 보니 시간은 07시 20분이다. 가슴위를 비벼보니 때가 나온다. 때를 밀면 몸무게가 더 줄겠지? 하는 생각에 때밀이 아저씨를 부른다. 15,000원의 엄청난 행복을 누리고 물기를 대충 말리고 옷장 보관함으로 달려간다. 카카오 네비게이션을 찍어보니 08시가 훌쩍 넘어선다. 흥분을 가라앉히고 드라이기로 머리를 말린다.

'비가 내리는 계해일'

다이어트 시합 덕분에, 집에 일찍 가는 것이라고 긍정적으로 자기위로를 하고 밖으로 향한다. 굵은 비가 내린다. 윗옷을 머리까지 올려서 차로 달려갔다. 60갑자 마지막날 계해일의 축복의 비를 깨끗이 씻고 맞다니! 그렇게 긍정을 하며 신나게 집으로 향했다. 집에 도착하니 지상주차장에 자리가 없다. 지하주차장으로 향했다. 비도 안 맞을 수 있으니 이 또한 얼마나 좋아! 무한 긍정으로 위기를 극복한다. 트렁크를 열어보니, 얼마전 제주도에서 골프백에 내 우산도 아닌데 넣어준 고마운 캐디님 덕분에 우산을 발견한다.

'스마트폰부터 없애겠다.'

집에 도착하니, 아내의 표정이 어둡다. 02시에 사라진 남편이 08시가 넘어서야 나타나서 그렇겠지? 뭔가 죄를 지은 기분은 무엇일까? 유투브 업로드가 안된다. 스마트폰부터 없애겠다. 그래 일단, 방탄커피를 마시자. 애플컴퓨터로 개인 카카오톡을 열었다. 나의 사랑하는 사람들의 공간. 개인 폰에 저장된 몇몇 친구들에게 집주소요청 카톡을 보냈다. 스마트폰을 없애고 편지로 소통이라도 할 예정이었다. 그리고, 프로필명을 바꿨다. '2020. 7.20(월)~ 60일간 연락 안됩니다.'

'장인어른의 연락'

프로필명을 바꾼 지 10분도 안되어 장인어른께서 전화가 오신다. 내가 갈씨라서 그런지 항상 위에 뜨는데, 나의 프로필명이 걱정되셨던 모양이다. 당연한 걱정이다. 첫번째 직장을 말도 없이 그만두고, 두번째 직장도 말도없이 시작한 불편한 사위일 것이다. 하지만, 절대 내색하지 않으신다. 대신, 항상 불안한 표정을 지으신다. 재무설계사도 보험설계사와 마찬가지로, 기본급여가 없고 고객에게 상품을 팔고 나오는 수수료가 수입의 주가 되는 프리랜서이다. 그래서, 나의 마음도 꾸준히 불안했다. 그렇게 장인어른의 불안한 표정은 두번째 직장을 그만두는 이유 중 하나였다.

'비우면 채워지는 진기'

와이프, 아버지, 외삼촌, 장모님, 88학번 동문 선배님, 첫번째 직장 대리점 사장님, 회사를 통해 구매한 고객님 그리고 13명 중 유일하게 보험을 가입해준 골프동반자 친구 재준이. 재준이가 속초라고 답변이 왔다. 그리고 대화를 하다가, '올해 안으로 나랑 우리회사 키워보는게 어떠냐' 고 제안한다. 평소 조심성이 크고 말을 아끼는 친구의 카톡이 너무 감사했다. 항상 명리학과 독서를 통한 깨달음을 조직을 통해 하루빨리 실천해 보고 싶은 마음이 컸다. 다음주 중에 보기로 했다. (문소리가 난다.)

'사천에서 올라오신 부모님'

09시 30분 부모님이 오셨다. 전복에 갈비에 양손 가득 쌀까지 씻어 오셨다. 그리고 짐을 내게 건네고 곧바로 손자인 도빈이 에게 달려간다. 뭔가 씁쓸했다. 아내와 나랑 몇 안되는 공통점은 명령을 받는 것을 싫어한다는 것이다. 아버지는 항상 명령조로 말씀하신다. 그래도 나는 따른다. 그 이유는, 아들보다 늦게 시작한 골프를 최근 드라이버로 홀인원을 하신분이다. 스코어도 이제 거의 따라 잡혔다. 내가 이길 길은 현재는 없다. 꼬리를 내리자. 그렇게 가족과 함께 좋은 시간을 보내고, 며느리가 불편할 까봐 12시에 사천으로 바로 내려가셨다.

'손 편지'

고요하다. 비도 그쳤다. 나는 곧장 차로 가서 짐을 가져 올라와 짐정리를 한다. 내 소중한 바인더를 오랜만에 정리하고 팀장님께 손편지를 쓰고 보니 16시가 되었다. 편안하게 보이는 와이프와 아기를 보니 나도 마냥 행복하다. 옆에 가서 누웠다. 일어나니 17시 30분이다. 저녁을 챙겨 먹었다.

'별내동으로 출발'

부모님이 곧 둘째 아이를 출산하는 사촌 형님 댁에 30만원을 전달하라고 부탁을 하고 가셨다. 회계사인 사촌형님이 사는 곳이 남양주시 별내동이다. 어제 형님이 우리집에 다양한 과일을 사주고 갔다는 것을 들으시고는, 부모님은 조카가 마음에 걸려서 심부름을 시키신 것 같다. 심부름 가는 길에 팀장님께 쓴 편지를 보내고자 형님 집 앞에 있는 우체국을 먼저 들렸다. 빨간 우체통안에 아날로그 삶을 위한 첫 편지가 들어갔다. 일찍 도착해서 이리저리 세상을 훑어보고 있다가 차에 돌아가 또 아내가 선물한 차량용 안마기에 몸을 맡긴다.

'마지막 연락 1'

사랑하는 학군 선배님 연락이 오셨다. 나의 유투브 채널을 맡기기로 했다. 통화 중에 형님의 부재중 전화가 들어온다. 횡단보도 건너편을 보니 사촌형님이 계신다. 마중 나오셨다. 돈을 전달드리고, 형님께 내일부터 나는 60일간 진정한 디지털 유목민이 되기 위해, 아날로그 생활로 돌아간다고 말씀드렸다. 그리고 오랜만에 맞담배를 피고 집으로 돌아온다.

'처음 생각한, 책 주제'

초 연결시대에 지쳐가는 본인은 스마트폰과 SNS를 60일간 차단하는 걸로, 진정한 아날로그 노마드. 조금이나마 아날로그 감성이 무엇인지 더 깊이 알아보기 위해 책을 쓴다. 그리고, 완전한 디지털 노마드의 삶을 시작하려 한다. 옆에서 와이프가 비판한다. 아날로그 삶을 산다면서 왜 컴퓨터로 책을 쓰고 있느냐고? 나는 변명한다. 김정운 작가님의 책인 '남자의 물건' 2부의 이어령 목차를 가리키며, '이분도 아날로그를 사랑하시는 데, 결국 펜으로 써서 디지털로 전환되는 기계를 쓰신다고'. 어쩔 수 없다고 변명한다. 완전한 아날로그는 불가능하다고. 유명한 카네기 인간관계론 첫번째 장에 나온다. '남을 비난하지 말라고, 어차피 이미 상대방의 머릿속은 비난을 변명하는데 몰입되어져 있다.' 나는 그렇게 변명에 몰입한다.

내가 좋아하는 글로 오늘 일기는 여기에서 마친다.

'네가 항상 옳다는 것을 잊지 마라,
심지어는 네가 틀렸더라도 말이다.'

2020년 6월 28일
아침 산책 간
서귀포에서 채집한 클로버들 중
6잎클로버, 꽃말 : 기적

제3화 1~12일간의 분화활동

1일차 (갑자일) 2020년 7월 20일 월요일 – 퇴사이야기

'새벽형 인간'

04:30, 새벽 도빈이의 세번째 울음소리에 그리고 지친 아내를 대신해 내가 일어나게 됐다. 춥다. 벽걸이형 에어컨의 맹렬한 기세를 나의 등으로 막아서 도빈이를 안아주니 이내 울음을 거친다. 혹시나 에어컨을 보니 냉방 무풍으로 운전되고 있었다. 얼른 제습 무풍으로 바꾸었다. 그리고 졸린 눈으로 분유를 탔다. 그리고 이렇게 책상에 앉아서 글을 쓴다. 첫날 이렇게 글을 쓰니 매순간 행복하다. 꼭, 영화 와일드의 주인공이 수많은 방황 끝에 무작정 걷기를 시작하고, 완주 직후의 순간을 만끽하는 기분이다.

'계속되는 다이어트 기록'

도빈이 분유 온도를 재고 나의 방탄커피를 제작하고 와야겠다. 아차! 몸무게부터 재 보자! 팀장님과 대결한 몸무게 배틀, 기록을 해서 8월 31일 내 생일날 만나서 함께 복기를 해볼 것이다. 그나저나 팀장님이 내 편지를 보고, 나의 행동을 보고 이해하실 까? 편지 속 내 이야기대로, 작은 약속(다이어트대결 지속)을 지키며 서로의 작은 신뢰의 기반을 재구축 할 수 있을까?

'다이어트 시합의 통찰'

지난밤 꿈, 첫 직장의 마지막 팀장님도 등장했다. 법인체와 성격이 동일한 임원분도 등장했다. 첫날부터 꿈이 예사롭지 않다.

얼른 몸무게를 재고 오자. 77kg. 나는 팀장님과 다이어트를 ' 20.4.10 시작했다. 지금까지 모든 기록을 다이어리에 해 두었다. 아마도 팀장님은 신입사원을 두고 매일 하는 이벤트인 듯했다. 어디로 튈지 모르는 신입사원이 매일 연락이 되어야 하니 말이다.

'방탄커피로 시작되는 하루'

에스프레소를 준비하며, 글도 다시 쓴다. 도빈이가 운다. 80ml 분유를 먹이고, 트림을 시키며 나의 방탄커피를 완성시켰다. 그리고 바운서에 눕힌다. 옥경이도 꿀 잠을 잔다. 행복하다. 방탄커피를 마시면 즉각 대변을 볼 기세로 대장도 적당히 운동을 시작한다. 어제 다시 피우기 시작한 담배가 끌리기도 한다.

'방탄커피 소개'

나의 방탄커피는 매일 에스프레소 3잔에 mct oil 15ml 무염버터 25g을 믹서기에 돌려서 완성시킨다. 그렇다 나는 케토제닉 다이어트를 위해 2년가까이 노력하고 있다. 매일 방탄커피 마시기도 힘든데, 그 의지력 위에 탄수화물을 양껏 먹는 매일매일 케토아웃 상태를 경험하며 살을 찌우고 있다.

'천천히 운전하기'

나는 평소 스마트폰 안쓰기를 대신하여 운전을 통해 아날로그적 삶을 살아보려 노력했다. 살살. 아다지오. 규정속도를 절대 넘지 않고, 끼어들려는 차에게 모두 양보하며, 법규를 준수하며, 나의 템포를 늦춰 천천히 다니기. 항상 나를 만나는 뒤차들은 상향 등을 켠다.

'절제의 성공학'

오랜만에 집 앞 어린 왕자로 꾸민 산책로를 다녀오고 싶어 졌다. 포스트잇과 볼펜을 챙겨 가서 영감을 담아오고 싶다. 와이프가 쥐도 새도 모르게 쿨쿨 자니, 일단 담배를 하나 피고 와서 다시 연재할까 생각했다. 하지만 참겠다. 등돌리고 누운 와이프의 뒷모습이 꼭 잠자는 숲 속의 공주가 아닌, 동물의 왕 사자의 모습이다. 그렇다. 나는 수많은 욕구들을 행동하기 직전 멈추는 데에 행복이 있다고 본다. 방금 잠시 상상했던 산책과 흡연은 일시 나의 기분을 들뜨고 행복하게 해주었다. 하지만, 그 행동의 직후에 나타나는 분명한 부정적 사실들이 나의 행동을 제어했고, 제어하길 잘했다며, 내 스스로에게 칭찬하는 그 느낌. 어제 깨달은 나만의 행복론이다.

'매일아침, 한국경제신문'

집 문을 여는 순간 한국경제 신문이 와있다. 날름 집어 들고 담배를 피며 신문을 보니, 아니다 다를까 배가 아팠다. 관리실 사무소에 가니 휴지가 없어서 경비실에 가서 아버님께 휴지를 빌렸다. 물론, 나중에 새것으로 하나 가져다 드리기로 했다. 쾌변을 하니 신문이 재밌다. 신문을 읽게 된 배경, 첫 번째 직장 영업본부장님이 신문만큼 가성비 좋은 물건은 없다고 했다. 그날 신청해서 현재 5년간 구독 중이다.

'신문과 관련된 아픔'

물론 신문에 대한 부정적인 시선도 있었다. 출근하기전 1시간 전부터 일찍 출근해서 신문을 읽고 있으면 선임과장은 '참 별종이다, 팀장이나 되야 하는 짓을 하고 있냐' 고 말했다. 나는 업무시간에는 읽지 않는데 말이다. 선임과장은 나에게 지속적인 아픔을 줬다. 매일 볼때마다 '과하다' '특이하다' 라면서, 그러곤 혼자 '난 특이한 것이 아니라 특별한 사람이다.'라고 되뇌었다.

'빅뱅과 같은 우리의 삶'

나는 얼마전, ROTC 리더십아카데미에서 '동기부여' 주제로 후보생들과 전역한 동문들 앞에서 강연을 했다. 나의 강연내용을 빌리면, '그냥 하는 것' 그리고 지속시켜 나가고 결합시켜 나가는 것. 우주의 모습을 보면 정답을 찾지 않을까 싶었다. 우리는 빅뱅의 원인은 모르지만, 끊임없이 결합하고 팽창하고 있는 것을 안다.

'장인어른과의 통화'

집으로 돌아와, 어제 나의 카카오톡 프로필명을 보고 바로 전화를 하셨던 아버님이 생각나 안부전화를 드린다. 전화를 걸어, 앞으로 기자연수원을 들어가는 것, IT회사에 들어가는 것, 유망한 자동차회사에 들어가는 것 중에 선택할 것 같다고 설명 드렸다. 하지만, 여전히 불안해하신다.

'대기업 퇴사이력'

대기업 퇴사이력으로 일반기업은 최종면접에서 다 떨어진다고 말씀드린다. 괜한 소리를 했나 보다. 서로의 침묵 속에서 전화가 끊긴다.

'첫번째 회사의 문화'

대기업 거래처 사장 아들, 회사 대표이사님 조카, 과거 영업본부장 손자, 퇴사하기전에는 대리점 사장 아들까지 들어왔다. 최근 매스컴에 들려오는 소식을 접하면, 여느 대기업도 마찬가지인 것 같다. 사회는 이렇게 가진 것을 쉽게 놓지 못한다. 자식을 낳아보니 어느정도는 이해할 것 같지만, 존경하는 고 노무현 대통령님 말씀처럼, '부끄러운 줄 알아야' 한다. 혹시나, 그런 자녀분이 본인이라면 조직에 항상 희생하는 사람이 되길 바란다.

'이기적인 유전자'

나는 그렇게 살고 싶지 않았다. 대기업이면, 대기업 답게 행동해야 하는데, 인간의 이기적인 유전자처럼 행동한다. 하지만, 우리는 인간이기에 그것을 절제해야 한다. 희생하는 아름다운 사람들이 줄어들면, 인류사회는 종말 할 수밖에 없기 때문이다.

'인간의 진화 원리 ; 감탄'

아내의 호출에 도빈이와 20분을 놀아주고 왔다. 태어난 지 어느덧 33일. 다리에 힘을 주니 꽤 오래 서있다. 환호해주고 칭찬해주니 역시나 더 잘한다. 감탄은 인간의 '진화원리' 라고 한다. 김정운 작가님께서 교수시절 오랜 연구 끝에 내린 결론은 인간이 침팬지와 다른 것이 부모의 '감탄' 이라고 결론 내렸다. 우리는 어느 순간 주변에 감탄보다는 비판을 많이 한다. 특히, 우리나라의 감탄어가 지구상 어느 나라보다 적다고 한다. 그래서인지 사회가 전반적으로 집단의 부정성이 크다. 그렇다고, 이기적인 유전자에 대해 감탄해달라는 말은 아니다.

'교장선생님의 훈화말씀'

심적으로 너무 괴로웠던 퇴사 직전, 교장이 되신 고등학교시절 옆 반 선생님이 SNS를 하고 계신 것을 보고 댓글로 물어봤다. 직업의 '소명의식'을 못 찾겠다고. 답변은 '대기업을 다니는데 있다'. 나의 생각은 바뀌지 않았다.

'재미있게 살자 ; 마그마방 확장'

2019년 11월 27일, 100만원을 내고 참석한 연예인 오종철씨와 총각네 야채가게 이영석씨가 기획한 강연모음집. 김정운 작가의 첫 강연이 나의 퇴사이유 중 가장 큰 심지를 만들어 주었다. 사람이 죽을 때 후회하는 3가지를 듣고서 말이다. 첫번째 베풀 걸, 두번째가 용서할 걸, 마지막 세번째가 재밌게 살 걸. 회사생활이 재미가 없었다.

'눈에 보이는 말년 ; 마그마방 확장 2'

김정운 작가님은 장관친구도 있고, 삼성그룹 임원 친구들도 많았다고 한다. 하지만, 그 친구들이 명함이 없어지면서 자존감이 급격히 떨어지는 게 눈에 보였다고 한다. 그때 나는 얼굴이 명함인 사람이 되겠다는 결심을 했고, 스스로 퇴사에 관한 또다른 큰 심지를 만들고 있었다. 스스로 심지를 계속 마음에 키워가는 도중 휘발유와 불을 들이붓는 사람이 나타났다.

'부정적인 마인드 ; 마그마방의 포화'

첫 팀장으로 새로 부임한 사람이었다. 신입사원시절 5년전, 같은 팀원이기도 했고, 부임 전 바로 옆 팀 팀원이었다. 연공서열이 무너지지 않아 팀장이 되신 것 같다. 관계는 나름 좋았다. 그래서인지 본인이 맡았던 거래처를 나에게 모두 넘겨주었다. 팀장 축하자리가 많았는지, 무거운 몸이 항상 피로를 가중시켰는지 모르지만, 그동안 다른 팀에서 배운 게 그 모습인지 내가 운전하는 차에서 잠을 잘 주무셨다. 모시는 한달내내 단한번도 운전을 도와주지 않으셨다. 그나마 일어나 있을 때 철학적인 질문들 그리고 나의 철학적인 소견들을 공유해봤지만, 공감은 커녕 모든 것을 부정적으로 생각하는 사람이었다. 몸에서 특유에 냄새까지 많이 났다. 태어날 아이를 위해 가족을 위해 꾹 참았다.

'거래처 ; 포화된 마그마방의 충격'

거래처를 함께 간 곳들은 문제 투성이였다. 다시 참았다. 팀장님과 거래를 했던, 거래처 과장은 나에게 인격모독까지 한다. 거래처와 팀장은 서로를 이용해 나를 이간질한다. 그리고, 기존 나의 거래처 중 경쟁사의 초격차제품으로 인한 중대한 일이 발생한 사건을 함께 풀러 갔을 때 일이 터지고야 말았다.

'영업마인드의 부재 ; 포화된 마그마방의 지속적인 충격'

거래처에 대한 기본 영업마인드가 없었고, 본인의 편의만 되풀이했다. 물론 이해한다. 무거운 몸을 이끌고 시끄럽고 더운 큰 공장을 30분이나 걷고, 공장 사무실에서 30분이나 서있었기 때문이다. 미팅을 할 때마다 하는 소리는 다 똑같다. '다 맞춰주겠다'.

'모욕감 ; 마그마방 폭발'

덥고 시끄러웠던 거래처 공장을 나서는 차안에서 내 마음에 휘발유를 들이 부으신다. 오송역에 데려 달라고 한다. 청주까지 혼자 열심히 운전해서 왔는데, 본인은 혼자 편안하게 KTX를 타고 가신다. 마음속으로 '그래. 잘 먹고 잘살아라.' 그날 결심했다.

'퇴사'

내가 잘해도 팀장이 잘되는 거니, 나는 그냥 떠나겠다. '너 혼자 한번 열심히 해보아라.' 그렇게 나의 심지는 휘발유로 가득 차버렸고, 그날 집으로 돌아온 나의 얼굴을 보고, 와이프는 바로 퇴사하라고 했다.

'퇴사 면담1'

다음날 망설이는 나에게 아내는 카톡으로 행동을 부추긴다. 그리고, 바로 인사팀장님 면담을 신청했다. 영업 출신으로 날 이해해줄 줄 알았는데, 나의 얘기는 다 틀렸다고 한다. 지금 생각해보면, 직장내 괴롭힘 방지법에 문제되는 사안인데, 인사팀장이라는 사람은 나의 말을 무시했다. 끝이다.

'퇴사 코러스'

선임과장은 빨리 나가라고 한다. 원래 나를 별로 안 좋아하셨다. 선임과장은 아침 일찍 출근시간 전, 나의 한국경제신문을 보고 있으면, '팀장이나 하는 짓을 하고 있냐'고 혀를 찼었다.

'퇴사 면담2'

다음은 지원팀장님과 면담이었다. 직접적인 사안보다는 그동안 만들어 놓은 심지이야기들을 했다. 대뜸 지원팀장님은 '그동안 마음고생이 얼마나 많았겠냐' 고 공감을 해 주신다. 나는 곧바로 눈물을 글썽였다. 하지만, 내 마음은 변하지 않았다. 왜냐하면, 내 마음의 방은 청주에서 이미 휘발유로 가득 차버렸고, 그것을 빼는 방법을 모른다. 처음 경험해 본 일이었다.

'퇴사 면담3'

사업부장님이 출장 중이시다. 전화통화루 내마음을 돌려보려고 하셨지만 곧바로 '그냥 알겠다' 고 하신다.

'퇴사 면담4'

신임 영업본부장님 면담이다. '거의 다왔구나.' 나의 이야기보다는 회사내 분위기를 핑계 삼았다. 글로벌영업본부와 국내영업본부 간의 비인간적인 분위기가 너무 싫고, 구성원들이 다 마음에 들지 않다고. 그리고, 울먹이며, 죄송하다며 문을 나섰다.

'퇴사 면담5'

최종면담이다. 오래 모셨던 영업본부장이자, 승진해서 그룹장을 하시는 분이셨다. 나는 한번 더 울면 그땐 마음을 기대려 했다. 내 마음의 휘발유들을 뽑아 달라고. 하지만, 회사는 내 마음의 휘발유건 심지건 관심이 없었다. 회사 인사정책에서 혜택을 많이 받은 나의 행동에 불만이 가득해 보이셨다. 결국, 휘발유는 마음에서 넘쳐 흘러버렸고, 돌아와서 사직원을 썼다.

'마지막 마주침'

신임 팀장님을 오랜만에 본다. 사직원 넣었으니, 결재해달라고 말하고 곧바로 떠났다. 내 마음을 남겨둔 채. 불이 붙으면 나는 죽을 것만 같았다. 남겨둔 나의 마음이 참 불쌍하지만, 함께 죽기 싫어 도망쳐 나온 것이다.

'퇴사 이후의 꿈'

나는 복직하는 꿈을 수도없이 많이 꿨다. 그만큼 남겨진 나의 마음이 나를 부르는 것 같다. 슬프지만, 그 친구를 데려올 용기가 없다. 새로운 마음을 만들어 새로 시작되어야 했다. 그리고, 세상의 부정성과 싸워 보기로 했다.

'부정성과 맞서기'

직장인들은 줄곧 외친다. '직장 때려 치고, 유투브나 하고 싶다', 나는 이제는 안다. 그런 말들이 실행하지 못하지만, 그냥 하소연이라는 것을. 하지만, 귤화위지(橘化爲枳 ; 기후와 풍토가 다르면 강남에 심은 귤을 강북에 옮겨 심으면 탱자로 되듯이 사람도 주위 환경에 따라 달라진다는 것을 비유한 고사)의 말처럼, 환경이 중요한법. 그런 말들을 입에 달고 사는 사람들이 싫다. 나는 그냥 행동해서 보여주고 싶었다. 말로만 내뱉지 말고 행동하라고. 그렇게 나의 유투브가 개설되었고 현재 구독자 84명으로 기억한다. 나의 영원한 팬들이다.

'퇴사 이후의 삶'

퇴사 후, 백수생활 2주차 와이프가 한달의 시간을 준다고 한다. 조급 해졌다. 새롭게 만든 마음이는 착하기만 하다. 함께 고민해보니, 나의 전공이 생각난다. 그리고, 최근 운이 좋아 갱신해서 살려 두었던, AFPK 공인재무설계사 자격증이 생각났다. 그리고 군생활간 획득해둔 펀드투자상담사와 증권투자상담사도 생각났다.

'한국재무설계'

2009년 FP컨퍼런스에서 처음 만났던 고 윤병철회장님(하나은행 초대행장)이 생각났다. 윤병철 회장님은 나의 오랜 펜팔친구이자 멘토였는데 얼마전 혈액 암 투병중에 돌아가셨다. 그리고 컨퍼런스 때 눈 여겨 보았던 '한국재무설계' 라는 회사를 찾아갔다. 대표님은 굉장히 인자해 보이셨고, 이미 진행되고 있는 신입교육에 바로 참석하라 하신다. 그리고, 다이어트대결을 함께한 새로운 팀장님을 소개해 주셨다.

'새로운 팀'

팀장님의 첫 느낌은 방금 퇴사하고 온 새로 부임한 팀장님과 관상이 닮았다. 신이 나에게 숙제를 주는 것만 같았다. 열심히 적응했다. 나의 밥줄이 되어줄 생명보험, 제3보험, 손해보험, 변액보험 판매 자격증을 연속으로 취득하고 재무설계와 관련한 책들을 열심히 읽고 필드로 나갔다. 두 달간 100명이상을 만났다. 재미있게 했다. 애기같은 나의 새로운 마음이와 함께 일하니 너무 순수했고, 월급도 300만원 나오도록 꾸준히 달성해 나갔다.

'부정적인 환경'

문제는 팀원이었다. 나는 부정적인 환경을 피하기 시작했다. 새롭게 태어난 나의 애기마음에게 좋은 것만 주고 싶었다. 하지만, 내 옆의 선임은 내가 하는 일은 다 틀렸다고 한다. 내가 필요한 것은 감탄과 격려일 뿐인데 왜 그러는 걸까? 서로 월급쟁이도 아니고, 개인사업자인데 왜 권위의식을 내세울까? 그 사람이 보기 싫어 출근을 잘 하지 않았다. 나를 아껴주는 마음이 있었겠지만, 가솔린 차량에 경유를 들이 붙는 꼴이었다. 나의 두번째 마음이는 이내 고장이 나버렸다. 내가 진정으로 필요한 것은 감탄과 격려뿐인걸…

'두번째 마음이의 죽음'

텃새가 심한 사무실의 어두운 표정들의 사람들이 보기 싫어, 출근을 잘 안 했다. 그래도 용기 내어 오랜만에 기분 좋게 참석한 점심 팀 회식. 하늘의 신호처럼 사무실 옆자리 선배가 내 앞에 앉는다. 대뜸 앉자 마자 나의 얼굴에 대놓고, '넌 출근하기 싫어서, 전직장을 퇴사했다고 소문이 났다' 라고 한다. 이제 새롭게 키워보려는 내 두번째 아기 마음이에게 다시한번 다른 기름을 채우고 만다. 그날 이후 출근을 하지 않았다.

'운을 타고난 유겸이'

나는 그래도 운이 좋다. 우리 첫 아들이 그 시점에 태어났다. 와이프를 따라서 입원실 그리고 조리원에 들어갔다. 팀장님께 말씀드렸다. 공식적으로 나가지 않았고, 주변을 안심시키기 위해 SNS에는 육아휴직이 그리고 아내 돌봄 휴직을 하는 중이라며, 허풍을 늘어 놓았다. 그리고 나는 아버님을 위해 취업준비를 시작했다.

'세번째 마음이의 탄생'

그렇게, 두번째 어린아이를 팀 회식했던 식당에 남겨둔 채. 세번째 아이를 성장시키고 있다. 문제는 세번째 아이가 그동안의 형과 누나가(첫째, 둘째 아이가) 세상에 빛을 보기도 전에 죽었다는 사실을 안다. 겁이 많았고, 서류합격이 된 곳 마다 면접에서 미끄러졌다. 어차피 세번째 아이도 겁을 먹고 일반 직장에는 들어가지 못한다는 것을 이미 안 듯하다. 그래도 세번째 아이는 강했다.

2일차 (을축일) 2020년 7월 21일 화요일 – 2가지 프로젝트

'아침'

05:15분 을축일에 무인 시다. 하늘의 토와 땅의 토가 꼼짝 못 하는 형상이다. 즉, 만물이 자유로이 노니는 시간대로 추정된다. 몸무게를 잰다. 78.1kg. 방탄을 마시고 산책을 나선다. 산책은 헬스장으로 내 몸을 이끌었고 헬스장을 다녀와 집으로 오는 길 차안의 5,000원을 발견하고 스타벅스로 향한다.

'스타벅스'

아내가 평소 좋아하는 음료수는 대부분 5,000원을 초과했다. 현금결제가 안된다고 신문으로 언뜻 들었는데, 다행히 현금결제가 된다. 잔돈도 거슬러준다. 과일음료인, 사과케일쥬스를 샀다. 작은 페트병에 들어있는 음료를 얼음컵을 받아 따르니 나름 모양이 예쁘다. 기분 좋게 차를 몰고, 집으로 향했다.

'진정성'

집 앞 교회에 유치원이 보인다. 옆에 작은 현수막으로 원아를 모집중이라고 한다. 평소 못 보던 것이 보이기 시작한다. 집에 들어가보니, 아내가 거실에 나와있다. 평소 스타벅스 비싼 음료를 좋아하는 아내다. 내가 고른 음료가 맛있다고 한다. 얼마 같냐 고 물어보니, 6,000원이라고 한다. 사실, 4,000원짜리인데 말이다. 나는 진정성이라는 말을 참 좋아한다. 완전한 진실이 무조건 진정성은 아니라고 생각한다. 이렇듯 와이프가 기분 좋게 4,000원을 내고, 6,000원짜리라고 생각하며 즐겁게 마시게 해준 것이 진정성이 아닐까 싶다.

'케톤수치'

오래전 사다 놓은 케톤측정기로 케톤수치를 점검했다. 어제 저녁 족발과 문배주를 마시기 전에는 케톤수치를 1.3까지 올렸었는데, 역시나 0.3으로 떨어져 있다. 그래도 완전한 '케토아웃'상태는 아니다. 0.5가 가장 안정적이고, 나의 목표는 사실 3.0이다. 그럼 체지방이 타는 속도가 어마어마 해진다. 얼른 경험하고 싶다. 물론, 식이요법으로.

'아날로그 어댑터'

오늘 새벽부터 흥얼거렸던 노래가 있다. 가사는 '너에게 주고 싶은 3가지~', 내가 기억나는 건 빛 바랜 나의 일기장 밖에 없었다. 지금 거실에서 갑자기 궁금해졌다. 아내에게 도와 달라고 했다. 아내는 이내 노래를 틀어 들어보고, 바다로 가는 기차표와 첫 키스라고 한다. 굉장히 적극적인 여자의 노래다. 아내는 나의 아날로그 어댑터이다.

'도빈이 목욕시키기'

도빈이에게 디지털 모빌을 틀어주고 있는 아내에게 물었다. '오늘 뭐하실 예정 이세요~?', 돌아오는 답변은 '육아하는데 별 계획이 있나요~'. 잠시 난 이렇게 키보드에 집중할 때, 아내는 '도빈이 목욕시키는 날'이라고 한다. 너무 행복하다. 부드러운 도빈이의 속살을 마음껏 만질 수 있으니 말이다. 도빈이의 모빌에서 나오는 음악소리는 디지털로 처리된 단순한 음악인데, 아날로그 음악을 들려주고 싶은 욕심이 생긴다.

'두번째 프로젝트 ; 60일 이후에 하고싶은 목록'

생각해 보면 어렸을 때 우리집에는 클래식 LP판과 CD가 굉장히 많았다. 클래식을 사랑했던 아버지의 영향으로 유아기때 들었던 음악들이 지금도 생각이 난다. 특히, 조지 윈스턴의 피아노 음악들. 굉장히 우울한 느낌으로 기억되고 지금 들어도 곧바로 보헤미안이 된다. 내가 이렇게 자유로운 영혼이 된 것이 혹시나, 그 클래식음악들 덕분이지 않을까 라는 생각에, 아날로그 용품들을 사서 모아 도빈이와 함께 해야겠다. 즉 60일 이후에 하고싶은 목록을 적어보자.

'2가지 프로젝트'

그렇다 벌써 프로젝트가 2개가 나왔다.

첫번째 프로젝트 - 두물머리에서의 버킷리스트

두번째 프로젝트 - 60일 이후에 하고싶은 목록

1-1) 옥경이 로또복권 1등되기.

1-2) 누물머리 까페 인수하기.

1-3)

1-4) … 1-60)

2-1) 아날로그용품점 찾아서 쇼핑하기.

2-2)

2-3)

2-4) … 2-60)

독자분들도 사랑하는 사람을 위한 버킷리스트
60일 뒤, 하고 싶은 목록을 적어 보기 바란다.

- 짐론이라는 유명한 저자는 15분 내에 브레인스토밍으로 100가지 이상 적어보고
- 적은 것들 우측에 3, 5, 10년 단위의 달성목표 기간을 적고
- 3, 5, 10년 단위로 따로 묶어 관리하라고 한다.
- 그 계획들을 년 단위, 월 단위 주간단위로 실천해 나가기.

3일차 (병인일) 2020년 7월 22일 수요일 - 주파수

'폭식 다음날'

04:30, 폭식을 한 뒤 일어난 거북스러운 아침, 얼른 방탄커피를 만들어 마신다. 도빈이와 옥경이는 매순간도 행복을 놓치지 않고 있다. 아침신문을 들고 산책을 나선다. 문재인정부 비판내용이 주를 이룬다. 종합소득세, 재산세 폭탄! 문재인정부는 참 똑똑한 것 같다. 정말 '빅픽쳐'다. 재산세를 더 거두기전, 부동산금액 등 자산의 가치를 미리 다 올려 두었다. 멋진 정부다. 정권을 위해서라도 그런 일을 정말 하기 쉽지 않은데 말이다. '이제 손댈 곳은 부자들이겠지?'

'산책'

산책을 할 때는 항상 작은 메모지와 볼펜을 챙긴다. 순간순간 떠오르는 생각들을 잊지 않기 위해서다. 아침, 아파트 아스팔트 바닥을 보니, 최근 부모님께서 장인 장모님을 초대해 다녀온 남해 여행이 떠오른다. 남해 마을입구 아스팔트 바닥에 적힌 글 '살살'. 최근 들어 운전습관 뿐만 아니라, 걸음걸이까지 느려지고 있는 내 자신이 감사하다. 법인영업시절에는 스파크로 170km/h를 경신하며 다녔던 나였다.

'아침 루틴'

산책을 다녀와 헬스장으로 향한다. 오늘도 집에 오는 길에 스타벅스에서 4,000원짜리 음료 하나를 골라, 얼음컵에 담아서 스타벅스 마크가 선명하게 찍힌 컵 홀더와 함께 아내의 기분을 좋게 한다.

'좋은 친구 그리고 살수차'

아침에 산책을 시작할 때 만난 세 청년이 있었다. 새벽에 무슨 일을 하고 왔는지 모르지만, 문닫은 중화요리집 앞에 자리를 편다. 산책이 끝났을 때 그 세 청년이 아직도 이야기 꽃을 피우고 있다. 행복해 보인다. 좋은 친구 몇몇만 있으면 인생은 성공한 거라는 할아버지들의 말씀이 떠오른다.행복하다. 동구초등학교 시계를 바라보기 전, 살수차 한 대가 물을 뿌리며 지나갔다. 나는 이제 신묘시가 되었구나 싶었다. 신묘시는 병인날과 천간끼리 간합이라는 것을 해서 '수'기운이 된다. 동구초등학교 시계를 바라보니 정확히 05:35분이라는 것을 보며 스스로 또 감탄한다.

'디너의 여왕 때문에'

집에 도착해 안방문을 열어보니, 아내와 도빈이는 캥거루 자세로 나비잠을 잔다. (사진첨부) 합격발표 주기로 한 디너의여왕 때문인지 덕분인지 나의 핸드폰은 켜져 있다. 불안한 마음에 최근 함께 하기로 한 소설책 한권을 읽지 못하고 있다.

'수고스러움'

아날로그 감성을 위해 장만한 우표와 편지봉투는 각각 100장.

손편지를 써 본사람이야 알겠지만, 손편지는 정말로 정성이 필요하다. 오전에 3장이나 쓰고 곧바로 빨간 우체통을 향해 집을 나선다. 물론, 손에는 메모지와 펜을 들고.

'비대면식'

빨간 우체통으로 걸어가며, 비대면식에 대해 곰곰이 생각했다. 빨간 우체통이 꼭, 비대면식 역할을 해왔었기 때문이다. 특히, 최근에는 코로나가 비대면시대를 더욱 활성화시키고 있다. 비대면식으로 안 해도 되는 것들까지 비대면화 되면서 우리사회가 더 냉담해지는 것 같다.

'공짜 막걸리'

봉순네 떡볶이집이 장사 준비중에 여념이 없다. 얼마전 먹은 건너편에는 신의주 찹쌀 순대집이 눈에 보인다. 아내는 찹쌀순대만 먹는다. 찹쌀순대를 사러 들어 간다. 비를 머금은 하늘과 어울리는 모둠 전이 보인다. 두가지를 주문한다. 계산을 하려니 함께 싸준 막걸리가 보인다. 서비스라고 한다. 명리학도로서, 술을 나타내는 '화'기운이 강한 시간대라는 걸 직감한다. 역시나, 세상의 기운을 거스를 수 없다고 생각하며 집으로 돌아간다.

'주식 폭락의 메세지'

요즘 이어폰을 끼지 않아, 주변 사람들이 이야기 나누는 걸 유심히 듣는다. 신의주 찹쌀순대집에서 식사하러 온 아주머니 두 분이 주식이야기를 나누신다. 나는 금융학도로서 주식을 어느정도는 안다. 어느정도 아는 부분 중 하나는 다음과 같다. '주식시장에 장바구니가 보이면 폭락의 메시지다.' 그렇다 현재, 유동성이 넘쳐나고 있다. 새벽 잠깐 읽은 한국경제신문에서 외국인까지 돌아왔다고 한다. 곧 폭락할 신호이다.

'인간도 자연이다'

평소 무심코 지나쳤던, 가로수들을 바라보며, 들려오는 참새소리에 집중하게 된다. 나는 오래전부터 인간도 자연의 일부라고 말하고 싶었고 우리가 만들어낸 모든 창작물도 결국 자연이라고 생각했다. 그 상황 속에서 현재 우리 인간은 '인터넷'이라는 '하나의 주파수' 에 맞추어, 모두가 접속하는 세상에 살고 있다.

'주파수'

자연은 모든 주파수가 조화를 이루고 살아간다. 우리는 자연까지도 '인터넷'이라는 하나의 주파수에 담는 날이 올 것 같다. 그 주파수는 집단화 되어가고 있고, 대부분의 직장인들은 소속된 법인체의 주파수에 맞추어 살아가는 듯하다. 스마트폰 주파수도 각 나라마다 다르다고 한다. 스마트폰 제조사들은 각나라에 맞춰 제품을 생산한다고 한다. 우리는 주파수가 맞춰 있는 단체에 그 음역대를 맞추어 생활하고 있다. 우리는 결국 스마트폰처럼 대량생산된 존재인가? 우리는 확실히 각자의 주파수를 잃어 가고 있는 것은 분명한 듯하다.

‘오늘도 별내동’

별내동 회계사 사촌형님 집에 다녀왔다. 복숭아 한박스를 가져가라고 한다. 곧 태어날 아이의 사주를 보니 의사다. 드디어 갈씨 집안에도 의사가 나온다. 말년까지 공부를 하는 친구이니 교수도 할 팔자로 보인다. 이름은 마지막자 ‘윤’ 을 고수하신다. 큰아버지 식구들은 모두 윤자를 붙이고 있다. 형님의 첫째 아들은 도윤. 이번에는 딸 조카다. 우리 도빈이랑 친구라니 생각만 해도 신난다. 도빈이는 태어나자 마자, 그렇게 형님과 여자사람 친구가 생겼다.

‘훈민정음 해례본’

ROTC 24기 소재학 선생님 제자인 신규영 선생님께 명리학의 기본을 세웠다. 그때 배운, 석하명리학 용신 찾기 함수를 손으로 계산해본다. 일반적으로 보면, ‘화’ 만 없는 친구인지 알았는데, 금의 기운도 점수로 이어 나가지 못한다. 금은 용신이 될 수 없다. 최근 훈민정음 해례본이 발견되고 우리 한글의 자음이 음양오행을 바탕으로 만들어졌다고 한다. 결론부터 말하면, ‘ㄱ’은 ‘목’, ‘ㄴ,ㄷ,ㄹ’은 ‘화’, ‘ㅁ,ㅂ’은 ‘토’, ‘ㅅ,ㅈ,ㅊ’은 ‘금’, ‘ㅇ,ㅎ’은 ‘수’이다. 나는 사실, 사주를 보시는 분들 중에 ‘ㅁ,ㅂ’과 ‘ㅇ,ㅎ’의 기운을 거꾸로 알고 있는 분들을 믿지 않는다. 본인 아집으로 지속적인 공부를 하지 않은 사람들이기 때문이다.

‘불이 필요로 한 아이’

음양오행으로 보면 없는 '화' 를 이름으로 쓰면 했다. 이미, 갈과 윤은 정해져 있다. 나윤이란 이름을 추천해준다. 그리고, 형님의 이야기를 들어준다. 형님은 어제 콩나물국밥에 소주한잔 마시며 하염없이 눈물을 쏟았다고 한다. 옆에 있는 도윤이 몰래. 딸 가진 아버지의 마음은 나는 모른다.

'

'디너의 여왕 ; 합격'

집에 도착해서 불안해하는 중 퀸즈코퍼레이션 인사부에서 연락이 왔다. 내일 출근할 수 있냐고 한다. 일단, 알겠다고 했다. 나의 셋째아이는 들뜬 마음에 첫 직장생활을 준비한다.

4일차 (정묘일) 2020년 7월 23일 목요일 – 땜 빵

'늘어나는 몸무게'

새벽 03시 40분 도빈이와 아내의 사랑소리에 잠에서 깬다. 어제 밤 꿈에서 부부관계를 하는 꿈을 꿨다. 방탄커피를 급하게 만들고, 몸무게를 잰다. 78.5kg. 어제 치팅의 효과다. 방탄을 마시고 키보드에 앉았다가 화장실을 다녀와 산책을 나선다.

'산책'

오늘 산책의 시작도 한국경제신문과 함께했다. 예상대로 부자증세 이야기다. 역시나, 우익세력의 의견을 대변하는 신문이다. 정부에게 벌써부터 경고하는 것이다. 너무 뻔하지만, 우리는 무의식으로 그들의 질서에 따른다.

'품냄새와 가로등'

풀냄새가 난다. 골프장과 제주도에서만 나는 냄새 인줄만 알았는데, 인창동 주공아파트 단지에서도 그때 그 냄새가 난다. 그리고, 짙은 새벽 속 가로등 불빛이 오늘 유난히 밝아 보인다. 신혼여행지였던 바르셀로나의 가우디가 만든 가로등이 생각난다. 그러곤, 어디선가 새소리가 들린다. 오늘 산책은 새소리를 따라가보자.

'새소리'

'삑!삑!삐비삐' 마지막 3음절이 음역대기 우 상향하는 소리다.

반복된다. 우리 도빈이의 울음소리가 연상된다. 어제 밤에 작성한 기자연수원 불참 편지를 들고 빨간 우체통으로 향한다. 빨간 우체통에 편지를 넣자 이슬비가 내린다. 이슬비는 집에 빨리 돌아가라며 재촉하는 것 같다.

'디너의여왕'

첫 출근했던 디너의여왕은 바이럴 마케팅을 전문으로 하는 광고플랫폼 업체였다. 오늘 하루 종일 배운 교육을 통해 얻은 결론은 우리가 아는 인터넷 세상은 말그대로 '조작된 사회'였다. 바이럴 마케팅은 검색창에 '맛집'을 검색하면, 마케팅 비용을 지불한 고객의 가게가 블로그 상단에 등장하게 해주는 사업이었다. 회사 영업자료를 보니, 인터넷뉴스에도 가격표가 붙어있다.

'어제 출근했다고 한다'

18:00, 퇴근을 위해 엘리베이터에 서니, 오늘 열심히 영업전화를 돌렸던 목소리의 주인공이었다. 낯이 익어 물어보니, 그때 면접을 같이 본 친구였다. 이 친구는 '어제 출근했다고 한다'. 그리고 영업수습사원 퇴사자가 수두룩했다. 내가 걱정되었다고 뒤늦게 합격 통보를 해온 디너의 여왕의 진짜 속내가 궁금하다.

5일차 (무진일) 2020년 7월 24일 금요일 – 비우고 또 비우기

'새벽'

03:45, 눈이 뜨인다. 아내는 내가 못 일어나게 한다. 나는 위치를 반대로 바꿔 가운데 도빈이 그리고 아내 나는 아내를 껴안고 다시 눈을 붙인다. 1분마다 다시 울리는 알람처럼, 사랑스러운 도빈이가 연신 알람을 울려 댄다. 컴퓨터에 04:00에 앉게 된다.

'루틴'

행복한 아침이다. 얼른 방탄커피를 마시고, 산책으로 영감님 들을 일으켜 세우로 나간다. 돌아와, 몸무게를 잿다. 78.3kg 다시 재어보니 77.8kg 샤오미 디지털 몸무게는 오차가 있다. 아날로그 몸무게가 좋지만, 두번째 직장 팀장님과의 여운을 남겨두기 위해 열심히 재고, 나를 위해 기록한다.

'불통'

사실, 아날로그인 우리가 벌써 디지털에게 진 것들이 많다. 최근에는 최후의 보루인 우리의 가장 소중한 자산인 경청과 공감을 죽여가고 있다. 어제를 돌이켜 보면, 세번째 회사 팀장님께 질문을 드리면 질문과 상관없는 대답을 해준다. 그리고 퇴근길 엘리베이터 앞에서 만난 입사동기에게도 로비에서 '어디 살아요?'라고 물어보니, 급하게 '역삼 약속 가야 돼요.'하며 퉁명스럽게 가버린다. 빠르게 변해가는 세상에 적응하는 건 어른들도 힘들지만, 젊은 친구들도 마찬가지다.

'입사포기'

디너의여왕은 3개월간 세전 180만원을 준다고, 근로계약서가 아닌 업무 위탁 계약서를 내밀었다. 2차 면접까지 끌고 말이다. 집에서 고민해보기 위해 계약서를 가지고 왔다. 정규직 전환 조건은 매출 월 최고 600만원 달성이다. 디너의여왕 입장에서도 남는 장사다. 미슐랭가이드에 매번 선정되는 오너쉐프 사촌형님과 고향에서 식당을 운영하는 부모님 그리고 큰아버지를 잘 설득해서 매출을 한번에 달성을 할 수 있지만 재준이가 생각난다. 올해 안에 함께하자고 했는데 재준이를 위해 나의 직장자리를 비워 둬야할 것 같다.

'떡볶이집 아줌마'

아내에게 재준이를 위한 배려로 디너의여왕 출근을 안 한다고 했다. 역시, 영화 말죽거리 잔혹사에 나오는 '떡볶이집 아줌마' 답게, 환한 미소로 응답한다. 도빈이에게 오늘 덕분에 목욕을 할 수 있다며 즐거워한다. 나의 변덕에 무감각해진 듯하다.

'비우고 또 비우기'

그렇게, 비우고 또 비우면 더 채워지듯, 계속 비우기 연습을 할 예정이다. 중요했던, 우리의 2가지 프로젝트도 어제 출근하면서 완전히 생각에서 사라져버렸었다. 다시 꿈을 살리고 기적을 맛보아가겠다.

'장인어른께'

아버님께 쓴 편지양은 6장이나 되었지만, 드리고 싶은 마음은 책 한권이다. 그만큼 아버님을 사랑하고, 앞으로 함께 행복하고 싶다. 아버님의 불안한 마음이 편안함으로 완성시킬 수 있도록, 얼른 재준이 사업도 번창시키고, 나의 책도 지속적으로 펴내야 겠다. 즐기다 보면, 돈은 따라오는 그런 세상이 진정한 자유민주주의 아니겠는가?

'조기축구회'

무진일 답게 바람이 매섭다. 아내가 정성스레 담아둔 일반쓰레기 2봉지 분량을 들고 쓰레기장으로 향한다. 건너편 아파트 입구에는 조기축구회 멤버인 어르신이 보인다. '안녕하세요' 인사를 건낸다. 스마트폰을 하고 계셨는데, 곧바로 아날로그로 접속하신다. 짧은 시간이었지만, 아버님이 마산에도 3년을 보내셨고, 결과적으로 IMF시절 워크아웃신청한 회사에서 40살에 나와 자영업으로 4년을 말아 드시고, 호텔에서 일하신다고 한다. 서울 근방 호텔은 관광객 급감으로 타격이 크다고 한다. 사실, 관광업은 해외만 타격이 있는 줄만 알았는데, 생각해보니 호텔업계가 전반적으로 타격이 큰 것 같다. 지금은 양양에 주로 나가신다고 한다.국내 관광객 증가로 그래도 동해안은 성수기라고 한다. 8일 나의 조기축구회 참석을 기약하고 헤어진다. 이렇게 아날로그적 삶이 행복하다며 스스로 자부하며 장인어른께 보내는 편지를 들고 빨간 우체통으로 향한다.

6일차 (기사일) 2020년 7월 25일 토요일 - 즉흥

'새벽'

새벽 첫 눈을 뜬 시간 02:30, 선명한 꿈내용으로 아침을 시작하려 했는데 너무 이르다. 강한 멘탈로 변한 아내는 기분 좋게 도빈이를 달랜다. 그리고 다시 눈을 뜬 05:20. 꿈내용은 아직 선명하다. 나의 모든 걸 내려놓게 한 꿈. 첫번째 직장 전무는 내게, 오리온으로 안내하는 듯하다가, LG패션쪽으로 방향을 튼다. 아무쪼록, 지원팀장에게 자기소개서를 남겨 라는 말을 하고 떠난다. 왠지 겸손해진 첫 회사 마지막 팀장의 등장으로, 뭔가 나의 영향력이 있었던 모양이었다. 나머지 다른 꿈 장면들이 조각조각 기억난다. 남해안 쪽이 강력한 지진으로 지도가 변하고, 고향 사천은 결과적으로 입지가 좋아졌다. 당시 지진이 발생한 지지의 해일 등 헬기조종사의 항공 뷰로 선명하게 자리잡고 있다. 그리고, 한 흑인 마을에서 수영대회를 한 것으로 기억한다. 물고기가 굉장히 많은 맑은 저수지였는데, 물이 금세 가득해졌다. 그곳에서 수영을 하다가 장면이 바뀌었고, 뭔가 길 잃은 친구들을 도와주는 그리고 내가 길 잃는 꿈이었다.

'팔당댐 수문개방'

오늘 자 한국경제신문에 팔당댐 수문개방 사진이 보인다. 자유를 찾아 나서는 물들은 큰 문이 생겨 그 사이로 빠져나간다. 자연스레 나의 BMW오토바이 일명 흰둥이와 함께 두물머리로 향한다.

저번에 본 우측에 사진기들이 많은 곳으로 향한다. 나도 조용히 사진기들이 바라보는 방향에다 사진을 찍는다. 그때 그 까페가 보인다. 두물머리 버킷리스트를 작성하러 왔는데, 그때 못 봤던 풍경들이 너무 아름다워 연신 카메라의 셔터를 눌러 댄다. 그때 가보지 못한 뒤 쪽 길로 연꽃을 보러 가는 길인지 사람들이 우르르 몰려간다. 사람들의 중력에 이끌려 나도 그리로 가본다. 천천히 더 천천히 주변에 토끼풀이 보인다. 천천히 기대하며 바라본다. 없다. 우측을 본다. 다시한번 천천히 심호흡을 한다. 있다. 5잎클로버를 엄청 뽑아 댄다. 다이어리를 보니, 오늘 ROTC리더십아카데미가 있다. 급히 집으로 향한다.

'드라이브'

아내의 좋지 않은 표정에, 아카데미 참석은 못하고 중요한 현수막을 ROTC중앙회관까지 가져다주기로 한다. 왕복 2시간이 걸렸다. 중앙회관을 다녀오는 길에는 노래 한 곡없이 순전한 나의 생각과 감각과 함께했다. 내가 이렇게 생각이 많은 친구인지 한번 더 깨달은 여정이었다.

7일차 (경오일) 2020년 7월 25일 일요일 – 골프와 인생

'가족과 나'

아침에 일어나 보니, 도빈이와 옥경이는 거실로 피난을 가 있다. 아무래도 내가 코를 심하게 골은 모양이다. 도빈이는 바운서에서 잘도 잔다. 화장실에서 유시민 작가 책을 보다가 많은 생각에 잠긴다. '놀이'에 대한 부분이었다. 노는 것은 좋은데, 계속 놀다 보면 사회적 책임과 도덕, 가족과 보내야 할 시간 등과 대립한다는 내용이다. 서로의 대립에 맞서 시간을 나누며 해답을 찾아 나가야한다고 한다.

'상무님께'

편지를 써 내려가기 시작하니, 10바닥 분량이 나온다. 나에게 해준 인사정책들의 혜택에 대해 모른다고 했지만, 사실 다 알았다고 이야기를 시작했다. 글을 마치니. 내가 좀 철이 없었나 하는 자성이 든다. 너무 하고 싶은 거만 하고, 재미있게 사려고 하는 것인가. 나도 그냥 숨죽이며, 작은 것에 행복해하며, 편도체의 크기를 줄이며 살아야 한다는 것인가.

'루틴'

나는 쉽게, 골프를 배우는 것을 예를 들어, 인생도 이렇게도 저렇게도 살아보면서, 경험으로써 자신만의 루틴을 빨리 만들어 본인을 가장 행복하게 해주는 루틴을 찾아서 사는 것이 현명한 길이라고 본다. 이렇게도 살아보고 저렇게도 살아봐야, 나에게 진정으로 행복한 길을 찾을 수 있다는 의미다. 물론, 법적 테두리 안에서.

'법'

단지, 사회적 약속과 같은, 법, 그런 것이 나에게는 옥경이와 장인 장모님이다. 나의 그런 자유로움을 기존의 관습과 전통을 이어 나가라는 신호인 듯하다. 그 결과 현재 계속 나타나고 있는 것이다. 물론, 그들이 가장 원하는 것은 대기업 재취업 등으로 이어질 듯하다. 재준이와의 사업에 성공하면, 아마 두 마리 토끼를 잡을 수 있으리라 생각된다. 재준이는 최근에 만든 세번째 아이를 포함하면 대식구다. 가족이 항상 행복해 보이는 그런 멋진 친구와 이웃주민이 되면, 함께 행복도 나눌 수 있을 것이다. 나와 함께 같은 취미인 골프도 치며 말이다.

8일차 (신미일) 2020년 7월 26일 월요일 – 우리 집안

'묵언수행'

06시가 조금 넘었다. 어제 받은 PT로 피곤했는지 늦잠을 잤다. 아내와 도빈이는 거실에 나와있다. 내가 일어나 거실로 나오니, 방으로 들어간다. 생각해보니, 분리수거를 안 했다. 방탄커피를 만들어 마시고, 분리수거를 다녀온다. 일반쓰레기를 버리러 다시 집을 나선다. 모든 일을 다 해놓고, 차를 타고 헬스장으로 향한다. 월요일이라 헬스장이 조용하다.

'MBTI'

미래를 MBTI로 보면, 한국 사회가 INTP 로 가고 있지 않나 싶어, 그들의 소비습관이 궁금해서 찾아본다. 그리고, 링크된 MBTI 테스트를 오랜만에 해본다. 놀랍게도, 성격이 바뀌었다. 원래, ENFP 였는데, INTP로 바뀌었다. 스트레스가 심하면, T기능이 발현되곤 하는데, 타고난 기질인 내성적인 부분이 잘 발현되어 현재 INTP로 바뀐 것이다.

'복기'

매일매일 발생하는 명리학의 천간의 합 패턴을 발견했다. 작년 결혼일까지 거슬러 올라가, 타임머신을 타듯 나의 다이어리에 패턴들을 그려본다. 그날 그날을 곡곡 씹으며 복기한다. 그 시점에 내가 만난 사람들과 기운들을 분석하고, 그때 만난 사람들이 나에게 어떤 영향을 끼치는지 분석한다.

'구리시 재난문자'

구리시 재난문자는 나에게 일을 하라고 하는지, 희망일자리사업에 참여하도록 유도하고 있다. 아내의 눈초리가 갈수록 예사롭지 않다. 이로써 묵언수행은 종료다.

'구리시 희망 일자리'

예전 같으면 집에서, 여러 서류를 뽑아 스캔해서 혼자 접수했겠지만, 주민센터를 다녀왔다. 친절한 직원의 안내 덕분에, 곧바로 접수를 하고 왔다. 8월 5일 발표다. 재준이가 올해 안이라고 말을 해줬는데, 그동안 소 일거리라도 하면 좋을 듯싶다. 구리에서 사는 것이 행복한 순간이다. 평소 같으면 무심코 지나갔을 안내소식이지만, 아날로그로 들어오니, 주변의 작은 속삼임에도 귀 기울이게 됐다.

'냉담'

아내가 씻는 모양이다. 아내가 나온다. 잠시 도빈이를 돌보며 배고파 하는 것 같아, '분유 좀 먹여도 되냐'고 첫 말을 내민다. 퉁명스럽게 돌아오는 대답은 100mL 먹였다고 한다. 혼자 유비무환으로 60mL를 타 놓는다. 아까 대문에 붙어있던 쪽지를 자세히 보니, 이번주 금요일 공사다. 08시부터 18시까지 이어지는 공사일정에 도빈이와 아내의 거처를 물어본다. 퉁명스러운 대답은 이어진다. '언니집에 가 있겠다'고 한다. '아기 나오고 하면 여자는 180도 달라진다'고 하던 어머니의 말씀이 떠오른다.

'성격차이'

아내는 원래 그랬다. 지극히 현실적이다. 나는 원래 그랬다. 지극히 몽상가다. 둘 사이에서 아기가 태어나니 융합할 수가 없다. 아내는 더욱, 현실적으로 변하고, 나는 가족을 위해 더욱 몽상가가 되어간다. 도빈이가 딸꾹질을 하니, 바운서에 눕혀 놓은 아이를 냉큼 데려간다.

'아픈 가정사'

돈을 잘 버는 사람들이 아내와 사이 좋은 이유를 알겠다. 현실은 '돈' 이다. 돈이면 안되는게 없다. 육아는 템빨이라는 아내의 사고에도 '돈' 이 중심인가 싶다. 나도 곧 그런 삶을 따라 가지 싶다. 하지만, 그 아비의 아들이라고. 아버지는 33년째, 어머니와 하루도 빠짐없이 함께 지내고 있다. 그 사이 싸우는 걸 보았고, 지금도 기억나는 장면들이 있다. 삼천포에서 식당을 할 시절, 아버지는 스탠 그릇을 바닥으로 내 던지고, 어디론 가 반나절 훌쩍 떠나버린다. 혼자 남겨진 어머니는 마음의 상처를 많이 입으셨다. 그전, 슈퍼마켓을 할 때 장면이 떠오른다. 외할아버지가 내려와 계신다. 뭔가, 진지하시다. 아마, 어머니에게 손찌검을 하신 모양이었다. 어머니는 그때부터 많이 독해지신 듯하다. 이 모든 게 어쩌나 이렇게 됐을까.

'부모님의 만남'

부모님은 원래, 창원에 계셨었다. 어머니는 전자회사 공순이로. 아버지는 창원병원 사무직으로 근무하셨다. 배관공이었던 아버지를 병원장님이 챙겨 주신 모양이다. 어머니는 고향 장흥에서, 외할아버지의 신장결석 수술로, 온 식구가 마산으로 넘어와 정착하신다. 전 재산을 수술비로 날리시고, 외할머니는 석전동 시장에서 멸치장사를 해서, 출가하지 못한 자식들 뒷바라지를 하셨었다. 당시 남녀호랭교를 믿으셨던 외할머니가 그곳에서 만난 지인. 즉, 우리 아버지의 친구분의 부모님과 만나 선자리를 봐주셨다고 한다. 첫 만남부터 아버지는 어머니를 울리시고, 창피를 줬다고 지금도 자랑삼아 이야기하신다. 왜 그런지, 사주를 보면 나오긴 한다. 지금까지도 항상 어머니를 웃기셨다 울리신다.

'부모님의 사주'

사실, 사주를 보면, 두 분은 서로 너무 필요로 하다. 아마, 둘 중에 한 분이 일찍 돌아가시면, 얼른 다른 분을 붙여 놓아야 할 정도로 두 분이 함께 있어야 좋다.

'아버지'

아버지는 삼천포에서 사업을 하셨던, 큰아버지의 부름에 나를 배에 품고, 89년도에 삼천포로 오셔서 슈퍼마켓을 시작하셨다. 상가 주인은 장사가 잘되는 우리집을 매일 해코지했고, 시달리던 차에 부모님은 급히 거금 5,000만원으로 삼천포 용강동 현대아파트 상가자리에 수입코너 숍을 연다. 주인의 해코지가 잠잠해진 차에, 곧 IMF가 터진다. 아버지와 나는 서로 공통점이 있다. 뭔가 남들보다 항상 굉장히 빠르게 앞질러 가는 것이다. 그리고, 항상 그렇듯 먼저 가는 사람은 외롭다.

'슈퍼마켓과 식당'

아버지는 건너편, 대형 쇼핑몰이 생긴다는 소식에, 곰탕 집 체인점을 여셨다. 대구 달성의 현풍 박소선 할매집 곰탕이었다. 완성품만 받아오지 않으시고, 거금의 로얄티와 돈을 들여 사람을 불러서 요리를 배우신다. 직접 곰탕을 끓이신다. 곰탕만 하다가 안되겠다 싶어 갈비를 배우셔서, 새벽이면 항상 갈비를 손질하고 재우셨다. 성실함은 갈씨 집안 특징인 듯하다. 그 시절 나는 식당 안쪽 작은 방에서 누나와 부모님과 중학교시절까지 함께 보냈다.

'사천으로'

삼천포 경기가 도저히 회복될 기미가 없는 차에, 부모님은 식당을 정리하시고 사천으로 올라가신다. 빚을 낼 수 있는 대로 다 내신 두 분은 지금 자리에 송화관이라는 식당을 내건다. 역시나 3번째 도전이었던 것 같다. 그 자리에서 누나와 나를 대학교를 보내신다. 고등학교 진학은 아버지 말씀에 맞춰 진주로 유학을 간다. 남다른 책임감이 있어 3년간 반장생활을 하고, 동아대학교도 신학했다. 고1 첫 모의고사가 수능성적이라는 주변의 악담을 현실화시킨다.

'부모님 덕'

부모님의 도움으로, 학자금 대출없이 행복하게 대학시절을 보내고 나는 학군단을 다니며, 장교로 임관을 한다. 전역과 동시에 취업을 한 회사가 바로, 대상 주식회사이다. 전분당영업이라는 생소한 사업에서 영업본부 우수사원, 전사 최우수사원도 달성한다. 부산지점까지 다녀와 서울에서 결혼을 하고 지금에 이르렀다. 아직 시작도 하지 않은 인생 같기도 하다.

'백수작가'

내가 도빈이 만한 시절, 부모님은 열심히 슈퍼마켓 사업을 처음 시작하셨을 때겠다. 현재, 도빈이의 아버지는 실질적인 백수다. 글이나 쓰고 앉아있다. 30살에 책 한 권. 40살에 책 한 권. 모든 젊은 독서가들의 꿈일 것이다. 그래도, 32살 즈음 책을 한권 쓰고 있는 내 자신이 그래도 기특하다.

'마라톤'

42.195km를 3번 완주한 경험이 있다. 3번 모두 준비없이 그냥 뛴 결과다. 마라톤은 몸에 고질병이 있으면 뛰다가 나타난다. 그리고, 몸이 성하지 못하면 완주하지 못한다. 성한 사람이면 정신으로는 누구든지 완주하리라 본다. 내가 증명해냈다. 42.195km 구간을 나의 인생. 그리고 앞으로의 계획으로 구성한다면 누구나

완주할 수 있다.

'60일'

나의 이 책도 60일간의 기적. 60일간의 길고 긴 여정이지만, 나의 인생을 돌아보며 그들과 함께 간다면, 꼭 완주하리라 생각된다. 인생을 되돌아보는 것은 무척 고통스럽다. 수많은 후회와 반성을 하게 되면서, 현재 나 자신에게 지속적인 한탄이 쏟아지기 때문이다. 하지만, 꼭 해야 한다. 자주 할 수록 좋을 것이다. 나의 펜팔친구이자, 멘토 이셨던 고 윤병철 회장님의 말씀처럼 항상 자성하며, 자중 자애하며 긍정을 잃지 않아야 한다. 매일매일, 매주, 매달, 매년. 그렇게 하면 좀더 멋진, 좀더 구체적인 미래를 수정해 나갈 수 있다.

9일차 (임신일) 2020년 7월 27일 화요일 – 성격

'화해'

어제 밤 옷장에서 잠을 시작해, 새벽에 뒷골이 쪼여오고, 속이 거북한 나머지 거실에 있는 108배전용 베개위에 똬리를 틀었다. 그런 모습이 안스러웠는지, 아내가 새벽에 와 엉덩이를 토닥거린다. 아내는 아기를 둘을 키우는 듯하다. 첫째 아이에게는 요즘 사랑을 못 주는 듯하다. 그렇게 눈을 뜬다. 아침 07시 30분. 오만가지 핑계들이 머리를 스친다. 루틴을 찾기 위해 방탄커피를 내린다. 어제 치열했던 저녁식사 현장을 정리한다.

'어린왕자'

어제 사실 좀 울적했다. 아내에게 사랑을 못 받았는지 말이다. 혼자, 정신병이 있나 싶어 정신병 테스트도 해보았는데, 다행히 자폐 1단계에 있다는 결과가 나왔다. 어린아이 한 명이 내 마음 속 그대로 머물러 있다는 것이다. 그만큼 너무 순수하다는 말이다. 수많은 모임을 통해 어른들도 마찬가지로 그 순수한 어린아이와 같은 마음이 마음 속에 존재한다는 걸 알았다. 그래서 더 세상을 순수한 마음으로 살아가겠다는 생각이든지 모른다.

'누구나 다른 삶의 궤도'

누구나 삶의 궤도가 있는 듯하다. 아내와 나아는 인진한 나는 행성이다. 물론, 함께 은하계를 만들어 가야한다고 생각한다. 그러기 위해서는 솔개가 새로 탄생하듯, 자신의 깃털을 뜯어내고, 연마를 해야만 한다. 물론, 아내는 일반 직장인으로 살아간다면, 나의 든든한 위성이 되어 줬으면 한다. 내 스스로 은하계를 찾아 가든, 작지만 건실한 태양계와 같은 항성계를 만들어 낼 수 있도록 하자. 그 과정이 순탄치만은 않을 것이다.

'숙면의 중요성'

와이프의 얼굴표정이 좋다. 역시 숙면이 중요한 모양이다. 이사를 가면, 얼른 각방을 써야 할 노릇이다. 나는 어제 옷장 요가매트와 거실 108배 방석을 전전긍긍해서인지 기운이 없다. 어제 밤 먹은 너구리와 짜파게티는 이내 나와 한 몸이 되어버렸다. 최근 헬스장 몸무게가 77.15kg를 가리켰는데, 오늘은 77.85kg였다. 돌아오는 길 체중도 이미 운명이 정해져 있는 건 아닌가 싶다. 운명을 바꾸고 싶다.

'MLCC'

헬스장을 가면서, 한국경제신문을 챙겨 갔었다. 걸어가며, 눈에 뛰는 것은 MLCC. 한글로 '적층세라믹커패시터'라고 한다. 반도체들이 전류에 손상되지 않도록 전류를 모아서 배분하는 장치로 보인다. 일본회사가 패권을 쥐고 있는 가운데 삼성전기가 따라가는 형태, 이재용이 주목하고 있다고 한다. 스마트폰에 들어가는 소재인데, 전기차에는 스마트폰 15~20배 정도 들어가기 때문이다. 와인잔에 가득 채우면, 수억을 하는 고가라고 한다. 세라믹과 니켈을 번갈아 쌓아 만든 머리카락크기라고 한다. 인간의 두뇌에 비유하면, 소뇌와 편도체를 한꺼번에 컨트롤할 수 있는 대뇌전전두엽, NPFC 라고 할 만하다.

'긍정의 부정성'

긍정에는 한계가 없다고 하지만, 긍정적인 것에 단점은 그런 강력한 전파에 주변과 마찰을 일으켜, 전구의 휴즈가 나가듯 스스로 무너질 수도 있다고 생각한다. 위에서 언급한 MLCC 같은 요소를 얼른 루틴에 개발해 사용하고 싶다. 거시경제학도 중요하고, 미시경제학도 중요하지만 그 사이의 뭔가 연관성, 배분하는 역할을 하는 공부가 참 중요하니 말이다.

10일차 (계유일) 2020년 7월 29일 수요일 - 배려

'늦잠'

07:00, 오늘도 늦잠을 잤다. 정상궤도에 얼른 올리자. 간밤에 수많은 꿈들과 사투하고 나니, 기운이 하나도 없다. 얼른, 방탄커피를 챙겨 먹는다.

'루틴'

도빈이가 아침부터 난리도 아니다. 아내에게 '도와줄 거 없냐'고 물어보니, 대답이 없다. 산책을 나선다. 나의 소중한 궤도에 올라타도록 하자. 골프연습을 끝내고 샤워를 해서 1층 현관에 나오니 비가 온다. 미용실 한 군데만 꾸준히 다닌 곳이 같은 건물 2층이다. 올라가서 우산을 빌려온다.

'미용실의 배려'

비가오는 날에 우산은 굉장히 귀하다. 그런 귀한 우산을 흔쾌히 빌려주신다. 어제 두고 간 손님 우산이라 말씀하신다. 오늘 오후 2시 PT를 받기로 한 날이니, 나중에 우산을 돌려드릴 겸 돌아와서 이발 해야겠다. 상대방에게 먼저 GIVE 할 것을 제시하고, TAKE 까지 해줄 수 있게 하는 것이 또 나만의 영업비밀이 될 듯 싶다. 소중히 빌린 우산으로 스타벅스로 향한다.

'스타벅스의 배려'

스타벅스 입구에는 항시 비를 잠시 막아주는 우산이 고정되어 있다. 편안히 문을 열고, 오늘 오신다고 하신 처형 음료까지 두 잔 준비해서 집으로 향한다. 집에 도착해 반갑게 도빈이에게 혼이 나가신 처형과 인사를 하고, 바로 스타벅스 음료를 얼음잔에 따라 묵묵히 가져다 드린다.

'기적을 나누기'

처형에게 요즘은 쓰지 않는 나의 핸드폰 뒤에 6잎클로버 떼어, 처형 핸드폰 뒤로 심어드린다. 결혼 준비하시는 요즘 기적이 항상 함께하길 바라는 마음에.

'아내의 배려'

처형이 청담에 친구 만나러 나갈 때, 아내도 은행을 다녀오기로 했다. 내가 실업자가 되니, 은행에서 마이너스통장을 만기에 다 반납하라는 통보에, 아내가 마이너스 통장을 만든다고 한다. 만들어 가는 김에 도빈이 통장도 만들어 온다고 한다. 기본증명서와 가족관계증명서, 등본까지 도빈이 이름으로 다시 때러 오라고 한다. 나는 냉큼 달려간다.

11일차 (갑술일) 2020년 7월 30일 목요일 - 도빈이와 두물머리

'굿모닝'

신문을 읽고 잠시 산책 겸 나갔다가 예쁜 구름에 흠뻑 빠졌다. 와이프를 설득해, 아들인 도빈이와 남한강과 북한강이 만나 한강이 시작하는 두물머리로 나선다.

'두물머리'

저번에 보아 둔 교각아래 무료주차장을 이용해 새미원 입구로 들어간다. 도착하자 마자, 다시한번 자연의 아름다움에 흠뻑 빠지고 말았다. 계획했던, 두물머리 버킷리스트를 쓸 틈도 없이 말이다. 소중한 순간들을 디지털 카메라에 담아온다. 도빈이는 새벽동안 엄마와 전쟁을 치르다 잠이 들어, 아름다운 풍경들을 함께 보지 못했지만, 나중에 커서 사진을 보여주기로 한다. 미래의 도빈이에게 너는 잠을 자서 못 봤지만 함께 가서 직접 다시 보지 안을래? 라고 하면, 스스로 자발적인 동기가 생기고 훨씬 여행의 의미가 있을 것이다.

'사이렌오더'

자연을 마음껏 섭취하고 나니, 도빈이에게 파도소리를 들려주고 싶다. 역시, 현실적인 아내는 즉각 반대한다. 집으로 돌아오는 길, 아내가 사이렌오더로 스타벅스에 주문을 한다. 최근 계속 오프라인으로 접속해서 들어간 집 앞 인창동 스타벅스에 간다. 나의 비서의 돌발행동에 저절로 내가 비서가 된다. 아내의 일용할 양식을 차에 가져와 집으로 향한다.

'노인들의 사진찍기'

새벽 두물머리를 가보면, 사진을 찍으시는 노인분들이 굉장히 많다. 두물머리에서 아내와 대화를 나누다 보니, 아니 일방적으로 혼자 떠들다 보니 노인분들이 왜 사진을 찍는지 대충 짐작이 갔다. 살날이 얼마 남지 않았지만, 이 아름다운 광경을 머릿속에는 금방 잊혀지고, 사진으로 담아서 집에서 느끼는 성취감, 만족감, 자부심을 느끼기 위한 행위일 것이다. 위 3가지가 행복의 원리라고 한다.

'추억의 소중함'

두물머리에서 곰곰이 생각해 본다. 지난 10일간 나의 모든 머릿속의 복잡한 생각들과 순간순간을 기록하며 지내왔지만, 그 이전의 그러니까 지금까지 살아온 소중한 인생의 과거에는 무슨 의미가 있을까? 나는 과거의 의미들이 소중한 사람과 함께한 소중한 추억들 만이 그간의 복잡한 과거들을 정리할 수 있는 순간들이라고 생각한다. 앞으로도 이렇게 사랑하는 사람과 소중한 추억을 담아 남은 여생을 즐겼으면 한다.

12일차 (을해일) 2020년 7월 31일 금요일 – 거대폭발의 마지막

'오전'

아침, 05시 기상 와이프와 도빈이가 집을 떠날 채비를 한다. 오늘은 08시부터 개별난방 공사를 진행하기 때문이다. 06시 집을 나서서, 강변북로를 따라 상도동 처형 댁으로 향한다. 뭔가 담겨있는 작은 가방과 수유시트를 아내에게 들려주고 돌아오는 길. 나의 비서가 휴가간 느낌의 금요일이다. 돌아오는 내내 첫 직장의 출근길이 많이 떠올랐다. 경차와 함께 1년에 30,000km이상 달렸던 나날들. 그때보다 큰 투싼을 타면서, 너무 편안한 마음으로 사니 이렇게 행복해도 되나 싶다.

'귀가'

기름을 넣고 집으로 돌아오니, 미전플라세. 이미 8층은 공사 준비완료다. 08시가 되니, 하나 둘 인부들이 들어온다. 마스크를 안한분께는 '신생아가 있는 집' 이라고 필히 양해를 구한다. 체온계가 생각나, 들어오는 분들 모두의 체온도 재어 드린다. 스스로 왜 이렇게 유난을 떠나 싶다. 청소기로 인부들의 흔적을 지우며, 오랜만에 블루투스 이어폰을 끼며 공사소음을 피해본다.

'경진시'

경진시 자체의 '경' 과 '을' 이 '금기운'으로 간합되어, 나의 본 주위는 '금'기운의 환향이다. 아침, 신발장을 정리하다가 영화

'기생충' 에 나왔던 처음보는 행운석이 보인다. 우리가 살기전에 살던 사람들이 두고 간 모양이다. 우리집은 금속 기계들로 벽이 뚫리고, 금속 기계장치가 벽에 달린다. 안방의 바닥을 파내고 다시 메우는 공사가 진행된다.

'콜렉트 콜'

재준이에게서 아내를 통해 연락이 왔다. 재준이의 통화 요청에, 집 주변 공중전화박스를 찾아 나섰다. 얼마 안가 직관적으로 아울렛 건너편 인창 주공단지 쪽 길목에서 공중전화박스를 찾았다! 일반카드로는 되지 않고, 동전이 없어 콜렉트 콜로 재준이와 잠깐 통화를 한다. 나의 목소리가 잘 안 들린다고 한다. 바쁜지 14시에 통화하기로 소통하고 집으로 돌아온다. 혼자 이런 상황이 너무 재미있는지 미소를 머금고.

'10월에 합류'

14시에 재준이와 통화를 한다. 현재, 공장 허가 건으로 3개월간 공장을 멈춘다고 한다. 일거리가 없으니, 10월에 합류하기로 한다. 12일간의 큰 분화활동이 멈추는 듯하다.

제4화 13~24일간의 휴식기

13일차 (병자일) 2020년 8월 1일 토요일 - 복기

'거실생활'

07:50분 기상. 역시나 명리학으로 미리 계산해둔 날씨가 예상대로 굉장히 흐리다. 우리 가족은 거실생활 중이다. 어제 안방에 시멘트 작업이 있어 말리고 있다. 최대한 빠르게 건조시키기 위해 에어컨은 제습으로, 그리고 선풍기들 돌리고 있는 중이다. 오늘밤만 자면 무난하게 다시 안방으로 들어갈 듯하다. 아침, 쓰레기통들을 비우기 위해 나선다. 집 앞 평소보다 얇은 토요일 신문을 들고 쓰레기를 비운다. 저번 조기축구회 회원을 만난 정자에 잠깐 앉아 신문을 읽는다.

'10월까지는 떡볶이 아줌마와 함께'

신문에 유독 '라이더 들의 몸값 상승 중' 기사가 눈 여겨 보인다. 집에 방치된 BMW 오토바이를 꺼낼 절호의 기회다. 신문에서 알려준 플랫폼 3사 사이트에 접속한다. 배달의민족은 250cc 이하만 접수 받는다. 나머지 2개사에 접수한다. 아내는 즉각 반대한다. 하지만, 저번 아내의 '기저귀 값이라도 벌어오라'는 소리에 묵언수행까지 진행했던 나는 '돈을 벌어야겠다'고 신청한다. 어차피 나는 만약을 위해 이륜차보험 말고도, 이륜차 운전자 보험까지 가입해둔 상태다. 어차피 어제 재준이와 14시 통화로 재준이 회사에는 10월에 입사하기로 했으니, 남은 8월과 9월은 '정말 하고싶은 일들을 마음껏 해야겠다'고 생각했다. '구리시 코로나 희망일자리'와

'라이더' 그리고 '작가생활'도. 그 외에도 설레 이는 일들을 많이 해보자!

'호텔조식'

아침, 호텔 조식처럼 와이프의 식사를 차려준다. 아랫집으로 이어지는 중앙난방공사 소리는 점차 멀어져 간다. 역시나, 예상대로 비는 계속 내리고 있다. 도빈이는 쥐 죽은 듯 잠이 들고, 와이프의 엄지손가락 손놀림은 여유가 있어 보인다.

'손 편지'

어제부터 오늘 아침까지 손편지를 여섯 통이나 썼다. 드디어, 급히 연락했던 13명의 목록에게 손편지를 다 보냈다. 한 친구는 싱가폴에 있어, 미루고 있지만 이번 두번째 단에는 완료해야겠다. 손 편지를 쓰는 것은 굉장히 수고스러움이 많이 필요하다. 나의 주관과 경험에 근거하면 마라톤 1회 완주와 비슷한 느낌이다. 정말 긍정적으로 생각해야 완료할 수 있는 작업들이다. 답장을 써주는 것은 훨씬 더 대단한 일이라고 생각이 든다. 공감능력이 필요하기 때문이다.

'A/S'

작아진 줄 알았던 공사소리가 요란하다. 어디론 가 떠나고 싶다. 나의 편지들을 보내기 위해 집을 나선다. 그리고, 헬스장에서 운동을 하고 집에 가려 하니 비가 쏟아진다. 비 덕분에, 아래층 미용실에 들려, 더 자르고 싶은 나의 머리를 A/S 받는다. 헬스장에서 깨끗이 샤워를 하고 현관에 선다. 비가 그칠 기미가 보이지 않는다. 미용실에서 다시 우산을 빌리고자 하니, 아저씨에게 괜히 미안하기도 해서 비를 흠뻑 맞고 집에 온다. 다시 샤워를 한다. 창밖을 보니 비가 완전히 그쳤다.

'갑오시에 갑오인'

샤워 중에, 회계사 사촌형님이 전화가 많이 오셨 단다. 와이프도 도빈이를 보느라 전화를 못 봤다고 한다. 갑오일주인 사촌형님이 갑오시에 전화를 주신 것. 전화를 드리니 별내 이마트로 오라고 한다. 또 과일을 사주실 모양이다. 멜론, 자두, 수박, 무알콜맥주를 담고, 이마트 문화센터 주산학원을 다니는 초등학교 1학년 조카 도윤이 얼굴을 보고 집으로 향한다. 비가 거세게 쏟아진다.

'저녁식사'

역시나 자신의 모습을 절대 숨기지 않는 친구 '화기운'이다. '화기운'들인 맥주와 소주파티다. 너구리도 한 마리 물어온다. 이마트에서 돌아오는 길 곰곰이 생각해 보았다. 요즘 이렇게 시간이 많은 게 정말 부자인 느낌이다. 어차피, 돈으로 할 수 있는 것을 쫓다 보면 끝도 없겠지만, 요즘 이런 시간이 너무 좋다. 매 순간을 즐기자.

'복기'

예상대로 밤안개가 자욱하다. 그런 가운데, 집청소를 열심히 하고 따듯한 커피한잔을 내려 오늘을 점검한다. 오랜만에 짐론의 '드림리스트'라는 책을 꺼내 든다. 그리고 다시, 우리가 처음 직관적으로 세웠던 3가지의 계획에 대해 집중해본다.

1. 두물머리 버킷리스트

1-3) 일산으로 이사 가기.
1-4) 60갑자 다이어리 만들기.

2. 60일 이후 하고 싶은 것들

2-2) 시베리아 가기
2-3) 망한 골프장 가보기
2-4) 재준이의 60일간의 기적 그리기
2-5) 아날로그 지속하기
2-6) sns, '12.7.14,15일 살펴보기
2-7) 친구 인수, 호주주소 물어보기

14일차 (정축일) 2020년 8월 2일 일요일 - 독서관1

'아침'

아침, 06:30. 드디어 긴 꿈을 헤쳐 나와 현실세상에 눈을 뜬다. 새벽에는 어김없이 아내와 도빈이의 요란한 천둥소리가 함께했다. 헤라보다는 제우스같은 아내의 손에 들린 스마트폰을 바라본다. 언제 저 손에 스마트폰이 아니라, 책으로 바뀔지 기도한다. 저 손에 있는 스마트폰이 책으로 바뀌면, 아내의 소원인 샤넬 백 갖기는 자동으로 주어지리라 확신한다. 오늘의 몸무게는 78.7kg. 견갑골이 아파와서 다이어트보다는 자세교정에 더 신경쓰기로 했다.

'미래의 기업'

오전, 백과사전을 통해 각 산업혁명들 그리고 4차산업혁명에 대해 공부를 해본다. 결과적으로, 인류는 AI에 대항할 수 있는 것을 잃어가고, 그런 일들을 앞당기는 것은 큰 기업들. 최근, M&A는 현대문명사 중 가장 활발히 일어나고 있다고 한다. 우리가 살아 남아야 할 길이 보인다. M&A, AI에 흡수되지 않는 우리만의 개성을 잃지 않는 것. 그리고, 그런 사람들과 함께 연대해 나가는 것. 그런 의미에서, 재준이 사업은 큰 기업들의 수차례의 유혹에 맞서 지켜낸 사업인 만큼, 앞으로 독창성 있고, 누구도 넘볼 수 없는 그런 사업으로 이끌어 나가야한다. 개인적인 답은 각 OEM 사들과의 연대다. 또한, 앞으로 영업권을 쥐고 있는 큰 기업들이 작은 기업들보다 더 인간다워진다면, 지속가능한 성장이 될 것이다. 즉, 기업들은 아날로그적 감성이 지속적으로 필요하게 될 것이다.

'노른자와 따듯한 아메리카노'

나의 이 소중한 하루가 아날로그 감성들을 지속적으로 탄생시켜, 결합시키고, 확장 시켜 나가는데 중점을 두어야 하겠다. 나의 아침식사인 방탄커피를 마신 뒤의 가끔 찾아오는 허기짐을 따듯한 아메리카노에 익히지 않은 달걀노른자를 섞어 달래 주듯 말이다. 노른자와 따듯한 아메리카노는 AI 그리고 큰 기업들이 생각해낼 수 없는 것으로, 오직 나만의 직관력과 경험들이 있기에 가능하다.

'자뻑, 그리고 도서관으로'

생각해보면, 남들 눈에는 보이는 나 갈유겸은 정말 부러움에 대상일 듯하다. 대기업도 다녔었고, 이쁘고 내조 잘하는 아내도 있고, 아들도 있고, 골프도 잘 치고, 홀인원도 하고, 독서도 많이 하고, 800CC의 오토바이도 타고, 책도 쓰는 정말 멋진 친구다. 하지만, 나는 단한번도 스스로 만족한 적이 없다. 가장 중요한 인생의 '소명'을 담은 '직업'이 없어서 인지 모르겠다. 재준이 덕에, '소중한 사람을 위한, 그 사람의 회사를 위해 일하기' 라는 나의 소명을 이루기 2달 전이다. 2달 동안에는 재준이의 사업에 도움이 될 만한 책들을 많이 찾아 봐야겠다. 도서관으로.

'21권'

오늘 도서관에서 무려 4시간 연속으로 21권의 책과 싸웠다. 스스로 '공학도'가 아니기 때문에, '공학도' 관련 책 6권을 먼저 고르고, 곧바로 경영서적 7권을 뽑아 든다. 눈에 띄는 4차산업혁명 관련 책도 8권을 뽑아 들었다. 12:30 접어들 무렵, 세상처음 느껴보는 현기증이 갑자기 밀려온다. 포기하지 않고, 1시간을 더 책에서 뭔 가라도 뽑아내려고 안간힘을 쓴다.

'경영서적'

경영서적에서 '린경영전략'이 가장 눈 여겨 볼만했다. 대부분의 경영서적에서 말하는 것은 '기본 중의 기본'들이었다. 인사관리의 공정성은 무엇보다 내가 퇴사하게 된 원인 중에 하나였기때문에 특히 공감되었다. 유능한 인재들을 돌보기 위해서는 유능한 팀장들을 남겨야만 하는 것이 기업의 숙명인 것이다. 연공서열이 무너지지 않으면, 인력유출은 보다 심각해질 것이다. 또한, 기업의 비전들은 구성원들이 공감할 수 없는 부분이 크기 때문에 경영진들의 이야기들을 팀장들이 체득하여, 팀원들에게 완전히 전달돼야만 구성원들의 신뢰도를 높일 수 있는 것이다. 팀제도가 활성화된 우리나라 사회에서 무엇보다 중요한 부분이었다.

'미래서적'

4차산업혁명관련 서적들 속에서는 '레드퀸효과'가 적절히 비유되었다. 레드퀸효과와 현대인의 의미는 현대인들이 아무리 열심히 쫓아 따라가도 앞서 달리는 시대와 개인의 격차를 좁히지 못하는 것이다. 즉, 앞으로의 시대에 도태되지 않으려는 우리의 불안감을 잘 나타내 준다. 하지만, 미래를 예측하기 가장 쉬운 방법은 '우리가 미래를 만드는 것'임을 책에서 공감한다.

'공학서적'

'공학도' 관련 서적들은 펼치자 마자 잊고 살았던 수많은 수학 공식들이 등장한다. 처음 느껴본 현기증이 설마, 뇌출혈로 이어질까 걱정되어 잠시 덮어둔다. 공학도인 재준이에게 책들을 추천 받아 정독 해야겠다. 대신해서, 과학과 기술 그리고 공학의 개념과 차이점들을 익힌다.

'하루가 저물어'

하루 종일 햇빛을 보지 못했다. 헬스장에서 스트레칭 위주로 최대한 짧게 운동을 마치고 집에 돌아오니, 15시가 훌쩍 넘었다. 아내는 또, '한량을 쳐다보듯' 한심스러운 눈빛으로 눈치를 준다. 모르는 척 냉장고를 비우기 시작한다. 이내 아내는 덩달아 새로운 음식들을 내어준다. 배를 채운 뒤, 도빈이의 수영장이 마련된 거실에서 수영 겸 목욕을 시키고 분리수거를 끝냈다. 글을 잡고 보니 19시가 넘어섰다.

15일차 (무인일) 2020년 8월 3일 월요일 - 도서관2

'이사 그리고 도서관'

06:30, 일어나 방탄커피를 챙겨 마시고, 대청소를 시작한다. 드디어, 거실에서 안방으로 아내와 열심히 이사를 완료했다. 그리고, 나는 도서관으로 향했다. 도착하자 마자, 경영서 코너로 간다. 오늘은 피터 드러커의 책 6권과 인사관련한 책 6권 그리고, '세계 최고의 인재들이 어떻게 기본을 실천하는지','당당한 나를 만드는 법' 2권을 집어 들고 앉았다.

'피터 드러커의 3가지 통찰'

피터 드러커는 생각보다 위대한 사람이었다. 경영자의 정의와 의의 부분이 인상깊었다. '경영자는 기관이다'. '장교는 군대의 기관' 이라는 장교의 책무가 생각나게 하는 책이었다.

특히, 피터 드러커의 책 마지막에는 항상 '경영자의 사회적 책임'을 거론하는 나와 생각이 비슷한 저자였다.

또다른 특별한 부분은 직장내에서의 '인간관계' 였다. 대학교를 예를 들어, '교수' 들의 업무성과를 위한 예시였다.

대학에서 '교수들이 학생들을 잘 가르치게 만드는 환경' 이 가장 중요한데, 교수들 대부분이 '인간관계'와 '학생을 가르치는 일' 이 두가지를 동시에 잘하는 사람은 거의 없다고 한다. 그런데, 새로 부임한 대학교 총장이 '인간관계'에 집중하는 순간, 교수들의 세계는 무너진다고 한다. 반대로, '인간관계가 좋은 집단' 안에서,

한 명의 성과가 탁월해지는 순간 주변사람들이 발전하지 못하도록 방해한다는 단점이 생긴다고 한다. 즉, '인간관계'를 너무 외면하지도 중시하지도 않아야 한다고 한다.

이 부분들은 피터 드러커의 또다른 책 중 '가족경영'에 대한 부분으로 해결되었다. 가족경영에서 '외부 인사' 가 중요한데, 외부인사가 가족과 함께 가족처럼 지내 어도, '적당한 선을 지키는 것' 이다. 나도 재준이의 회사에서 '적당한 선을 지키는' 외부인사가 되겠다.

'기업의 목적'

사실, 이윤추구가 기업의 목적으로만 알았던 순간이 오늘 바뀌었다. 기업의 목적은 '조건' 이며, 고객 창조에 있는 것. 이것이 기업의 목적이다. 충격적인 통찰이다.

'자신감, 배움, 정리, 인품'

2가지 제목이 마음에 들어서 골랐던 책들은 나에게, 자신감의 중요성을 심어주었고, 모든 '배움' 에는 늦은 때 란 없다는 사실과 이력서 관리를 꾸준히 해야함을 알려주었다. 특히, 인품의 중요성을 공감했다.

'성공하는 기업의 7가지 습관'

인사관리 관련 6권을 책을 속독하면서, 눈에 들어오는 것은 성공하는 기업의 7가지 습관이다.

1) 고용보장
2) 신입자의 엄격한 선발
3) TF팀의 분리화
4) 집단성과급을 포함한 상대적 임금
5) 강도높은 교육훈련
6) 조직내 상하간 지위격차감소
7) 조직 전반에 걸친 정보공유

그리고 인사관련 입사부터 퇴사까지 모든 과정을 원포인트 레슨을 해주는 책이 많다는 것에 감사했다. 이후에 꼭 써먹자!

'귀가'

매일 14시면, 도서관의 자체 소독 시간이다. 그 시간에 맞춰 일어나 하나은행을 다녀왔다. 우리집 전세자금 대출 이자가 너무 높아 보였기 때문이다. 상담원은 '다음 전세계약 할 때 갈아타는 수밖에 없다'라고 조언해준다. 오늘은 헬스장을 가지 않았다. 오전 이사를 하랴, 도서관을 가랴, 에너지 소모가 컸던 모양이다. 샤워를 끝내고, 오랜만에, 1일 1식중 지방식을 실컷 한다. 그리고 도빈이 곁에서 잠든다.

'저녁'

신생아 보다 깊게 자다 보니, 시간은 18시가 넘었다. 아내는 완전한 독일인이다. 배달의 민족으로 곱창전골로 소주를 유혹하지만, 글을 쓰며 수박으로 달랜다. 도빈이는 내 품 안에 있다. 호기심에 폭우가 쏟아진 왕숙천을 다녀올까, 그냥 헬스장을 다녀올까, 고민을 한다. 비줄기가 다시 거세지는 저녁이다. 오늘도 알차게 도서관을 다녀와 기분이 한껏 좋다. 내친김에 내일도 다녀 와야겠다.

16일차 (기묘일) 2020년 8월 4일 화요일 – 도서관3

'아침산책'

06:30 기상, 오랜만에 산책을 하고 싶다. 어제 범람할 뻔한 왕숙천도 구경할 겸 집을 나선다. 물론, 방탄커피를 마시고 아침 신문도 챙긴다. 왕숙천에 가보니 고수부지에 서 있는 구조물들과 가로수들이 지푸라기로 몸을 감싸고 있다. 어제 종일 치열했던 현장을 그대로 간직 중이었다. 한강으로 흘러가는 물줄기는 아직도 거세다. 건너편 남양주로 건너가는 돌들은 자취를 감추었다. 둑으로 올라와 아내의 모닝빵을 사러 가기 위해 탐색을 시작한다. 결국, 헬스장 밑에 문을 연 뚜레주르에 들려, 없는 모닝 빵을 대신해 여러가지 세일 중인 어제 구운 빵들을 고른다.

'헬스장'

집으로 바로 갈까 하다가, 헬스장에 들러 땀을 뺀다. 드디어, 6자가 보인다. 76.95kg. 어제 아내의 유혹을 뿌리친 결과다. 굉장히 만족스럽고, 집으로 돌아가 자랑한다. 하지만, 거울 속 나의 얼굴을 그대로 인 듯하다. 오늘도 1일 1식으로 최대한 폭식을 즐기며, 76kg 안정권을 유지하여, 곧 5자도 봐야겠다. 나의 희망 몸무게는 69kg.

'21권'

집으로 돌아와 아내에게 '오늘은 무슨 분야를 읽었으면 좋겠냐' 고 물어보니, '육아'라고 한다. 도서관에 도착하자 마자, 신간코너에서 '육아'를 찾다가, 마음에 드는 책들을 고르다 보니, '키토제닉다이어트' 관련 책 3권과 제목이 마음에 들었던 '나쁜교육','사회심리학','회사가 괜찮으면 누가 퇴사해' 3권을 뽑아 들었다. 그리고, 오른쪽 견갑골이 뭔가 결려 있어, '경락경혈 피로처방전'을 들었다. 그리고, 육아관련 책 14권을 뽑아 들었다. 오늘은 총 21권.

'나쁜교육'

'나쁜교육'이라는 책에서는 우리 인간들이 공통적으로 실수하는 3대 심리학원칙을 이야기로 연구결과와 사례중심으로 그리고 앞으로 나아가야할 방향성을 제시해주었다. 첫째, 고통을 절대 회피하지 마라는 이야기. 둘째, 우리의 감정적추론의 오류를 조심할 것. 셋째, 이분법사고. 즉, '선과 악의 투쟁으로 사고 하지마라'는 것이다.

'사회심리학'

사회심리학' 은 해리포터 저자인 J.K 롤링의 사례를 시작으로 그녀가 어떻게 그 시련을 극복해서, 부자가 되어도 대부분을 기부하는 삶을 사느냐. 그리고, 그렇지 못하는 사회는 어떠한 문제가 있는지를 고찰한 대학교 강의 교재였다. 결국, 부정적 사회적행동들, 책에서는 공격성, 편견, 자기도취적 이기심 그리고 추가하면, 책임의 분산에 의한 방관자효과 등에 맞서야 한다. 즉, 영웅들의 행동, 친절, 사랑과 관련한 긍정적행동들로 배치 해야함을 강조하고 있었다.

'퇴사의 현실과 조언'

'회사가 괜찮으면 누가 퇴사해 '라는 책은 최근 사회적으로 문제가 많은 인력시장과 회사생활의 민 낯을 드러내는 책이었고 그에 따라 정부의 각 제도들을 충분히 활용하라는 조언을 하고 있었다. 즉, 젊은이들의 감정적추론에 대한 오류를 잠시 멈추어, 보호받을 제도들을 먼저 확인해서 대응해서 퇴사하라는 조언이었다. 나 또한, 충분히 대응할 만한 시간을 갖지 않고 퇴사한 것에 대해 후회한다.

'건강'

경락경혈 피로 처방전에서 많은 혈자리들을 메모지에 그려왔으며, 케토관련 책 3권에서 여러 원포인트레슨을 받고 메모해 왔다. 건강을 위한 잠깐의 휴식을 가지고 드디어 육아로 넘어갔다.

'육아 선진국'

스웨덴, 핀란드, 유대인 이 세 나라가 육아를 잘하는 나라로 소문이 났었나 보다. 관련 책을 각각 한 권씩 속독했다. 스웨덴의 키워드는 '자유', 핀란드는 '비경쟁', 유대인은 '자립' 이라고 해석되었다. 영아기때는 우리의 일반 지식과는 반대로 '안아 주기의 중요성'을 실감했고, '아버지' 의 역할이 굉장히 중요했다.

아버지는 아이의 성장과정 중 '5년'이 끝이고 정말 중요한 시기라는 것. 아내를 육아에서 '퇴근 시켜주는 행위' 가 중요해 보였다. 또한, 어른들도 아이들이 성장하며 갖게 되는 일상 '루틴' 을 함께 만들어 가며 함께 성장하는 부분이 인상 깊었다.

'남자아이'

개인학습관련해서도 교육열이 높은 부모는 아이가 10~11세 때 학습능력 신장 경험을 할 수 있게 하는 것이 중요했고, 남자아이는 거실에서 공부를 시키며, 칭찬:꾸중 비율을 2:8로 가져 갈 것. 1주 전후의 학습계획을 필히 세우고, 게임자체도 공부라는 생각을 가지는 것이 중요했다.

'부모가 곧 자식이다'

부모의 '긍정' 의 메세지. 재촉하는 것의 위험성. '다리 밑에서 주서 왔다 '라는 우리가 흔히 듣고 자란 말 따위를 절대 해서는 안된다는 것. ADHD 아이들은 부부관계부터 회복되어야 한다는 것. 아이는 인사교육만 잘 시켜도 머리가 좋아진다는 것들이 꿀

텁으로 와 닿았다.

'기타상식'

기타 상식으로는 30개월이후에 아이들과 대화가 가능해지고, 24개월까지 뇌발달이 뇌간, 편도체, 전두엽 순으로 급격히 일어난다는 것이다. 요약하면, 부모의 인성이 아이를 좌우한다는. 결국, '뿌린 대로 거둔다'는 결론이다.

'귀가 길'

소독을 하는 14시가 되기 직전 자리에서 일어나 우체국으로 갔다. 싱가폴에 거주하는 후배에게 쓴 편지를 접수한다. 직원이 국제우편배송이 코로나로 항공, 선박 모두 중단되었다고 한다. 택배는 발송이 가능하다고 하는데, 생각나는 선물이 생기면 택배로 편지와 함께 보내야겠다. 집으로 돌아오는 길 아침에 사지 못했던, 아내의 모닝 빵과 식빵을 사 들고 귀가했다.

'폭식한 하루'

돌아오자 마자, 어제 미리 해동을 위해 냉장실로 이동시켜 두었던 아버지가 만든 갈비찜에 버터들 그리고 아보카도, 아보카도 오일을 양껏 먹는다. 부족했는지, 아침에 아내를 주려고 산 소시지 빵을 꺼내 접시에 묻은 기름들을 죄다 긁어 먹었다. 지식도 폭식 음식도 폭식.

17일차 (경진일) 2020년 8월 5일 수요일 - 도서관4

'35권'

경진일에는 글을 쓰지 않았다. 아니, 글을 쓰지 못했다. '않았다' 와 '못했다'의 중간은 없을까? 아무쪼록, 어제는 글을 쓰지 않았다. 아침 도서관 루틴을 똑같이 다녀왔다. 09시에 들어선 도서관은 14시 소독시간에 나왔다. 역사관련 서적 5권과 글쓰기관련 서적 6권 그리고 관상, 손금, 명리학 등 역학관련 24권. 총 35권을 읽고 왔다.

'4일간, 누적 91권'

역사공부와 글쓰기를 깔끔하게 끝내고, 역학 관련 서적 24권을 읽으며 사실 좀 지쳤었다. 그럴만도하다 . 4일 연속 누적 91권을 읽고 있으니 말이다. 생각해보니 오늘도 같은 루틴으로 노력하면 100권은 쉽게 채우겠다. 그리고, 직장생활을 하더라도 주말만 이 패턴을 유지하면, 1년에 1,500권은 가뿐히 읽을 수 있겠구나! 나의 독서는 '인지적 오류를 범하지 않기' 위해서다. 워낙 즉흥적인 친구라서 말이다.

'글쓰기관련 책 정리'

글쓰기 관련 첫 책, '어떻게 이렇게 글쓰기 교육' 에서 배운 내용들이다. '글 읽기'와 '그림 보기'의 차이점은 '선형적인 것' 과 '퍼즐을 맞추는 것'으로 볼 수 있다고 한다. 발달하는 SNS 등의 해시태그들이 글쓰기를 대신해 주고 있으며, 글쓰기 조차 그림 보기처럼 '퍼즐형식'으로 되어가고 있는 현실이 있다고 한다. 하지만, '글 쓰기' 는 유일무이한 '소통행위' 라는 것. 그리고, 살아가기 위한 큰 힘은 글쓰기를 통해서 가장 확실히 배울 수 있다고 한다.

'어떻게 이렇게 글쓰기 교육'

자존감과 자존심의 차이점을 다시한번 가슴깊이 되새길 수 있게 해준 책이다. 존중받으려는 마음이 '남' 에게 있으면, 자존심이고, '나'에게 있으면, 자존감이라고 한다. '나'에게 초점을 맞추고 '남'에 대한 시선을 없애기 위한 노력이 행복의 지름길이라고 한다. 나아가서, 그런 개인들이 '진정한 공동체 형성'에 기여하는 것이 인간 된 도리라는 멋진 책이었다.

'이야기의 탄생'

로버트 브라우닝이라는 저자분의

'아, 인간이 자신의 한계를 뛰어넘지 못한다면, 천국인들 무슨 소용이 있겠는가?' 라는 메모로 시작한다.

곧바로, '시선도약' 이야기가 나온다. 우리가 잠깐 살펴보는 사물을 전체적으로 그려낼 수 있는 힘이 바로 시선도약이라고 한다. 대충 주변을 훑고 지나가도 우리 뇌는 미리 일정 부분을 가지고 창의적으로 그려내는 힘이 있다는 부분이다. 이런 미리 짐작하는 기능 때문에 인지오류도 생기기도 하는 것 같다. 과학적인 이야기를 덧붙여, 인간의 눈에는 3가지 색으로 색을 알아본다고 한다. 빨간색, 파란색, 초록색. 새는 6가지 색으로 조합한다고 한다. 갯가재는 16개로… 벌은 지구 내의 자기장까지 본다고 한다. 즉, 인간이 해석하고 실제로 보는 것들이 세상의 굉장한 작은 부분이라는 것. 따라서, 처음 이야기한 브라우닝의 '한계를 뛰어넘어라'는 조언이 이해가 되기 시작한다.

처음부터 굉장한 지식을 선사한 이 책은 후반부에 '소설책'들의 구성과 문장들의 아름다움을 분석하고 있으며, 특히 영화 '대부'는 명작이며, 왜 명작이고 어떤 기술들이 들어있는지 분석해준다. 그 중 플롯의 중요성을 말해주며, 우리도 인생에서 그런 플롯들을 만들어 나가야 하지 않을까 싶다. 나의 그 시작을 알리는 '계해일'의 '배려 없는 책상' 처럼 말이다.

'나의 글로 세상을 1밀리미터라도 바꿀 수 있다면'

위 책에서 감명 깊었던 글들이다.

- 글쓰기는 자신의 도덕관념과 진실성을 표현해내는 방법이다.
- 시의 목적은 하늘을 밝히는 것.
- 동경을 멈추고, 기억하기 시작한 순간 나를 위한 삶이 시작된다.
- 애거사 크리스필 왈 '성공의 비결은 시작하는 것'.
- 글쓰기가 잘 되지 않을 때, 스스로 질문하는 좋은 문장를

무엇이 당신을 웃기고, 울리는가
무엇이 당신의 마음을 여는가
사랑하는 사람에게 반복하는 말이 무엇인가
밤잠을 설치게 하는 주제는 무엇인가
잠을 부를 주제는 무엇인가
진실이 무엇인가
악이 무엇인가
아름답다고 생각하는 것은 무엇인가
다른 사람의 어떤 점을 가장 존경하는가
무엇이 당신의 호기심을 가장 강하게 자극하는가
세상을 지배하게 된다면 제일 먼저 뭘 하고 싶은가
죽기 전에 꼭 이루고 싶은 것은

위의 문장들은 저녁을 함께하며 와이프와의 좋은 이야기 소재가 되어 주었다. 아내는 세상을 지배하게 된다면, 제일 먼저 '백화점을 갖는다' 고 한다. 그리고, 나에게 물어본다. 나는 '백화점을 뺏는다' 고 했다.

'여성의 글쓰기'

신문기자로 활동하다가 때려치우신 분의 글이다. 가슴깊이 공감되는 글들을 발췌해 온다.

'누구도 나를 찾지 않고, 필요로 하지 않는 사회'

'돈으로 설명되지 않는 일에 가치를 매기지 못하는 자본주의의 한계'

'글쓰기를 통해 좀 더 유연하고 명료 해졌다'

'제목 먼저 정하기 그리고, 완성해서 수정하기'

'그림 그리 듯 책 쓰기'

'독후감 ; 비평문 쓰기의 즐거움'

어린이들의 독후감을 읽는 맛이 있었다. '자살은 스트레스 해소법' 이라는 아이들의 생각이 새롭고 독특했다.

'위반하는 글쓰기'

'강한자가 살아 남는 것이 아니다. 가장 지적인 자도 아니다. 변화에 가장 잘 적응하는 자가 살아남는다.'라는 찰스 다윈의 글로 시작했다. 그리고, 저자는 강조한다. '유효 기간이 지난 지식은 버려야한다' 고. 이어서 등장하는 '최인훈의 광장' 의 서문 내용이 내게도 크게 통감을 준다.

광장으로 모여드는 사람들이 출발한 곳은 각각 다르고, 광장에 이르는 길은 모두가 다르며, 중요한 것은 광장에 모였다는 것. 그리고, 자신의 그 길들을 얼마나 열심히 보고, 사랑하느냐가 중요하다.

글쓰기는 말을 글로 받아 적는 게 아니라, 상황을 글로 빈역하는 것이라는 깨달음을 주었다.

역시나, '플롯'의 중요성도 재차 말해주고, '필사' 는 정독 하는 기술이라고 귀 띔 한다.

작가의 일은 '수정의 반복' 이라고 한다. 즉, 작가들은 얼마나 많이 고치느냐가 성패가 갈리고, 구역질 날때까지 고치고 또 고치는 게 작가의 일이라고 한다. 또한, '초고' 는 주관적 언어로 독자들에게 잘 전달하기 힘들다고 한다. 감사한 책이다.

'역사속으로'

글쓰기 공부를 끝내고, 역사서로 넘어갔다. 역학관련 책이 24권이 준비되어 있다 보니, 마음이 조급 해졌다.

'제왕들의참모, 권력의 자서전, 한번에 끝내는 세계사, 역사는 어떻게 삶의 무기가 되는가, 서울 권력도시.'

황희정승이 고려시대 사람이었다는 것을 처음 알았다. 고려 말기 학자였고, 결국 이성계를 따르게 되었고, 세종까지 왕을 챙겼던, 개국공신 중의 으뜸이었던 사람이라는 것을. 그리고 90살까지 장수했다는 사실도 처음 알았으며, 엄청난 다독가 였다는 사실을 알았다.

스탈린이 믿었던 유일한 것은 '인간의 의지력' 이었다.

알렉산더는 '길을 알고, 길을 가고, 길을 보여주는 자' 가 진정한 리더라고 했으며, 본인은 실행했다.

이성계의 '야성성'이 매력있었다.

결국, 역사적으로도 현재도 'GOLD'가 가장 안정적인 자산임은 불고불변 만 변의 진리였다.

불교는 역시 결국 '무'를 외친다.

아버지가 말씀해주신 것처럼, 인생은 부지깽이다. 불쏘시개.

마지막, 서울 권력도시는 외국인 관점에서 가장 객관적으로 한 일관계를 설파한 책이었는데, 일본이 참 잘 못했지만, 그런 와중 한국을 다시 통치해온 한국인들은 일본인만큼 나빴다는 것이었다.

재빨리, 역학으로 넘어간다.

'고전으로 배우는 사람을 보는 지혜'

여우가 꿩사냥을 나설 때는 절대로 꼬리까지 몸을 낮추어 숨긴다고 한다. 회남자에 나오는 내용이었다. 자신을 버림으로써, 영원한 존재가 된다는 노자의 가르침 또한 큰 영감을 준다.

'왜 사람들은 인상한 것을 믿는가'

칼세이건의 광팬인 저자로,

칼세이건의 '귀가 얇을 정도로, 지나치게 마음을 열기, 그리고 회의적인 감각을 터럭만큼 갖추지 못한다면, 가치 있는 생각과 가치 없는 생각을 구분 못하게 된다고 한다.' 강연이 발췌된다.

즉, 열정과 냉정사이에서 우리는 진정한 가치 있는 생각을 발견한다는 책이었다. 냉정한 자들은 사랑을 몸에 익히고, 열정적인 자는 사회에 굉장한 냉정함을 키울 필요가 있다는 이야기다.

'손금공부,서체, 관상 그리고 부지깽이'

첫, 손금 공부를 한다. 요약해서 약지 아래의 '행운, 기적의 손금'을 배운다. 나 에게도 있다.

서체로 사람의 성격을 구분하는 책을 본다. 나처럼 작은 글씨를 쓰는 사람은 소심하다.

나처럼 목에 잔털이 많은 사람은 여색을 밝힌다고 한다. 영구제모를 해야겠다.

세상이 정해져 있는 것 같지만, 미래를 그려 나갈 수 있는 능력은 모두가 갖은 것임이 중요하다.

'토정비결'

드디어, 토정 비결. 토정선생님이 조선시대 사람 인줄 처음 알았다. 그분이 만든 원리를 보며, 스스로 운을 꾀하기 좋은 책임을 직시한다.

'손도사'

마지막, 손도사의 책을 가장 깊숙이 보게 된다. 고향인 고흥, 녹동 용궁사에 자주가는 분. 노원구 월계동에 우남아파트에서 일을 하시는 분. 이분의 책은 종합백과사전을 정리해 놓은 느낌이다. 귀에 피가 날 정도로 바른 소리로 우리를 일깨우는 책이었다. 모든 것이 '인과법칙'이라는 것도 공감되었다. 그리고, 소중한 인연을 중시하는 여린 마음의 소유자로 자신의 귀 처를 공개하고, 책을 읽은 사람은 인생에 단 한번 만날 수 있게 기회를 주신다.

'오후일과'

책읽기를 끝내고, 지친다. 하지만, 헬스장으로 향해 잠깐 땀을 내고 샤워를 한 뒤 집으로 돌아간다. 집으로 돌아와 다시한번, 행복한 치팅의 시간을 보내고 구리시 희망일자리 합격통지서를 본다.

18일차 (신사일) 2020년 8월 6일 목요일 - 도서관5

'미래학'

도서관에 다녀왔다. 오늘은 사회학, 미래학 관련 서적을 골고루 2,4,4,4,3권씩해서 총 17권을 골라 앉았다. 첫 직장에서 강연을 해 주셨던 대담한미래를 1,2를 다시 읽고 앨빈토플러에 흠뻑 빠졌다. 최윤식 선생님 책은 그런대로 통찰이 담겨 있었지만 구체적인 해결방법이 없어서 아쉬웠지만, 앨빈토플러는 4권의 책 모든 곳에 해결방안까지 세세히 친절하게 알려주시고, 문체도 정말 아름다웠다. 마지막, 부의미래로 이동하는 순간 소독 알림 방송에 도서관을 나오고 말았다.

'미래쇼크와 제3의 물결'

제3의 물결부터 손대기 시작해서, 그전 책인 미래쇼크, 그리고 세번째 책인 권력이동을 넘나들며 앨빈토플러의 30년전부터 통찰해온 이 시대가 정말 엄청났고, 지금 우리가 어떻게 살아야 할지도 자세히 나와있었다. 감동의 도가니였다.

'생산소비자'

내가 집에서 원재료만 사서 방탄커피를 직접 만드는 등 이 시대의 DIY (do it yourself) 가 생산소비자 개념일지 모르겠다. 좀 더 나아가 부의미래에서는 프로슈머로서 소득까지 비길 수 있는 이야기가 나오는데, 얼른 다시가서 읽어 보고싶다.

'앨빈토플러의 통찰'

내가 감탄한 이유는 30년전 앨빈토플러가 예견한 사회구조적 문제를 비롯해 개인의 인간관계, 생활양식에 대해서도 현재를 완전히 예측했기 때문이다. 이 모든 부분은 인간의 '적응력'으로 해결이 가능하지만 그 것은 소수의 몇몇만이 가능할 뿐.

'우리의 생존전략'

우리는 생존전략으로 첫번째, 탈 자극, 즉 내가 지금 아날로그 생활로 튀어나온 것처럼 자극을 스스로 탈피해 나가는 것이 중요하다. 두번째, 안정지대를 만드는 것이다. 세번째, 적정량의 변화만 받아들이는 방법을 알고 있는 내 와이프 같은 사람이 하는 것인데, '감정예측'이라고 표현했다.

'적응 실패현상'

거의 대부분의 사람들이 이미, 앨빈토플러가 예견한 '쇼크'를 받고있는 상황이라고 본다. 무표정의 사람들, 바로 앞 소중한 자연 그리고 가족을 잃어가는 사람들. 혼란에 빠지고 난폭해지는 사람들. 우리는 모두가 얼른 스스로 자각하고 깨달아야 할 것이다.

'권력이동 ; 폭력,부,지식'

권력이동에서는 권력 자체가 '폭력'에서 나온 인간의 역사이며,

'부'가 권력의 핵심이었으며, 현재는 '지식'이 최고급 원천이라고 한다. 지금도 '부'의 힘을 무시할 수는 없지만 그만큼 '지식'이 부를 창출하기 때문에 상호 연관성이 있는 듯하다. 특히, 지금까지도 이 3가지들이 '모호함'을 중심으로 재구성되고 강화되고 있다니 놀라울 따름이었다. 나는 그 '모호함'을 부정적의미에서의 '보이지 않는 손'이라고 표현하고 싶다.

'신발 소년'

도서관을 나오려는 순간, 매일 보아왔던, 스마트폰 중독에 이어폰을 꼽고, 신발소리를 시끄럽게 다녔던 공익근무요원으로 추정되던 사람이 내게로 다가온다. 그간에 수십권을 뽑아 읽는 나때문에 책을 정리하는데 힘들었던 모양이다. 나에게 힘드니까, '책을 한 권 씩 읽기를 부탁드리고, 그럼 감사하겠다고 한다'. 나는 '네'라고 퉁명스럽게 대답하고 자리를 떠난다.

'헬스장'

도착한 헬스장 골프로 잠깐의 땀을 내고, 런닝머신에 올라와 스트레칭을 하며 걷는데 재미가 없다. 스트레칭까지 하는데, 아까 만났던 공익근무요원으로 추정되던 사람의 말투가 귀에 거슬린다. 그 사람에게 내가 구지 감사함을 일으키기 위해서 독서량을 감소시킬 이유가 있는가? 나의 행동이 규정에 어긋난 행동인가? 도서관은 독서를 하는 시민들을 위한 공간 아닌가? 아무튼 '네'라고 했으니, 앞으로는 10권만 뽑아 읽도록 하자.

'식사'

집에 도착하니 식탁에는 먹다 남은 삼겹살이 있다. 얼른 샐러드 두개를 만들어 노른자 3개와 허겁지겁 오늘의 식사를 먹는다. 먹고 나니 뭔가 허기가 진다. 따듯한 아메리카노에 계란 노른자 하나를 휘저어 마시며 오늘 계획대로 책을 쓰고 있다.

'구리시청 연락'

나의 비서는 구리시청에서 연락이 왔다고 한다. 월요일 13시까지 구리시 체육관 1층에 있는 세미나실로 오면 된다고 한다. 오리엔테이션이 있다고 한다.

'아내의 유혹'

20시. 잘 견뎠다 싶었는데, 이내 유산슬이 연태고량주와 함께 집에 도착한다. 이 식사는 어제 먹다 남은 닭똥집과 나의 화이트와인 그리고 집에 보관되었던 기타 과자들과 과일들이 함께했다. 21시 30분이 되어서야 치팅파티는 막을 내린다.

19일차 (임오일) 2020년 8월 7일 금요일 - 입추

'새벽'

드디어, 달이 바뀐다. 24절기 중 입추다. 계미월에서 갑신월로 바뀌었다. 추운 겨울 같은 여름이 끝나고, 봄같은 가을이 시작된 것이다. 어제 새벽 1시 넘게까지 화이트와인과 소설책 독서로 즐거운 시간을 보낸다. 오랜만에 졸면서 책을 읽다 조용히 방에 들어가 잠을 청한다.

'입추'

입추가 되니 가장 먼저 떠오른 사람은 카카오에 다니는 학군 선배님 이다. 작년 12월 퇴사이후 심란한 마음으로 여기저기 도움을 요청드릴 때 유일하게 반응해주신 분이기도 하다. 그 사이 내가 참을성 없이, 재무설계 일을 시작하면서 따로 찾아 뵙지를 못했다. 감사한마음과 어제 도서관에서 만난 앨빈토플러의 그 따뜻한 마음을 선배님께도 함께 느꼈다는 내용의 편지를 고이 담아 부친다.

'오후'

오늘 도서관은 어제 그 신발소리가 크게 나는 소년 덕분인지 발길이 가지 않는다. 헬스장에서 샤워를 할 겸 땀을 잠깐 내고 오랜만에 스타벅스에 들렀다가 어제 밤 같은 소설책 몇 장을 넘기고 아내의 음료를 사 들고 집으로 돌아온다. 아내는 도빈이 50일 기념 촬영을 위해 소품들을 대여했다. 내친김에 오늘 촬영을 끝내고 나니 날이 저물어 간다. 거실에서 부엌 쪽 작은 창문을 통해 밖이 보이지 않은 상황을 보이는 상황으로 바꾸고 나니 집도 넓어 보이고 한결 마음이 편안하다.

'스튜키'

두 절기가 바뀔 때마다(한달에 한번) 나무에 물을 주는 습관도 오늘 입추를 맞아 우리집 스튜키들에게 물을 준다. 분 갈이 이후에 첫물이라 흙탕물이 심했다. 식탁 위의 나의 집필공간을 치운 자리에는 도빈이와 아내를 의미하는 스튜키들을 배치하고, 냉장고 위에 있던 나를 상징하는 큰 스튜키를 책장위로 배치한다. 어느덧 책상에 앉아 책을 쓰고 보니 시간은 17시를 넘어간다.

'24절기 중 13번째 절기'

경자년에 갑신월.

자의 지장간은 임, 계. 이제는 계의 기운이 도래함이 확실하다.

신의 지장간은 무, 임, 경. 경과 갑이 충돌을 한다. 갑은 힘이 없고, 지장간의 무는 그틈을 타서 아래의 계와 간합하여 화 기운이 도래하지 싶다. 즉, 폭염이 일어날 것으로 예상된다. 더위를 조심하자.

20일차 (계미일) 2020년 8월 8일 토요일 – 진정한 두물머리

'두물머리'

아침 06:50 눈을 떴다. 날씨가 너무 좋다. 아내에게 허락을 받고 나의 흰둥이와 두물머리로 향한다. 팔당댐에서 쏟아져 내려오는 한강을 역행하여, 번개같이 두물머리에 도착한다. 일찍 서두르며 나서면 좋은 점이 있다. 집으로 돌아가는 길에 보이는 꽉 막힌 반대편 차선이 나의 기분을 한층 올려준다. 오늘은 집에 도착해서 앉으니, 창밖에 비가 내린다. 나는 정말 운이 좋은 것 같다.

'진정한 두물머리'

오늘은 진정한 두물머리에 다녀왔다. 그곳에서 처음 마주친 비석에 마음이 쏠린다. 1985년 4월 6일 단국대 요트단원의 젊은 청년들의 넋을 기리는 비석. 희생된 학생 4명 중 1명이 즐겨 썼던 산문이 비석에 담겨있다. 유한한 인간의 생을 멋진 자연에 비유하여 유한하지만 유한한 인생 속에서 무한할 것 같은 열정을 쏟을 거라는 마음이 담겨있었다. 괜스레 눈시울이 붉어진다.

'두물머리 버킷리스트'

오늘 두물머리 버킷리스트를 3개나 채운다.

옥경이 샤넬 백 사주기

옥경이 즉석복권 5억 당첨되기

옥경이 송화관 건물 명의 받기

20일차인데, 진도율이 부진하다. 60개를 채우려면, 자주가야 하는데 길어지는 장마에 변명을 해댄다.

'두물머리 산책로'

오늘 첫 산책을 시작하며 예상대로 뜨거운 태양과 마주한다. 곧 시원한 그늘 아래서 남한강을 바라본다. 역경과 고난 속 잠깐의 휴식이 달콤하 듯 '인생도 그렇게 살아야 겠다'고 다짐한다. 차가운 바위에서 땀이 식히며 카메라로 사진을 담으며 산책로를 따라 나선다. 네잎클로버도 찾으며 걷는다. 산책로 가에는 제초기의 흔적에 세잎클로버가 찢어져서 네잎클로버 형상을 뛰는 친구들이 많다. 이런 모습이 네잎클로버가 자라게 만드는 환경이진 않을까 하는 질문에 잠겨 산책로를 따른다.

'을경간합 때는 나무가 무너진다'

집에 돌아와서 요트단원 사고일날을 살펴본다. 1985년 4월 6일 을축년, 경진월, 을해일이다. 24절기 중 청명이 지나간 직후다. 입춘의 시작 후, 5번째 절기이다. 천간에는 을경간합이 년월과도 월일과도 겹치는 날이다. '금'의 기운이 굉장히 강하다. 아마도 '금극목', 아마도 노후화된 선박이 강한 금기운에 침몰을 한 듯하다. 나무로 된 것은 금의 기운이 강할 때는 이용하지 않는 것이 좋을 듯하다. 지지들도 충으로 가득하다. 축진. 진해. 조심해야할 날로

기록해 두자.

'자연은 순진하다'

진정한 두물머리 광장에는 대동강을 그리워하며, 통일을 바라는 시도 비석안에 있다. 대동강도 이렇게 큰 강줄기 두개가 합쳐 지나보다. 북한강이 내려오는 곳은 굉장히 높은 산에서 가파르게 다다르고, 남한강은 멀리 보이는 산 능선 사이 계곡에서 넓은 강줄기가 내려오는 것이 보인다. 자연도 본성을 숨길 수는 없는 모양이다.

'댐과 플랫폼'

그 생각들은 '댐'으로 이어져, 오늘날의 모든 산업 그리고 플랫폼 기업들이 그런 댐의 역할을 함으로써 자본을 축적하고, 편의를 제공하는 듯했다. 사실, 스마트폰을 비싼 돈 주고 사서 한달에 10만원을 내면서 데이터를 쓰며 그걸로 또 소비를 한다. 그것으로 생산적인 활동보다는 소비활동으로 이어져 사실 우리들은 모두 스스로 소비에 늪에 빠져 산다. 댐을 장악한 이들은 우리에게 편의를 제공하는 듯하지만 소비의 늪에 빠지도록 하는 것이다. 물론, 댐을 짓고 댐을 작동시키는 즉 댐에서 일하는 것도 우리들이지만 말이다.

'오진 일과'

집에 돌아와 아내와 어제 부족했던 DIY 도빈이 50일 기념 사진촬영을 다시 촬영하고, 아내의 아침을 차려주고 나니 11시 30분이 훌쩍 넘었다. 오늘 시간대는 강한 기운으로 흐른다. 정사시가 끝나고, 무오시다. 계미일의 천간과 무오시의 천간이 무계 간합으로 화기운이 강하다. 화재를 조심하자. 아내의 아침식사는 모닝 빵이 떨어져서, 식빵 두개와 딸기잼, 요거트, 삶은 계란 흰자들 그리고 멜론과 자두로 장식했다. 지금 생각해보니 음료를 빠뜨렸다. 아내는 벌써 설거지를 끝낸다.

'그릿'

오후에 계속 아내의 표정이 안 좋다. 나는 대청소도 하고 최선을 다했지만 역시나 나는 그냥 마음에 안 드는 모양이다. 오랜만에 '묵언수행'을 시도 해야겠다. 그리고, 저녁 '그릿' 책을 꺼내 든다. 마지막 부분이 눈길이 끈다. '그릿'만이 아니라고, 2가지가 더 있다. '공감능력'과 '지적능력'. 이 2가지가 기본이 안되면 그릿 만으로는 성공할 수 있는 없다고 한다. 지적능력은 그렇다 쳐도, 공감능력이 부족한 사람은 인생에서 지우는 게 맞는 듯하다.

21일차 (갑신일) 2020년 8월 9일 일요일 – 이메일1

'아침 루틴'

07시가 되기전에 일어나, 방탄커피를 만들어 마신다. 세상에는 빗소리만 가득하고 적막하다. 뭔가 절제된 기분의 아침이다. 어제 밤은 책상에 앉아 6시간 연속 글을 수정하는 작업을 했었다. 케톤 상태에 진입한체로 글을 썼기 때문에, 허기짐 없이 집중할 수 있었다. 미국의 백만장자들의 공통점 중 하나가, 바로 케토제닉식단을 유지하는 것에 있다고 한다.

'페이스북 공유'

잠깐 외출을 다녀와 샤워를 하고 글을 잡는다. 페이스북에 웹소설 홍보 겸 근황을 공유해 페친들에게 걱정을 덜어준다. 페친들 중 아버지, 어머니, 아내 그리고 베프들도 많기 때문이다. 어제 밤의 작업으로 인해 스스로 굉장히 성숙한 느낌이 든다.

'성숙 해져가는 시기'

첫 12일간 화산이 폭발하듯 사방으로 마그마를 뿜어져 내는 나의 모습을 보았기 때문이다. 이번 12일 간은 열심히 마그마를 쏘아 올려 열심히 하나의 섬의 토대를 만드는 듯 하다. 하늘도 이를 아는지 열기를 식히기 위해 마지막 장맛비를 쏟아낸다. 그래서 그런지 아침 기분이 차분하다. 60일간의 기적을 내가 좋아하는 섬, 제주도를 만드는 과정으로 삼아 봐야겠다

'내 귀에 캔디가 아닌, 용암'

내 몸에는 아무래도 세상의 만물이 다 들어와 있는 것 같다. 만물에 관심이 많기 때문이다. 특히, 오늘 화산생각을 하는 것을 보니, 과거 화산재나 마그마로 탄생했던 원소들도 내 몸 안에 자리잡고 있나 보다. 얼른 열기를 식혀, 새 생명들을 불러와 아름다운 섬을 만들어보자. 열기를 식히며, 아름다운 성산일출봉도, 산방산도, 용머리해안도 만들어보자.

'용기'

2014년부터 2016년까지 만났던 소중한 분들께 이메일을 보낸다. 처음 보내는 단체 메일이 익숙하지 않아 중복으로 보낸 분들도 있고, 개별발송을 못 드린 분들도 계시다. 200명의 메일주소를 직접 쓰며 한 분 한 분 추억을 상기시키다 보니, 3시간이 훌쩍 지난다. 어느 분께는 단지 스팸으로 보일 수도 있고, 어느 분께는 함께 소중한 추억을 상기해보는 좋은 기회가 되길 바란다. 나의 한 문장이 한 사람의 인생을 바꿔주는 계기가 되길 바란다. 아직 명함집이 4개 더 남았다.

'차분한 날'

오늘은 말을 적게 해서 그런지, 철이 들은 건지, 낮에 탄수화물을 먹어 케토아웃이 되서 그런지, 책을 써서 사람이 달라졌는지 계속 차분한 날이다. 분리수거를 끝내고, 케토아웃 된 겸 짬뽕이 땡겨 집을 나선다. 멀리서보니, 문이 닫혔다. 바로 옆, 롯데마트로 가서 레몬, 아보카도, 훈제오리, 대패 삼겹살을 사온다. 집에 와서는 레몬과 아보카도를 깨끗이 씻는다. 훈제오리는 100g씩 용기에 담아 보관한다. 레몬즙을 물에 타 먹고, 냉장고를 청소를 한다. 음식물쓰레기와 일반쓰레기를 버리고 온다. 아내가 급히 라면을 먹는 동안 잠깐 도빈이를 본다. 저녁까지 치팅으로 이어지면 내일 체중이 감당이 안될까 봐 수박으로 배를 채우고, 커피한잔을 내려서 오늘을 마무리한다. 내일 있을 구리시 희망일자리 오리엔테이션이 기대된다.

22일차 (을유일) 2020년 8월 10일 월요일 - 이메일2

'부산'

아침, 부산을 다녀왔다. 17,18년 활동한 영남권 영업활동간 수집한 명함집을 차례차례 살펴보며, 메일을 보낸다. 150명정도 된 듯하다. 신입사원시절보다 명함수집을 50명 적게 한 듯하다. 하지만, 스스로 내용면으로는 만족한다. 좋은 사람들을 많이 만났고, 회사에 신규 실적도 크게 낸 기억들이 떠오른다.

'기업에서 배우다'

메일을 보내고, 네이버 주소록에 고이 저장을 한다. 5년간 대기업에 다니며, 잘 갖춰진 시스템 특히, 조직의 경영계획 과 실행계획 그리고 주 단위 판매계획까지 세우며 계획경영을 하는 모습을 잘 살펴보았다. 우리 스스로도 되 돌아볼 필요가 있다. 10월이면 내년도 목표들을 세우고, 실천 계획들을 월별로 구체적으로 정리해서 10월이면 11월 12월 내년 1월 구체적인 세부방안을 가지고 있어야 한다. 10월 마지막주에는 11월을 위한 11월 첫째주의 확고한 행동계획들로 잡혀야 한다.

'수신제가'

조직을 위해 헌신하는 것은 좋다. 하지만, 우리 스스로는 잘 돌보고 있는지 질문해야 할 때 인 것 같다. 가화만사성, 수신제가 등 격언들을 보면, 가장 작은 것 가장 기본 적인 우리 스스로를 잘 돌보면 만사가 잘 풀릴 것 같다. 하지만, 우리는 스스로를 망각하며 살고 있지는 않을까? 오늘, 개인 메일함 정리부터 작은 실천을 해보면 좋을 듯싶다.

'청춘커피페스티벌'

오늘 아침 한국경제신문 1면을 보고 멈추었다. 2020 4회 청춘커피페스티벌. 가서 힐링을 하고싶다. 집으로 들어가 바로 검색을 해본다. 일반 참가신청인 줄 알았는데, 부스신청이었다. 일반 참가는 그냥 가면 되는 것이었다. 부스참가비가 단돈 50만원이다. 힐링을 받으려 가려다, 문득 아이디어가 떠올랐다.

'DIY 방탄커피'

DIY 방탄커피!, 미국 백만장자들의 공통점인 키토제닉 다이어트의 핵심을 청춘들에게 소개해야겠다. 그리고, 나의 DIY 출판책도 그날 출판기념회 겸 비춰 해야겠다. 아내에게 쉽게 허락을 받는다. 9월 26일~27일이다. 아버지 생신 다음날이다. 부스참가 승인이 되면, 바로 까페사업을 하는 동기에게 원두를 지원 받아야겠다. 그리고, 기획과 디자인의 천재인 동기에게 등기로 편지를 보낸다.

'도움요청'

편지안에는 한국경제 1면의 '청춘커피페스티벌' 부분을 가위로 잘라내고, 나의 소설책 사이에 끼워 뒀다가 책장을 넘기며 모아둔 클로버들을 함께 보낸다. 내 글을 읽고 있는 분들 중에도 함께 그 날 시간을 비워 행사를 진행해보고 좋은 추억을 쌓으면 어떨까? 상상만해도 설렌다. galyugyeom@gmail.com 메일로 참가신청을 받아 보아야겠다.

'아날로그의 소중함'

살아가며 누군가에게 도움을 요청해 본적이 몇 번 없는 것 같다. 아니, 제대로 도움 요청하는 것은 이번이 처음이다. 2014년 늦은 가을, 처음 영업을 나간 날, 압구정 한복판 도로 위에서 무릎을 꿇는 황당스런 경험을 하면서도, 집에 도둑이 들어서도, 퇴사를 앞두고 자살하고 싶었을 때도 도움을 제대로 청하지 못했다. 아날로그로 돌아와보니, 이렇게 정중히 도움을 요청할 줄도 아는 것 같다.

'오리지날'

'아날로그'의 의미도 시대에 따라서 점점 변화하는 것 같다. 조선후기에 아날로그는 붓글씨. 근대의 아날로그는 볼펜, 현대의 아날로그는 이메일이지 않을까 싶다. 이미, 손편지는 아날로그보다 더 올드한 의미로 퇴색되어 가는 느낌이다. 아날로그보다 더 아날로그를 오리지날이라고 표현해보면 어떨까?

'따듯한 심장이 있는 곳'

32살 나의 짧은 인생을 돌이켜 보면, 가족 이외에 가장 따듯한 심장을 가진 사람들이 있는 곳은 첫번째가 동아대학교 금융학과 재경동문회였고, 다음 발견한 곳이 ROTC중앙회였다. 그들은 아무 이유없이 구성원들을 가족처럼 대한다. 그리고 내가 좋아하는 세번째는 60일 이후 새롭게 탄생하는 나의 연락처에 저장되는 사람들이다. 나의 팬클럽을 내 스스로 만들어서 그들을 묶어 주고 연대하도록 노력 해야겠다.

'조직에서의 희생'

따듯한 심장을 가진 모임을 만들기 위해서는 누군가의 희생이 필요하기 때문이다. 모든 조직이 성공하기 위해서는 소수의 희생이 필요하긴 마찬가지이지만, 따듯한 심장을 가진 모임이 성공하기 위해서는 특히나 더 큰 희생이 필요하다. 파레토의 법칙에 의해 항상 이끄는 사람은 20%만 존재하니까 말이다. 우리는 한번 돌이켜 보고 스스로가 무임승차하고 있는 건 아닌지 고민 해봐야 한다. 오늘은 희생하는 그들, 20%에게 밥이라도 사자.

'청춘커피페스티벌 기획'

이번 청춘커피페스티벌을 한번 기획해보자. 나는 사실 아직은 명리학 어린이이지만, 진정한 고수를 불러서 부스 한쪽에서 사주를 봐주는 건 어떨까? 그리고 재준이 회사의 프로모션으로, 10년 뒤 20년 뒤 vip 고객을 미리 확보하는 것은 어떨까? 9월 17일 전화를 하는 것으로 계획에 잡아야겠다. 구체적인 부분은 부스를 확보한 이후에 잡아보자.

'구리시청 기간제근로자'

예정대로 구리시 희망일자리 오리앤테이션을 다녀왔다. 구리시 소속이 되었다. 기간은 오늘부터 11월 30일까지다. '11월 30일?? 10월에는 재준이 회사에 들어가야 하는데'라고 생각하면서 이미 사인을 한다. 신청서에 내가 이렇게 긴 기간 업무를 신청했나 싶다. 내일부터 본격적으로 일을 한다. 최저시급으로 일하지만, 기관으로서 코로나를 저지하는 하나의 일원이 되었다. 역시나 직업은 '소명' 의식이 중요하다는 의미다. 오랜만에 봉급을 받게 된다.

'근로계약서'

디너의여왕은 근로계약서가 아니라, 보험설계사와 비슷한 '업무위탁계약서'였다. 제출이 다음날까지였기 때문에, 시간의 여유가 있었지만, 구리시는 모든 참석자에게 자연스럽게 당일 날 거두어 간다. 그 영업비밀은 첫 교육을 노무사의 '근로자교육'을 확실히 받고, 근로자로서의 권리와 의무를 공부하니, 계약을 안 할 수가 없었다. 다음 재준이 사업을 함께 운영할 때도 신입사원 교육 간에 근로자교육을 필히 넣어야겠다.

‘구리시청 평생학습과’

13시부터 17시 30분까지 일을 하게 된다. 하루 4시간이지만, 토요일 근무를 가정한 유휴수당까지 챙겨준다니 행복한 직장이다. 17일이 대체휴무일인지도 전혀 몰랐는데, 친절히 알려주신다. 그 날도 유급휴가다. 마침 내가 원효대사가 되어 잠시 본거를 떠나, 빈민촌을 챙기는 절에 스님시중으로 들어선 느낌이 들었다. 실제로 그곳에 모인 사람 몇몇은 취업취약계층으로 보였고, 작은 돈이 절실해서 오신 분들도 여럿 보였다. 현재 나도 작은 돈도 아쉬워해 야할 상황인데 이놈의 긍정 덕분인지 항상 나를 제3자의 위치에서 쳐다보게 된다. 앞으로 상권에서 그리고 네이버 웹소설에서 작가 겸 평생학습과 직원으로 공무원 라이프를 즐기는 갈유겸을 함께 관찰해보자.

‘제주도 골프 스승님’

최근 제주도의 골프 스승님이 즐겨 읽으시는 책인 애덤스미스의 도덕감정론이 떠오른다. 그 책을 스승님의 관점에서 해석하면, 삶을 정직과 신뢰 로서의 기준으로 제3자의 관점에서 살아가는 것이 깨달음이라고 전한다. 스승님은 그 외에도 작년에는 골프관련 서적인 벤호건 그리고 자기계발에 관해 절제의 성공학을 소개해주신 감사한 분이다. 물론, 그 전에 내가 먼저 아들러 심리학을 대화형식으로 푼 책인 ‘미움받을용기’를 선물해드렸더니 나온 답례

였다.

'하루 정리'

오늘은 하루가 굉장히 길게 느껴진 하루다. 아침부터 메일을 쓰고, 대청소를 하고, 커피페스티벌을 신청하고 잠깐 기획하고, 재준이 이글 한날을 분석해주고, 오리엔테이션을 다녀오고 집에 와서 도빈이 목욕을 시켜주고, 저녁 요가도 다녀왔다. 중간중간 시간들은 책을 읽고 하루를 마감한다.

23일차 (병술일) 2020년 8월 11일 화요일
- 당신의 잠든 엄지를 깨워라.

'76.5kg'

06시 자연스레 눈이 떠진다. 잠들기 직전 반 모금 마신 mct 오일 덕분인지 숙면을 취한 듯하다. 몸무게를 재어보니, 76.5kg이다. 5월 25일 즈음의 몸무게로 돌아갔다. 케토제닉도 케토제닉이지만, 거의 10년 넘게 만에 일주일간 술을 마시지 않고 있다. 술을 마시면, 케토아웃상태가 된다. 술 안에도 당분이 많을뿐더러, 나같은 안주킬러들은 금방 몸을 탄수화물을 원료로 사용하도록 변화된다.

'어제의 통찰'

오늘은 구리시청에 정식 출근날이다. 어제, 오리엔테이션 전에 잠깐 들른 카페에서 스마트폰 어플리케이션 정리를 해보았다. 스마트폰은 어제 오리엔테이션에 혹시 몰라 가져갔었다. 저번 디너의여왕 첫 출근이자 마지막 출근 날 스마트폰을 챙겨가지 않아서 서로 당황했기 때문이다. 그만큼 구리시에 내가 더 배려를 한지 모른다. 구리시는 예정 발표일에 발표를 했고, 디너의여왕처럼 발표 예정일을 5일씩이나 늦추지 않았기 때문인지도 모른다. 물론, 천하의 카카오톡이 되지 않는 나의 핸드폰은 구리시청 담당자도 당황하게 만든다. 꼭, 나의 모습이 원시시대에서 사냥을 하다 우연히 타임머신에 타서 어제도착한 사람 같다.

'아이폰 정리를 통한 깨달음'

필자는 아이폰을 쓴다. 과거, 대학교 4학년시절 일명 '옴레기'를 처음 쓰고, 눈물을 흘리며 핸드폰을 쓰던 친구의 모습과 초임소대장시절 잡스의 표정으로 자기만족으로 아이폰을 쓰는 선임소대장의 모습. 두 모습을 비교한 결과였던 것 같다. 아이폰을 쓴지 7년이 넘게 지나서야, 아이폰 어플리케이션을 정리한다. 어플리케이션 정리를 색깔별로 정리하는 아내와 같은 사람도 보았지만, 스마트폰 화면 자체가 개인정보라는 인식인지, 다른 사람들의 화면을 보지 못했다. 아마, 첫 화면에 자주 쓰는 어플리케이션 나머지는 정리가 되지 않았을 것 같다는 생각이 들기도 한다. 어제, 까페에서 어플리케이션 정리를 통해 얻은 큰 깨달음을 공유해 봐야겠다.

'자기계발의 첫번째 - 정리'

그렇다. 자기계발의 첫번째는 '정리'라고 한다. 대부분의 책들이 집, 사람, 전화번호 이야기를 하지만 나처럼 어플리케이션 이야기를 해주는 사람들은 없었다. 우리의 일상 모든 정신을 함께하는 스마트폰을 정리를 안하고 있는 것이다. 물론, 이런 나의 아이디어는 직접적인 전화와 SNS를 잠깐 중단하는 데서 나온 것임은 분명한 듯하다.

'base'

가장 아래 고정으로 보이는 폴더는 3가지 어플을 위치시킨다. 날짜, 시계, 이벤트 달력. 이벤트 달력은 오늘이 23번째 날임을 알려준다.

'1-나'

첫 화면은 오로지 '나'를 위한 공간이다.

첫 단의 왼쪽 첫 출발은 원광만세력이다. 그리고 바로 옆은 자연의소리, 수면리듬, 명상과 관련한 '힐링'폴더 이다. 그리고 세번째 이어지는 폴더는 '메모'와 관련한 것들, 우측 끝 4번째는 '다이어트'관련 어플로 가득한 폴더다.

두 번째 단의 왼쪽 첫 출발은 '사진'이다. 그리고 바로 옆은 페이스타임, 캐논 사진 옮김이, 카메라 등 '이미지'와 관련한 폴더다. 세번째는 미세먼지측정, 윈디, 지진, 기상청, 별자리, 방사능측정통계, 리빙어스 등 '기상'관련 폴더다. 우측 끝 4번째는 '음악'과 관련한 폴더다.

세 번째 단은 나침반 어플로 출발한다. 그리고 바로 옆은 헌법, 국가법령정보센터, 국세법령정보시스템, 로스쿨관련 어플로 '법'에 관한 폴더다. 3번째는 공공기관 관련 '정부'폴더. 4번째는 '교육'폴더를 위치시킨다.

네 번째 단은 한국경제, 다트로 구성관 '경제'폴더. 그 옆은 은행,증권,보험 등 투자관련한 '금융'폴더다. 3번째는 '부동산'관련 어플. 오른쪽 엄지가 가장 가까운 우측 4번째는 지도, 자동차와 관련한 '내비게이션'폴더다.

다섯 번째 단은 '설정' 어플이 위치한다.

'2- 소통'

두 번째 화면으로 넘어가보자. 어제, '소통구역'으로 정리한 듯 하다.

첫 번째 단으로만 구성 되어있다. 첫 어플은 '이메일' 이다. 그리고 바로 옆은 메시지, 전화, 연락처들이 들어가 있는 1:1 소통 채널 폴더. 두번째 폴더는 'SNS' 관련 폴더를 배치해 뒀다. 마지막 4번째는 '인터넷' 관련 폴더다.

정리 덕분에, 과거 즐겨 썼지만 최근 전혀 쓰지 못한 힐링 어플에서 나오는 자연의 소리가 나를 편안하게 해준다.

'3-업무'

세 번째 화면으로 넘어가보자. '업무'와 관련한 화면으로 세팅을 해 뒀다. 첫번째 구역은 '보험', 두번째 구역은 'ROTC' 세번째 폴더는 '영업'관련한 폴더다. 그곳에는 명함집, 푸드비투비사이트 등 여러가지 나만의 영업 노하우들이 들어있다.

'4-소비'

네 번째 화면이다. '소비'와 관련한 구역으로 세팅했다. 좌측처음은 구팡, 배달의민족 등 '쇼핑'관련 폴더들 그리고 두번째는 '골프'관련한 폴더. 세번째는 '여행'관련 어플이다. 그리고 4번째는 '통신사'폴더다. 두 번째 단까지 있는데, 두 번째 단 첫 화면은 '문화' 그리고, 우측에는 스타벅스 카카오헤어샵이 보이는 '소비' 폴더다.

'5-여백'

다섯째 화면이다. 시작을 '대박확인'이라는 복권당첨 QR코드 인식 어플이다. 그 다음이 기능을 모르는 아이폰 기본어플 모임 '폴더', 세번째는 클라우드 등 작업관련한 유틸리티들, 네번째는 두번째와 비슷한 그냥 폴더 그리고 두 번째 단 처음이자 나의 스마트폰 마지막 어플은 '정리'폴더로 구성했다.

'카카오톡'

차후, 복잡다양해지고 있는 카카오어플을 어디에 배치해둬야할지 고민이다. 생각해보면, 스마트폰을 '카톡'하나에만 의지해서 사용하는 사람들도 많을 것이다. 차라리, 카카오톡에서 '카톡만'되는 나머지는 안되는 단일형 휴대폰을 개발하면 어떨까 싶기도 하다. 물론, 굉장히 저렴하고 통신비도 무료이면 세상을 지배할 거라 예상된다. 그만큼 카톡은 무서운 존재이고, 나는 무서운 존재를 누려워한다. 아마, 평생 안 쓸 수도 있을 것이다.

'당신의 잠든 엄지를 깨워라'

어제 잠깐 까페에서 구성한 나의 어플리케이션 구성이 당신에게 마음에 들었는지 모르겠다. 스마트폰 속에서 의미없이 움직이는 우리의 엄지손가락들이 무의식에서 깨어나 '아날로그 마인드'로 의식을 깨워 화면의 구성들을 인식하고, 우리의 사고 체계를 정리하는 습관을 가져 나간다면, 전투마에 탄 듯, '레드퀸' 목에 수레가 달린 줄을 달아 급 변화하는 세상 속에서 중심을 잘 잡을 수 있으리라 생각된다.

'켠김에 왕까지'

오늘 아침에 '어제'를 복기하면서 어제 생각했던 것들이 떠오른다. 청춘카페페스티벌을 생각하면서, 동시에 예전에 게임프로그램 중 '켠김에 왕까지'가 생각났다. 우리 인생도, 시작한 김에 왕까지 도전 해봐야하지 않을까? 우리가 가진 모든 잠재력을 끄집어 내도록 젊은 나이일수록 행동하고 도전해보자.

'구하라, 찾으라, 두드리라'

성경에 나오는 구절이라고 한다. 아침, 이메일 작업을 하고 아내의 아침식사를 차리기 위해 설거지를 하다가 '출판플랫폼' 아이디어가 떠올랐다. 다행히도 이미 출판플랫폼을 완성시킨 곳이 있었다. '부크크'. 샘플을 신청해본다. 역시나, 구하고 찾고 두드리면,

세상은 스스로 돕는 자를 돕니다. 항상 더 올바르고 예쁜 생각을 하며 나의 인생을 차곡차곡 쌓아 가야겠다.

'책을 읽읍시다 가 아닌, 책을 써봅시다'

아무리 잘산 인생이라도, 죽음 뒤에 책 한권 없으면 잊혀져 갈 것 같다. 책을 남기면 후대에 나의 후손들도 할아버지가 '인싸'라고 생각할 것이다. 물론, 나는 후대들을 위한 책 대용인 '바인더'를 집에 이미 20권을 만들어 놓았다. 페이스북 블로그를 아무리 잘해도, 책으로 엮지 않으면 완생이 아닌 듯하다. 파워 유투버도, 연예인도 인기는 영원하지 않는다. 책의 관점에서 보면 모두다 미생이지만, 완생으로 만들어 주는 게 책이 아닌가 싶다. 모두 함께 책을 써보자 부크크와 함께.

24일차 (정해일) 2020년 8월 12일 수요일 - 상권 출판

'출판 마감일'

밤을 새우고 있다. 지금은 새벽 02시, 어제 스스로 정한 마감날이다. 어제 구리시청 업무는 예상대로 즐겁게 잘 끝냈다. 특히, 흰둥이와 출퇴근을 함께하니 그 즐거움은 배가 되었다.

'인생은 제주도처럼'

어제 저녁, 와이프가 처음으로 나의 글을 첨삭해준다고 하여 즐거웠다. 필라테스를 다녀오니, 아내는 1일차까지 했다고 한다. 허탈한 마음이지만 성공의 비결 시작이다. 오늘 밤을 끝으로 나의 책 상권이 마무리된다. 원래 책 제목은 '60일간의 기적'이었지만, 어제 밤, 필라테스를 다녀오는 길 '제주도'아이디어가 떠올라서 머리글도 여러 연결 부분들도 조금씩 수정하는 작업을 거쳤다. 그리고, 자가출판을 도와주는 부크크의 양식에 글을 끼워 맞추다 보니 02시가 된 것이다.

'여름은 그곳에 오래남아'

24일간 함께했던 소설책이 한권 있었다. 김정운 작가님이 강연을 하시면서 추천해주신 소설인 '여름은 그곳에 오래남아'였다. 밤을 새워 완독을 했다. 새벽 05시가 다 되어간다. 건축과 소설의 만남을 다룬 책으로 나에게 진한 향기를 남기고, 그 향기는 나의 책 제목이 '제주도'로 향하게 안내했는지 모르겠다. 출근을 위해 잠을 청한다.

'8월31일, 8시31분'

구리시청일은 오늘도 무척이나 즐거웠다. 2인 1조로 학원, 교습소를 방문해 코로나 대비태세를 점검해 드린다. 파트너는 93년생의 한 청춘이다. 오늘 나의 흰둥이와 셋이서 좋은 시간을 보냈다. 파트너의 배려로 오늘 길이 완성되는 듯하다. 현재 시간은 20시 31분. 원고를 마무리한다. 감사한 씨앗들을 키워서 싹을 틔우고 만물이 소천하는 그런 섬으로 만들자.

제5화 60일간의 기적(2)

'또 다른 기적'

2020년 8월 13일, 제주도가 멋진 성산일출봉까지 만들어낸다. 나의 출판을 의미한 '성산일출봉'은 내 마음 속에서도 자연들과 함께 매일의 새로운 태양과 아침인사를 하는 그런 아름다운 장소로 키워야겠다.

'성산일출봉'

한라산 꼭대기에서 날아와 투박하게 자리잡은 산방산과 같이 내 인생에 홀인원이 찾아왔었지만, 성산일출봉은 한라산의 첫 성장 모습처럼, 꾸준히 자기만의 공간을 만들어 낸다. 그리고 큰 폭발 없이 자리를 잡은 덕분에, 주변 새 씨앗들이 빨리 자리를 잡아 성장하고 있다. 제주도 속의 작은 제주도처럼.

'오름'

제주도에는 기생화산인 오름의 수가 360개가 넘는다고 한다. 물론, 산방산과 성산일출봉은 오름의 수에 포함된다. 상권 집필 시작 무렵, 함께 출발한 두물머리 버킷리스트와 60일 뒤의 하고싶은 목록을 60가지씩 적어 보기로 했는데, 그들을 '오름'에 비유해 볼까 한다. 제주도의 모든 오름들을 오르겠다는 것은 대한민국의 모든 도시 그리고 지구의 모든 국가와 도시들을 관광해보겠다는 그런 욕심일 수도 있다. 하지만, 그런 목표를 가지고 행동한다는 것 자체가 아름답다. '성공의 비결은 시작'이라고 하지 않았는가. 이번 책을 통해 120가지 오름들을 찾아 나서고, 등반하도록 하자. 나의 제주도의 모든 오름들을 찾아 나서는 여정은 60일 이후에 유투브에 쌓아가며 남길까 한다.

'2가지 오름프로젝트'

1. '두물머리 버킷리스트

1-1) 옥경이 로또복권 1등 당첨되기

1-2) 두물머리 까페 인수하기

1-3) 일산으로 이사가기

1-4) 60갑자 다이어리 만들기

1-5) 옥경이 샤넬 백 사주기

1-6) 옥경이 즉석복권 5억 당첨되기

1-7) 옥경이 송화관 건물 명의 받기

1-8) 홀인원 한번 더 하기

1-9) 책 10권 쓰기

1-10) 부모님 BMW 자동차 사드리기

1-11) 미네르바 스쿨 들어가기

1-12) 영어 마스터 하기

1-13) 언더파 치기

1-14) 아내-도빈이와 라운딩하기

1-15) 장인어른 모시고 미국가서 MLB 직관하기

1-16) 1층 스타벅스인 상가건물

1-17) 옥경이 아파트 사기

1-18) 옥경이 평생 일 안하기

1-19) 옥경이 부모님 아파트 사드리기

1-20) 옥경이 1년에 한번씩은 해외여행가기

1-21) 옥경이 에르메스백 사주기

1-22) 옥경이 볼보 자동차 사주기

1-23) 옥경이 이호테우 해변에서 보이는 섬에 같이가기

1-24) 옥경이 요트 태워주기

1-25) 옥경이 정규골프장 머리 올려주기

1-26) 옥경이 홀인원 시켜주기

1-27) 옥경이 영부인 시켜주기

1-28) 옥경이랑 낚시해보기

1-29) 옥경이랑 둘째 만들기

1-30) 옥경이랑 셋째 만들기

1-31) 옥경이랑 리얼타르트 감귤 사주기

1-32) 옥경이 언니랑 해외여행 보내주기

1-33) 옥경이랑 바디프로필 찍기
1-34) 옥경이 책 출판하기
1-35) 옥경이 치마 선물해주기
1-36) 옥경이 긍정적으로 만들기
1-37) 옥경이 3p바인더 함께 쓰기
1-38) 옥경이 감사일기 함께 쓰기
1-39) 옥경이랑 서재 만들기
1-40) 옥경이랑 게임방 만들기
1-41) 옥경이랑 방탄커피 마시기
1-42) 옥경이랑 케토제닉 식단하기
1-43) 옥경이 깨달음 얻게 해주기
1-44) 옥경이랑 서핑타기
1-45) 옥경이 유겸투어 시켜주기
1-46) 옥경이 부모님하고 같이 살게 해주기
1-47) 옥경이랑 몸무게 배틀하기
1-48) 옥경이한테 일부러 내기 져주기
1-49) 옥경이 인터뷰 다시하기
1-50) 1년에 한번씩 옥경이 소원 들어주기
1-51) 옥경이의 60일간의 기적 만들어 주기
1-52) 옥경이의 날 만들기
1-53) 도빈이의 날 만들기
1-54) 옥경이 명의의 가게 만들어 주기
1-55) 옥경이 파워블로그 만들어주기

1-56) 옥경이 명의 디저트 개발 도와주기
1-57) 옥경이 스카이다이빙 시켜주기
1-58) 백화점 vip 만들어주기
1-59) 엄청 큰 멍멍이 키우기
1-60) 자녀 외국유학, 원한다면 같이 이민가기

2. '60일 뒤 하고 싶은 목록'
2-1) 아날로그용품점가기
2-2) 시베리아가기
2-3) 망한 골프장 가보기
2-4) 재준이의 60일 간의 기적 작성하기
2-5) 아날로그생활 지속하기
2-6) SNS, 2012년 7월 14, 15일 흔적 살펴보기
2-7) 친구 인수 호주주소 물어보기
2-8) 최신 안드로이드폰 구매하기
2-9) 천체망원경 구매하기
2-10) 룬커스텀 프로모션 티켓팔기
2-11) 이진호 선배님께 전화드리기
2-12) 정식 출판기념회 열기
2-13) 한국경제 청춘 커피 페스티벌 부스 참가하기
2-14) 유투브에 120가지 오름 기획 완성해 나가기

2-15) steady seller 되기

2-16) 폴더폰 사기

2-17) 인생은 제주도처럼 상하권 묶어 정식출판등록

2-18) '지금 당장 골프를 시작하라' 출판하기

2-19) 몸무게 60kg대로 들어가기

2-20) 송화관 기술 전수받기

2-21) 용산에 아파트 사기

2-22) 자산 100억 모으기

2-23) 아마추어 골프대회 참가하기

2-24) 매일 영어공부하기

2-25) 대룡산 페러글라이딩 하기

2-26) 부모님과 제주도 골프치기

2-27) 계해일주 멘토만들기

2-28) 계해일주 모임 만들기

2-29) 민수형님 골프 머리 올려드리기

2-30) 하루종일 옥경이가 시키는데로만 하기

2-31) 대통령되기

2-32) 1억원 기부하기

2-33) 가계부 만들기

2-34) 1주일에 한번씩 등산하기

2-35) 등산할 때마다 절에 들리기

2-36) 자주가게 필 질 찾기

2-37) 60일간의 기직형식으로 매일 일기쓰기

2-38) 강연하기

2-39) 나비독서모임가기

2-40) 3p바인더 새로 구매하기

2-41) 1주일에 한번은 도서관가서 갈유겸식 독서하기

2-42) 매주 로또 분석하기

2-43) 갈유겸 재무설계사무소

2-44) 제주도에서 연예인들하고 골프치기

2-45) 미국 가면, '소중한 형님'과 라운딩 돌기

2-46) 와인오프너 목록 만들기

2-47) 숏티 목록 만들기

2-48) 한국재무설계 코드 덕암에셋으로 옮기기

2-49) 2036 프로젝트 구체화하기

2-50) 옥경이의 꿈과 나의 꿈 융합시키기

2-51) 연락처 20명 남기고 다 정리하기

2-52) 주말마다 도서관 가서, 갈유겸식 독서법으로 독서하기

2-53) 재준이 사업 상장사로 만들기

2-54) 샷 이글하기

2-55) 나만의 춤 계속 추기

2-56) 스승을 만나면 스승을 죽이기

2-57) 도와주고 싶은 인맥관계로 재형성하기

2-58) 도빈이와 여행다니기

2-59) 하루 하루 소중히 지내기

2-60) 네이버 프로필 등록하기

제6화 25~36일간의 생명의 씨앗들

25일차 (무자일) 2020년 8월 13일 목요일 - 故 윤병철 회장님

'일진'

23:30, 임자시를 들어오면서 무자일로 바뀌었다. '해돋이'를 보듯 눈에 보이는 것은 없지만, 어제 출판을 마치고 자연스레 맞이하는 소중한 날이다. 자의 지장간은 '임'과 '계'. '무'는 '임'을 말리고, 지지의 물들은 땅으로 스며들 뿐이다. 대지는 촉촉한 가운데 하늘은 건조한 기운인 시간이다.

'수면 무 호흡'

06시 30분 무거운 눈을 뜬다. 어제 밤 수면 무 호흡상태가 꽤 오래되었나 보다, 항상 내가 자는 걸 지켜 봐 주는 아내가 역시나 그랬다고 알려준다. 얼른 재정적 여유를 갖추어, 양압기를 장만해, 피로 누적을 최소화 해야겠다. 몸무게는 76kg. 최근 13일차인 을해일에는 무려, 79.1kg까지 치솟았던 몸무게였다. 3.1kg 감량을 유지한 비결은 탄수화물 섭취를 극히 제한하고 최근 스스로 만들 식단관리다. 아침의 방탄커피는 필수다. 벌써 방탄커피를 지속한지 710일이 되었다. 헌혈을 하면 공짜로 혈액검사를 해주는데, 한달에 한번씩 헌혈 겸 검사를 해보면 아무 문제없는 듯하다. 다만, 부모님과 아내는 지금도 버터와 기름을 먹는 나의 모습에 거부감을 느낀다.

'아내 덕분에'

아내는 아침부터 분주하다. 오늘 곧 결혼하는 처형의 드레스투어를 함께 간다고 한다. 오전 신문을 읽고 나만의 시간을 가지고 있다 보니 벌써 아내가 집을 나서려고 한다. 두렵긴 하지만, 평소 육아는 '템빨'이라는 아내 덕분에 집에는 수많은 아이템으로 가득하기 때문에 내 마음은 평온하다. 아내는 오후에는 장모님과 함께 집으로 올 예정이다.

'쓰러진 행운석'

지난 12번째 날, 거대폭발의 마지막 분화 활동 간에 발견한 행운석을 현관 입구에 세워 두었는데, 아침 신문을 가지러 갔을 때, 바깥으로 누워있었다. 세상도, 아내의 외출을 암시하는 듯 했다. 08:25, 아내가 집을 나갔다. 동시에, 도빈이는 바운서가 싫은 지 찡얼댄다. 도빈이를 아기띠에 넣어 내 품에 넣고 재운다. 그리고, 초연결로 이어지기 위해 급하게 마감했던 어제의 원고를 살펴보며 또다른 생각들을 글로 옮긴다.

'우리 모두가 신이다.'

사실, 우리 주변에 존재하는 사람들은 우리가 의미부여해주지 않으면 그 사람은 이 세상에 존재하지 않는다. 그만큼 우리는 굉장한 힘을 가진 '신'이다. 독자분들도 나에게는 '신'과 같은 존재다. 당신이 책을 읽어주지 않는다면, 내 책은 죽은 것이다.

'삼성노트북과 아이폰'

앞으로는 집단과 집단을 이어주는 플랫폼이 중요할 것 같다. 이 통찰은 나의 첫 원고마감을 하는 중, 아내의 윈도우 노트북으로 해야만 하는 상황에서 나왔다. 자가 출판사 부크크는 애플 사용자에 대한 배려는 아직은 부족하다. 기존 문서 프로그램들이 애플과 윈도우 양식에 기준을 맞추지 못하기 때문에 어쩔 수 없는 입장일 것이다. 개인적으로도 아이폰에 남아있는 사진들과 애플노트북에만 있는 자료를 옮기는 과정에서 많은 수고스러움이 발생했었다. 따라서, 앞으로 삼성과 애플을, 구글과 애플을 이어주는 어댑터 사업이 유망해질 것으로 생각된다. 아내가 나에게 비서, 아날로그 어댑터 역할을 해주듯 말이다.

'배달의 민족'

가까운 예로 배달시장을 장악한 배달의민족도 자체 라이더들을 운영하기에는 역부족이니, 현재는 기타 배달대행업체와 함께 공존하고 있다. 배달의민족도 그 부분에서 앞으로도 단일화 즉 독점기업이 되고자 노력할 것으로 보인다. 결국, 배달의민족이 배달대행업체에 주문을 넘겨주지 않으면 삼성과 애플이 호환이 안되듯이 두집단이 따로 놀게 될 것이다.

'독점'

기업의 독점으로의 열망이 꼭 우리 개인의 주체성을 찾는 모습

같다. 우주가 원점에서 출발했듯이 원점으로 돌아가려는 회귀본능 현상으로 보아야 할까? 아니면, 아직도 '기업의 목적은 이윤극대화'라는 기업의 근대적사상이 깃들어 있는 것일까? 기업의 목적은 '고객 창출'에 있다는 것을 우리는 다시한번, 고객입장에서 들여다볼 때인 것 같다. 즉, 아내의 삼성노트북이 나의 아이폰을 재빨리 인식해서 작업하는데 수고스러움을 줄여 줘야 한다는 소리다.

'이메일 확인'

얼마 전, 이메일은 총 1,000통 정도 보냈던 것 같다. 답장은 오늘까지 정확히 13통이 들어왔다. 신기하게도 처음 우편주소를 받았던 사람들의 숫자도 13통이었다. 평소 이메일 관리도 잘하시고, 친절히 답장도 해주시는 소중한 분들이다. 개인 답장을 해준 재준이를 시작으로 주례 선생님이셨던 가정행복코치 강사이신 이수경 선생님, 고향친구, ROTC중앙회 부장님, 사무부총장님과 ROTC선배님 두분, 그리고 후배님 한 분. ROTC 선배님들을 통한 소중한 인연 두분, 그리고 거래처 셨던 웅진식품 구매담당자분과 CJ그룹 담당자분 세하제지 구매담당자분이 응원의 답장을 보내오셨다. 글을 계속 다듬어서 더욱 그분들의 마음까지 울리는 그런 책을 만들어야겠다.

'백록담 발견'

와! 미쳤다! 유레카! 9월 17일, 60일 되는 날은 나의 음력 생일이었다. 음력 8.1일 하권을 마감하는 날이다. 이런 기적과 같은 일이 있다니! 이렇게 나의 수필은 정말 남들의 눈에는 소설로 보일 수 있다는 생각이 든다. 양력 생일인 8월 31일에는 60일 전 홀인원을 기록한 날과 같은 병오일이다. 어떤 꿈을 꿀지는 나에게 달린 것 같다.

'코로나19 집단감염'

롯데리아직원 20명이 모여서 코로나 집단감염이 되었다고 한다. 우리는 사실 20명이 모여서 쌍방의 소통이 불가능하다는 것을 안다. 진행자가 필요하고, 사회자의 능력에 따라 소통의 폭과 깊이는 결정되는 듯하다. 다수가 모이는 좋은 모임도 있는 반면, 모임 주최자의 검은 속내가 숨겨진 모임은 코로나로 인해 없어졌으면 한다. 특히, 방문판매업이나 다단계의 주목적은 나의 아랫단계에 있는 사람의 이익을 나누는데 있다. 즉, 가장 위에 건재하고 있는 사람들, 대기업 오너와 투자자 즉 주주들과 같은 사람들의 배를 불려줄 수밖에 없는 착취들이 사라졌으면 한다. 물론 그들 중 사회적책임을 잘 수행하는 사람들도 있겠지만, 자본주의사회에서는 극히 드물 것으로 판단된다. 인간은 원래 이기적인 유전자가 가득한 몸을 가지고 태어난 동물이기에.

'인간세상에서 없어져야 할 사람들'

자발적 욕구로서 사회적책임을 완수하는 사람들은 그 누구보다

행복감을 누린다. 기부와 봉사를 통해 공동체에 헌신함으로서 공헌감을 느끼면서 쾌락의 욕구보다 보다 더 높은 차원에서의 욕구를 해소할 수 있다. 현재 우리는 가진 것이 별로 없지만은 사회에 그리고 공동체에 어떤 책임을 다하고 있는가? 물론, 그 책임과 헌신을 강요하는 '심리조종자'들이 가득한 세상이기에 우리는 또 한 번 몸을 움츠린다. 그들이 인간세상에서 사라져야 할 이유이다.

'세대갈등의 해답 ; 골프에서 찾다'

기성세대, 즉 어른들은 근대적인 사상을 가진 분들께 배우고 자란 환경때문에 우리와 생각이 많이 다르다. 그 사이에 있는 X세대들은 어른들 비유를 맞추며 적당히 살아가는 듯하다. 반면, 밀레니언 세대들은 기존에 만들어진 구조적인 틀에 의문을 갖는다. 정유라 같은 친구들은 구조적 틀의 혜택을 아는 듯 SNS에 부모도 능력이라는 자극으로 또래의 밀레니언 세대들의 사회적 반감을 부추긴다. 아마, 혁명이 일어나도 지금의 똑똑한 밀레니언 세대들이 이끌 것이다. 그들은 배고픈 적없이 지식도 부족한 것없이 마음껏 섭취하며 자랐기 때문에, 당연히 싸가지가 없다. 유전무죄 무전유죄라는 오명을 안은 '역사의 법'의 공평성 앞에 겸손함이라는 감정의 절제를 잃어버린 그들과 대립해 공리주의적인 '책임'과 '헌신' 따위들만 강조하는 어른 들과의 갈등은 점점 깊어 간다. 그들 사이의 정답은 '배려'다. 골프게임을 좋아하는 분들은 안다. 항상 공이 뒤에 있는 사람, 홀컵까지의 거리가 많이 남아있는 사람들을 위해 앞서 나가지 않고 기다려주는 배려. 젊은 이들은 장타를 치며 앞서가는 것이 아니라, 거리가 많이 남은 어른들의 샷을 진정으로 응원해주고 기다려서 함께 할 것. 특히나 어른들의 정밀한 숏 게임에서 어프로치와 퍼트를 배울 것. 장타와 완벽한 숏 게임, 이 시대의 해답이다. 특히, 가장 중요한 '미소'라는 '배려'와 함께. 지성을 갖추고 작은 행동들을 실천하다 보면, 우리 모두는 수평적인 관계를 맺고 진정한 친구라는 공동체를 형성해 보다 더 아름다운 세상을 만들어 갈 것이다.

'저녁'

16시가 좀 넘어서, 장모님과 아내가 왔다. 장모님은 모처럼 소고기를 사주 시겠다며 카드를 주신다. 마트에 다녀와 사온 아스퍼러거스와 깻잎 풋고추를 씻고, 소고기를 맛있게 구워 저녁식사를 함께한다. 도빈이는 외할머니의 사랑을 듬뿍 받는다. 나는 오랜만에 고 윤병철 회장님께 선물 받았던 '하나가 없으면 둘도 없다'를 꺼내든다. 최근 도서관에서 5일간 100권의 책을 다독한 경험으로 빠르게 다시 재독을 해낸다. 회장님은 세상에 안 게시지만, 책을 통해 오랜만

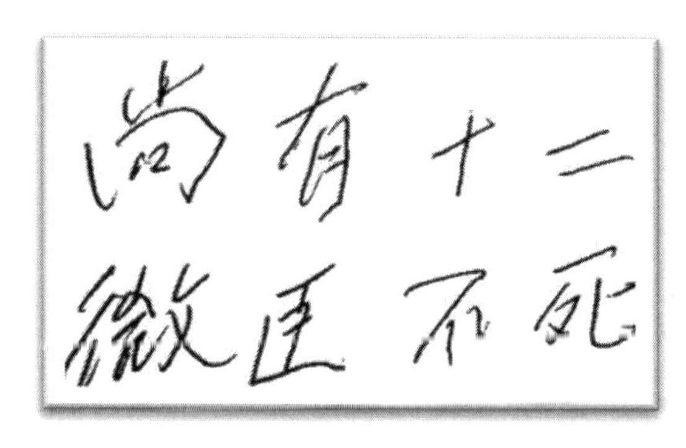

에 뵙는 느낌이다. 그리고, 회장님의 중학교 은사님이 중학교 졸업간 적어 주신, '상유십이,미신불사'. 나의 바인더에도 친히 적어 주신 손 글씨를 오랜만에 꺼내어본다.

'출판승인'

이메일을 열어보니, 출판이 승인되었다고 한다. 아버지가 내 책이 나오면 100권을 사주기로 하셨다. 일단, 송화관으로 100권을 주문했다. 장모님은 까마득히 모르고 계신다. 장모님을 수서역에 모셔 다 드리고 집으로 돌아왔다. 인창동 집으로도 주문을 하려하니 아까 주문 건이 제대로 되지 않았다. 다시 한번 주문을 한다. 송화관에 100권. 제대로 주문이 되지 않는다. 아직 때가 아닌 듯하니 내일 그리고 모레 월요일 다시 해봐야겠다. 디너의 여왕 합격 소식을 기다리던 때가 떠오른다. 아내와 도빈이는 역시나 태평하게 잘 도 잔다. 나 혼자 잠 못 이루는 밤이다.

26일차 (기축일) 2020년 8월 14일 금요일 – 각서

'틀을 부수다. 꿈에서'

05:30분 눈을 떴다가 다시 눈을 붙인다. 꿈에서 나는 군인이다. 군부대의 넓은 창문의 뜰을 손보다가 큰 창문 틀 하나가 떨어진다. 다행히 유리는 금만 간다. 다시 창문 틀에 끼워 두고 잠에서 깬다. 오전 06:30 어김없이 방탄커피와 함께 기상한다. 어김없이 신문과 담배로 함께 아침을 시작한다.

'기생충'

기사는 전반적으로 서민층의 붕괴다. 자영업자들이 고용하는 사람들에 대한 고용지원금이 끊겼다고 한다. 실질적인 대량실업이 발생하고 있는 듯 하다. 하지만, 예전 같으면 실업이후 방콕을 해서라도 소비를 멈출 수 있었지만, 스마트폰을 들고 있는 이상 방콕을 해도 소비를 멈출 수가 없다. 한달에 10만원 가까이 꼬박꼬박 지불하면서, 꼬박꼬박 소비로 만들어주는 이 스마트폰은 진정한 기생충이다. 우리에게 선사해주는 건 단지 이런 의식들을 못하게 하는 것이다. 그들은 우리의 감각을 지속적으로 둔화 시키고 우리의 돈을 갈취해 나간다.

'제주도로 가고 싶은 꿈'

의욕이 넘치고 아이디어가 솟아나는 아침이다. 올인원한날은 7월 2일, 61번째 되는 날이 8월 31일 뭔가 제주도를 가야할 것 같다. 책 이름 처럼 '인생을 제주도처럼' 살기위해선 집필 기간동안 제주도 내용은 꼭 들어가야할 것 같다. 역시나 아내에게 말하니, 씨알도 안 먹힌다.

'꿈은 이루어진다'

그래도 말하면 행동이 된다. 드디어, 홀인원 동반자 분들께 개인별로 연락을 드린다. 책을 쓰느라 늦게 연락 드린다고 양해 말씀부터 드린다. 그리고 세 분 모두에게 자택주소를 받아낸다. 8월 31일 내 생일날 같은 시간에 함께 해보고 싶은 욕심이 생긴다. 또 홀인원이 일어날까? 그럼, 년,월의 기운인 공전이 강한 지, 일,시의 기운인 자전이 강 한지 테스트도 가능할 텐데 말이다. 4명이 모두 서로 잘 모르는 사이이다 보니 조율하기가 힘들다. 그래도 긍정적으로 임한다. 아내에게 씨알도 먹히지 않는 소리였으니 말이다.

'꿈은 현실로'

나는 최우수 영업사원 출신이다. 아내를 설득하지 못하면, 영업인이 아니다. 가화만사성. 어제 밤 고 윤병철 회장님 책 속에 말처럼, 겉만 튼튼한 수박이 아닌 복숭아 같이 '겉은 유하지만 내실은 튼튼 해야한다'는 글귀처럼, 아내를 다시 설득해본다. 결국, 각서 한 장을 쓰고 승인 받는다.

'배수의 진'

사실, 홀인원을 한날은 내 인생 마지막 골프라고 생각을 했었다. 가정을 위해서 말이다. 하지만, 홀인원을 하는 순간 나는 마음 속으로 생각했었다. '또 올 수밖에 없겠구나'. 동반자분들에 대한 예의도 아닌 것 같았다. 그리고 그런 부분들을 모두 정리하면서 책도 홍보할 수 있는 절호의 기회이다.

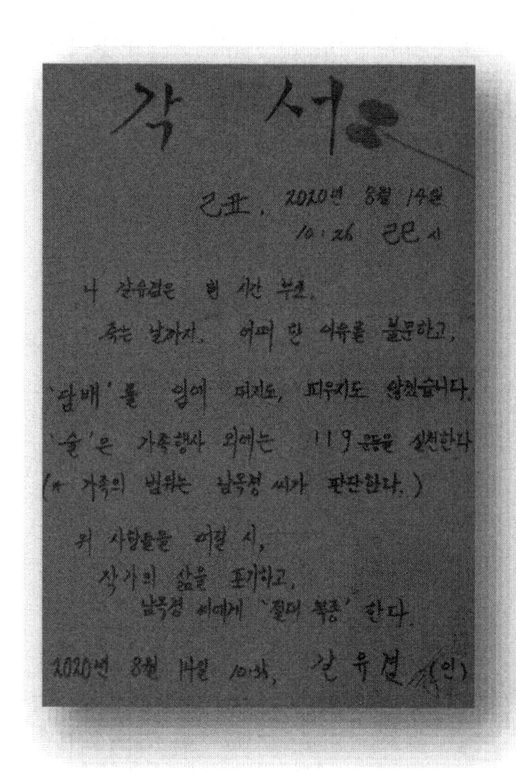

각서

己丑, 2020년 8월 14일
10:26 己巳시

나 강유결은 현 시간 부로,
죽는 날까지, 어떠 한 이유를 불문하고,
'담배'를 입에 대지도, 피우지도 않겠습니다.
'술'은 가족행사 외에는 119 운동을 실천한다
(* 가족의 범위는 남옥경 씨가 판단한다.)
위 사항들을 어길 시,
작가의 삶을 포기하고,
남옥경 씨에게 '절대 복종' 한다.
2020년 8월 14일 10:35, 강유결 (인)

'철학관'

이번에도 마지막이라는 생각을 가지고 잘 치고 복귀 해야겠다. 이번에도 홀인원을 하게 되면, 기적의 로직이 확실한 것으로 판단하여 철학관도 한번 차려 볼만 하다.

'어김없이 지르기'

천운을 타고난 덕분인지 제주도 골프 스승님 밴드에 들어가보니, 8월 29일 월례회가 있다. '참석'을 누른다. 사실, 아내에게 각서를 쓰기 전 이미 참석을 누른 상태였다. 항상 지르고 보는 성격이 이런 순간에는 도움이 되는가 싶다. 휴대폰 없이 골프를 해보는 나의 꿈이 완성되는 순간이다.

'100권'

책을 주문해보니, 정상적으로 책이 구매되기 시작한다. 아버지와 영상통화를 해서 손주를 보여준다. 그리고 약속대로 100권을 사시라고 말씀을 드린다. 와이프 통장으로 곧 1,370,000원이 입금된다. '상'권의 페이지는 137페이지, 1페이지당 100원이라는 가치를 매겼다. 우리집에서 100권은 일반적인 단어가 아니다. '키워드'다. 군생활을 하면서 아들놈이 책을 100권씩이나 두 번을 구매한 적이 있기 때문이다. 저렴하게 다단계의 쓴맛을 배우고 나온 것이다. 다단계가 나쁜 것은 아니지만, 다단계는 나와는 맞지 않다는 것을 깨닫게 해줬다. 나는 수평적인 관계를 좋아한다.

'이메일 마케팅'

이메일 답장이 오셨던 13분 그리고 최근 안 좋은 일을 겪으셨는데도 불구하고 아워홈 양산공장 담당자님이 연락이 오셔서, 소통을 하고 있었다. 명함주소가 맞으신 지 다시 여쭤보고, 맞다고 해주신분 그리고 암묵적 동의를 주신분들께 책선물을 드린다. 그 분들을 아내가 사준 새로운 명함집으로 옮겨 고이 모신다. 그리고 손편지를 썼던 친구들 13명과 10 여분 중 선출해서 책선물을 주문한다. 그리고, 가장 최근 명함집에서 공유하고 싶은 분들을 선출해 낸다. 40분 정도 계신다. 거기에서 또 선출해낸다. 총 30권을 각각 보내 드린다.

'현대카드 vs 롯데카드'

출근시간이 다 되었지만, 책 주문 삼매경이다. 어차피 공망일이라 흰둥이 대신 짱구를 타고갈 예정이다. 짱구는 아내가 사준 투싼의 별칭이다. 짱구와 함께 살기위해 장만한 현대카드로 결제가 반복되니 현대카드 본사에서 아내에게 연락이 온다. 사건 사고가 많아 예방차원에서 전화인증을 하신다. 아내의 롯데카드로 바꾼다. 20건이 넘어가도 연락이 없다. 독자분들의 사건 사고를 위해 적는 글은 아니다. 정부방침인지는 모르겠지만, 현대카드의 배려가 느껴졌다. 하지만 지나친 배려는 사람들을 불편하게 할 수도 있는 법. 나는 옷가게를 가면 나에게 가까이 안 오는 곳을 선호한다. 즉, 영업에는 정답이 없다.

'금연'

출근시간이 다되었더라도, 오늘도 어김없이 20분 전에 도착한다. 어제 결근 부분은 월급에서 제외된다고 한다. 13시가 거의 다 되어 파트너가 오자 바로 학원/교습소 코로나 대비태세 점검에 나선다. 내 차에 태우고 챙겨 온 선물을 준다. 나와 함께한 '담배 한 보루'들이다. 담배갑 위에는 갑자일부터 계유일까지 10갑이 있다. 그리고 돌아왔던 11일부터 20일까지 그리고 26일인 오늘까지 각각 천간에 맞추어 피워봤다. '무'와 '기'일은 역시나 빈껍데기다. '토극수' 날 죽이는 놈들은 역시 담배였는데, 나의 천을귀인인 아내가 또 날 살렸다. 각서의 내용은 담배를 평생 끊는 것이었다. 실패하면 곧바로 작가의 삶을 접고 아내에게 '절대복종'하는 것이다. 나의 인감과 날인이 된 각서는 식탁 위에서 살아 숨쉬고 있다.

'암세포'

구리시청에서 우리에게 처음에는 가장 먼 갈매동으로 보내더니 오늘은 가장 가까운 인창동에 안내한다. 우리 집 앞이다. 굉장히 습하다. 집 앞에 학원이 이렇게 많은 줄은 몰랐다. 오피스텔 한 층에 학원이 6개나 몰려 있는 곳도 있었다. 학원도 가격 표시제가 생겼는지 문 앞에 가격표들이 보인다. 수 많은 학원들이 죽으면 대한민국도 망할 것 같다는 생각 마저도 들정도다. 일제시대 직후 친일파를 제거하면 인물이 없어 정치가 안되니, 어쩔 수 없이 정치에 임용했듯 뭔가 깊숙이 파고 들어 있으면, 제거 할 수가 없는 듯 하다. 지금까지도 야당 여당 할 것 없이 친일파 자녀분들이 정치를 하고 있으니 말이다. 암도 조기에 발견해서 제거 해야한다.

오래 두면 공생관계가 되어 버려 암을 죽이면 우리도 죽는다. 즉, 학원도 이미 우리 경제의 일부가 되었다. 학원을 운영하는 사람들을 위해 자식들을 학원으로 보내자. 물론, 나는 도빈이를 안 보내고 싶다.

'자식교육'

그 생각을 고이 가지고, 아내의 모닝 빵과 식빵을 사서 집으로 돌아 오자마자, 도빈이는 학원에 안 보낸다고 이야기한다. 아내는 학원을 많이 보낼 꺼라고 한다. 아내는 학원을 운영하는 사람들을 먹여 살려야 한다는 생각이 강하다. 차라리 나는 그 돈으로 자식과 부모가 함께할 수 있는 곳에 투자를 하고싶다. 함께 요가학원을 다닌다 던지, 무술을 배운다 던지. 공부는 학교에서만 시키고, 예습 복습은 집에서 부모가 관심을 가지고 함께하는 걸로 말이다. 부모가 능력이 부족하다 싶으면 그때서야 함께 학원을 다니던 유투브를 보던 무조건 함께하자는 말이다. 앨빈토플러가 '미래쇼크'에서 예견한 핵가족의 붕괴가 두렵기 때문이다. 물론, 도빈이와는 수평적인 관계를 유지할 것이다. 나는 수직적인 가장이 아닌 수평적인 친구. 언제든지 서로 시간을 내어주고 양보하고 배려하는 그런 친구로. 아내는 콧 방귀를 뀐다.

'청춘,커피 페스티벌'

아침에, 한국경제신문 청춘,커피페스티벌 승인 연락이 왔다. 원래는 기존 프랜차이즈 업체들이 참여를 많이 하는 곳이라고 한다.

나의 부스는 그런 레드오션이 아니고 한쪽에 다른 곳으로 위치해 준다고 한다. 블루오션이길 빈다. 설렌다.

'내일'

내일은 식구 모두 대전을 내려간다. 처형의 상견례가 있다. 아직 도빈이를 직접 보지못한 아버님을 위해 06시에 출발하려고 한다. 오랜만에 요가를 다녀 와야겠다. 어제 아내가 나의 생일 선물로 요가복을 하나 사주었다. 나는 참 복이 많은 친구이다.

'굿나잇'

오늘은 아침 아내에게 춤을 추며 불러줬던 노래로 마무리 한다. '잘했군~ 잘했어~ 그러게 내 마누라지~', 노래도 고전이 좋다. 남을 비난하지 말고 칭찬과 격려만 하라는 교훈인 듯 하다. 오늘은 요가를 안 가고, 아내와 함께 조촐한 출판기념회 겸 술 한잔.

27일차 (경인일) 2020년 8월 15일 토요일 - 출사표

'보험왕 토스'

06시 눈을 뜬다. 06시에 대전을 출발하려 했는데 운명은 정해져 있나 보다. 템포를 잃지 않고 방탄커피를 마시며 신문을 본다. 토스관련 기사가 눈에 띈다. 토스는 보험시장에 설계사 모두를 끌어 들이려고 한다. 역시 보험시장은 고객을 직접 끌어 들이는 데에는 한계가 있는 모양이다.

'코로나'

준비를 끝낸 아내는 편안하게 느긋하게 집을 나설 준비를 한다. 반대로 나는 1분만에 오늘 떠날 채비를 한다. 07시 30분 드디어 출발. 비가 많이 내린다. 내려갈수록 많이 내린다. 구리시 기간제근로자 단체 카톡방에서는 구리시청에 코로나 확진자가 방문했다고 난리다. 공무원 한 분이 계속 전화를 한다. 우리도 전체가 검사를 받아야 한다고 한다. 아내는 불안해 한다. 나도 갑자기 피곤해지고 몸이 안 좋아지는 느낌이다.

'장마전선'

일죽ic에 도착하니, 비가 그친다. 올해 마지막 여름 장마를 그렇게 뒤로하고 대전으로 향한다. 장마의 꼬리는 그렇게 처음 봤고, 졸음쉼터에 들려 사진으로 남긴다. 대전의 선별진료소는 타지역인원 허가가 쉽지 않나 보다. 공무원은 내일 구리로 돌아오면 검사 받기로 한다. 처형의 상견례를 앞두고 아내와 나는 고민이 빠진다.

'운이 좋은 나'

다시 전화가 온다. 전원 검사 취소라고 한다. 다행히, 확진자가 머물렀던 시간대는 우리가 외근을 나간 이후라 검사 취소라고 한다. 나는 역시나 운이 좋은 지 바이러스가 머무를 수 있었던 한나절, 출근하지 않았었다. 경과를 지켜보자.

'아들을 둔 사위'

10:30분 대전 외할아버지집 도착, 대전은 폭염주의보가 내려져 있어 그런지 지난 계해일 들른 사우나가 생각난다. 외할아버지와 외삼촌을 처음 보는 도빈이는 행복한 시간을 보내고 있다. 고향에 조카와 자주 왔던 우리 자형이 떠오른다. 조카 이름은 고은이 인데, 우리 모든 가족의 관심은 오직 고은이다. 자형이 공감된다. 챙겨온 노트북으로 오늘을 기록한다.

'아내의 과거'

방 한쪽 구석에 보니 아내의 모든 기록이 저장된 서랍이 있다. 과거 사진은 물론, 생활기록부와 성적표들이다. 아내의 초음파사진부터 시작해 귀여운 아기 그리고 사춘기, 성년이 되기까지 사진을 본다. 도빈이는 아내를 많이 닮은 듯하다. 옛날 사진들을 바라보니, 뭔가 모르게 서러워지는 듯하다. 지나간 과거를 사진 속에 담아 두면서 그때의 향기도 함께 담기나 보다. 유년시절 아내의 모습에는 유독 그런 셋째 아이들 중 중간에서 눈치를 많이 보는 모습이 그대로 남아 있었다.

'생활기록부'

아내는 공부를 잘했다. 기억해 보면 나의 어렸을 때와 성적이 비슷한 듯하다. 하지만 생활기록부에는 담임선생님이 적어 둔 기록이 있다. '언니가 공부를 잘해서 열등감이 많다. 격려가 필요하다.' 반대로, 어떤 선생님은 '지난 시험보다 성적이 떨어짐, 지도 부탁.' 냉정과 열정사이를 오가는 글귀인 듯 하다. 하지만, 아내는 두 경우 모두 마음 속에서 열등감을 지속적으로 느끼리라 생각된다. 한 달에 200만원씩 교육비를 썼다던 장인 장모님 생각에 괜히 마음이 더 짠하다.

'열등감'

아내의 언니는 현재 결국, 의사가 되었다. 아내와 언니는 함께 수능을 보았다. 즉, 아내는 마지막 순간까지 그 열등감으로 인해 스스로 만든 마음의 상처가 지금도 남아 있을 것이다. 다행히 두 자매는 서로 여자라는 것 외에도 남동생이라는 공통 관심사가 있어 그런지 사이가 좋다. 아내는 지금도 지는 것은 죽을 만큼 싫어 한다. 지금도 나와 장난 삼아 하는 게임에 지면 울분을 참시 못하고 울어버린다.

'오랜만에 데이트'

아내를 퇴근 시켜 함께 데이트를 다녀온다. 처남에게 추천 받은 조용한 까페로 향한다. 가는 길 처남과 같이 집 근처 '조용한 까페' 정도는 지인에게 소개해줄 수 있는 그런 여유를 가지는 삶을 살아야 겠다고 한수 배운다. 도착해보니 No Kid Zone, 작은 글귀로 조용한 시간이 머물렀다 가는 곳이라며 목소리를 절제시키는 까페였다. 조용한 분위기에 커피 향이 더욱 집중되는 곳이었다. 글귀를 보기 전 혼자 신나 엄청 떠들었었는데 민망했다. 벽에 걸린 예쁜 사진을 배경으로 사진도 찍었었다. 나갈 때 자세히 보니, 사진촬영도 금지였다. 근처 마트에 들려 이것 저것 사온다.

'행복한 둔산동'

곧, 처형이 집에 도착했다. 아내의 온 식구가 다 모인 둔산동. 예정된 상견례는 잘 치루고 왔다. 아내와 나야 맛있게 밥을 한끼 잘 먹고 왔다. 밥을 먹는 내내 '상견례' 그리고, 집안과 집안이 만나는 것이 꼭 유전자들이 우성유전자를 선택하기 위한 과정처럼 보인다. 그리고, 부모님들은 손주를 봐야, 즉 자신의 유전자가 지속적으로 퍼져 나가는 것에 안심을 느끼고 마지막 눈을 감는 듯하다.

'출사표'

상견례를 무사히 잘 치루고 둔산동으로 돌아왔다, 일곱식구와 옹기종기 모여 앉아 말복 겸 치킨을 주문해 여러가지 술로 함께한다. 취기가 올라올 무렵 세 형제자매가 자리를 비운 사이, 자연스레 나의 근황에 대해 말씀드리고, 서로 속마음을 술 기운에 용기내어 이야기한다. 서로의 속마음들은 감정적추론으로 인해, 인지오류화된 부분으로 서로의 마음을 휘 갈퀴기기 시작하지만, 다행히 나의 계획들을 잘 말씀드리고 실행해 보기로 한다. 함께 걱정해주신 덕분에 더욱더 조심성 있게 일을 진행할 수 있어서 감사할 따름이다.

28일차 (신묘일) 2020년 8월 16일 일요일 - 환갑

'환갑'

60갑자가 한 바퀴를 돌면, 환갑 회갑이라는 표현을 쓴다. 명리학에서는 태어난 날 즉, '일주'가 중요하지만 이미 환갑은 '년주'를 의미하는 것으로 자리를 잡았다. 우리 도빈이는 '신묘'일에 태어났는데, 오늘이 신묘일이다 태어난 지 61일 되는 날이다. 빠르게 변해가는 세상 속에서 60일 마다 가족의 행사를 챙기는 따듯한 가정을 이끌어야겠다.

'새벽'

방금 눈을 뜨기 직전 또 다시 나는 군인이다. 방황을 하며 막사에 돌아와 끝에 있는 옥경이와 도빈이를 보고 잠에서 깬다. 시간은 04시 30분. 어제 밤, 장모님과 처형 그리고 처남은 근처 호텔로 이동해 우리를 배려했다. 나는 덕분에 처남 방에서 눈을 뜬다. 오랜만에 땀을 쏟아낸 아침이다. 정신이 서서히 돌아오며 숙취를 느끼기 시작한다. 하지만, 하루가 시작되었다는 의욕에 마취되어 둔산동 안방에서 자고 있는 아내와 도빈이 곁에 와서 글을 쓴다.

'목욕탕'

지난번에 내려왔을 때도 새벽에 혼자 일어나 목욕탕을 다녀왔다. 어제 밤에도 아침에 일어나면 목욕을 다녀 와야겠다는 생각을 하고 잠이 들었다. 어둠 속에서 차 키를 찾아내어 집을 나선다.

복도식 아파트인 덕에 신묘일의 신비롭고 아름다운 하늘이 눈앞에 펼쳐진다. 로데오몰 목욕탕에 도착해보니, 지갑에는 6,000원이 들어있다. 목욕비는 7,000원이다. 곧 밝은 울음을 터뜨릴 것 같은 빨간 하늘을 다시 바라보며, 다른 목욕탕에 간다. 그곳도 7,000원이다. 하는 수 없이 아름다운 하늘을 쫓기 시작한다.

'대전 두물머리'

지도에 두물머리와 비슷한 곳이 보여 그리로 향한다. 가스관리공단 입구에 차를 세워두고 산책로를 따라 내려가니 아버님댁 바로 건너편이다. 대전천이 유등천과 합류하는 곳. 더 아래로 내려가면 유등천이 갑천에 합류한다.

'돌 줍기'

대전천은 계곡 소리를 내며 신비로운 하늘 밑에서 만물을 소생시키는 소리를 낸다. 내 마음에도 순수하고 맑은 물이 흐르는 듯하다. 그런 마음에 산책로를 벗어나 물가로 향한다. 천천히 발걸음을 옮기는데 이쁜 돌맹이들이 눈에 보인다. 도빈이의 61일 첫 돌을 기념하여 돌을 줍기 시작한다. 옥돌로 추정되는 손바닥 크기의 다양한 모양의 5식구들을 입양한다. 그리고 거인의 발모양과 흡사하며 도빈이의 황금변 색상의 무거운 돌 하나를 가져간다. 숙취해소용 간단한 아침 운동이 된 것 같다.

'돌 잡이'

돌들을 실어 집으로 다시 도착하니, 아버님은 출근하고 안 계신다. 그중 삼각형 모양의 옥돌을 골라 함께 샤워를 한다. 나오자마자 도빈이에게 돌을 쥐어준다. 아직 돌을 잡을 나이가 아닌가보다. 돌을 쉽게 놓친다. 숙취해소 겸 다시 잠을 청한다. 도빈이의 울음소리에 금방 일어난다.

'아침식사'

숙취해소 겸 냉장고를 열어 우유를 마신다. 곧 어머님 그리고 처형과 처남이 집에 도착한다. 오는 길에 사오 신 스타벅스커피와 어제 오는 길 아내가 챙겨온 모닝 빵이 어우러져 멋진 아침식사를 만들어 낸다. 행복감 속 혼자 일하고 계신 아버님이 마음에 걸린다.

'점심식사'

장모님을 위해 아내와 처형 세 분이 쇼핑을 다녀오라고 권유한다. 처남은 근처 대선칼국수 수육을 사다 놓고 바로 데이트를 떠난다. 장모님은 비빔국수를 만들어 주신다. 수육과 비빔국수로 맛있는 점심을 먹고, 도빈이와 둘이 남게 된다.

'도빈이의 얼굴'

도빈이는 얼굴에 없던 여드름이 올라와 있고 얼굴이 엉망이었다. 아무리 깨끗이 씻어내도 세균이 남아있는 인간의 손들이 도빈이의 얼굴에 닿아서 더 심한 듯 하다. 얼른 도빈이를 조용한 집으로 데려가고 싶다. 나는 숙취에 도빈이를 아기띠에 두르고 캥거루 자세로 잠을 청한다. 공갈 젖으로 도빈이의 식욕을 절제 시키고 잠을 계속 재운다. 16시가 다되어 드디어 분유를 타서 먹인다. 거의 다 먹을 무렵 드디어 아내가 도착한다. 내가 올라가자고 하니 분주하게 움직이다가 5분안에 물밀 듯 빠져나간다.

'마음 속 어린아이'

아내의 표정이 좋지 않다. 어머님이 도빈이 얼굴을 보려고 쇼핑을 빨리 마치고 나왔다고 한다. 내 마음도 걸렸지만, 얼굴이 망가진 도빈이를 얼른 편안한 집으로 데려오고 싶었다. 사진 속 어린아이였던 아내의 얼굴이 오버 랩 된다. 우리는 죽을 때 까지 그 어린아이를 가슴 속에 품고 사는 듯 하다. 곧 아내는 도빈이 처럼 잠이 든다. 하늘을 보니 역시나 신비롭고 아름답다.

'인창동'

20시 해가 내리자 마자 집에 도착한다. 밤 운전을 하면 졸음이 쏟아지는 나는 또 운 좋게 도착하니 해가 진다. 폭염이었던 대전에 비해 우리집 거실은 시원했다. 에어컨을 켜니 금방 26도가 되었다. 우리는 도빈이 목욕을 시키고 야식을 절제하고 점심때 봤던 조승우가 나오는 드라마를 함께 보며 이내 잠이 든다.

29일차 (임진일) 2020년 8월 17일 월요일 – 감정적추론

'꿈 속에서의 욕심'

05시 40분 기상. 꿈에서 메모를 하고 싶은 욕심이 지나치다. 일어나서 곧장 컴퓨터로 달려간다. 하지만, 어제 쓴 글들이 다 날아갔다. 다행히 긍정적인 마인드로 세팅해서 다시 글을 쓴다. 그리고, 웹하드에도 파일을 올려 둔다.

'메모'

07시 20분. 다시 꿈을 생각해보자. 메모를 하고 싶은 것들은 '삶의 중심'이 되고 있는, 머릿속 기준이 되고 있는 '책'들을 기록하고 싶은 욕심이었다. 나의 독서하는 이유는 최근 도서관에서 얻었다. 감정적추론에 따른 인지오류를 범하지 않기 위해서다.

'몸무게'

오늘 아침도 어김없이 방탄커피와 함께했다. 대전으로 내려가 평범한 모습을 보여드리느라 몸무게가 치솟았었지만 어제 저녁 절제한 덕에 다행히 77.3kg가 표시되었다. 함께 기록하는 우리 도빈이의 체중은 오늘 6.7kg이다. 아내의 체중은 영원한 비밀이다.

'감정적추론으로 인한 상처'

이제 빔 내 마음을 할퀴고 지나간 아버님의 말씀으로 인한 마음의 상처가 깊이 남아있다. 무조건 대기업, 안정적인 것을 원하시는 분들이라 재준이와의 사업에 대해 다양한 감정적추론들이 쏟아져 나왔기 때문이다. 그나마 내가 책을 쓰고 있기 때문에, 책을 통해서 주변 분들의 마음을 더욱 헤아려 지길 기원 드린다.

'골프백'

아내의 과거 사진들 속에서 거실에 덩그러니 남아있는 골프백을 보았다. 어제 밤 아버님께 여쭤보니, 경동제약 사장님이 주신 거라고 한다. 37년생으로 현재까지도 경영에 참석하고 계시다고 한다. 나의 감정적추론은 '골프백'을 모셔 두지 않고, 즉각 배워서 경동제약 사장님과 함께 했더라면 이라는 생각이 들었다. 나의 다음 책이 될 가능성이 높은 '지금 당장 골프를 시작하라'라는 책에서도 언급될 그런 '배려'가 그 가방의 모습속에도 보였기 때문이다.

'인간관계'

상대방의 '배려'를 부담스럽게 여기고, 행동으로 보답하지 못하면 사실 그 오고 가는 사랑은 멈춘다. GIVE & TAKE 서로 주고받고, 상호작용이 잘 되어야 만 지속가능한 상호 발전하는 관계가 될 것이다. 우리 몸의 모든 세포들도 그런 주고 받는 상호작용으로 인해 살아가고 있지 않은가. 물론, 상대방이 싫으면 상호작용을 멈추는 것이 옳다. 짐론의 말을 빌리면, '만인에게 친절을 베푸는 것은 죄악을 일으킨다', '우리 마음속에 들어올 사람들은 신임장과 이력서를 꼼꼼히 살펴본 후 들여 놓아야 하며, 싸가지 없는 사람은 싸가지 없게 대해야 한다'는 인간관계에 대한 통찰이 인간관계에 상처를 잘 받는 나에게 큰 나침반이 되었기 때문이다.

'감정적추론'

인간에게 있어 가장 중요한 것도 '감정적추론'이다. 감정적추론을 함부로, 부정적으로 해오는 사람은 결국 외롭게 살게 뻔하다. 즉, 스스로가 긍정적이고 아름다운 사람이 된 후 자신과 어울릴 만한 사람들과 교제해 나가는 것이 옳다고 생각한다.

30일차 (계사일) 2020년 8월 18일 화요일 - 공매도와 갭투자

'뭘 해도 굿모닝'

06시 20분, 조금 늦게 깼다. 어제 저녁은 별내동 호출로, 갈씨 집안 남자 셋이서 삼겹살에 소주한잔을 하고 돌아왔다. 최근 형님의 행동에 와이프는 반박할 여지가 없어 보인다. 어제 대화의 주요 내용은 '젊음'이다. 그렇다 나는 아직 '뭘 해도' 괜찮을 나이다. 다만, 가장이라는 점에서 '뭘 해도'라는 단어가 부담스럽다. 냉정과 열정사이를 발휘할 시기일 듯하다. 아침 어김없이 방탄커피와 신문으로 아침을 시작한다.

'데칼코마니'

주식시장의 공매도와 부동산시장의 갭투자가 과정 자체가 굉장히 흥미롭다. 서로 정반대이지만, 정반대로 닮은 듯 하다. 주식시장에서 미래의 가격하락에 예측해 시장의 현재 주식을 빌려서 사고, 나중에 떨어진 시점에 주식을 사서 갚는다. 이게 공매도다. 반면, 부동산 시장에서의 갭투자는 우상향의 불패를 기록하는 아파트를 사면서, 전세 세입자를 끌어드리며 즉 아파트와 전세 사이의 세액 차이만을 쥐고 아파트를 사는 것이다.

'공매도와 갭투자'

주식시장은 공매도 때문에 주가가 오르지 못하고, 부동산시장은 갭투자 때문에 가격이 떨어지지 못하는 것이다. 코로나로 정부에서 공매도를 막았다. 주가 폭락에 대비해 미래에 대해 서로 긍정적인 생각으로 유동성 자체를 풍족하게 해주는 역할을 한다. 반면, 부동산 시장은 갭투자를 하지 못하게 하는 환경을 만들고 있다. 코로나로 시장 유동성도 줄어들 것으로 본다. 거기에 세입자 보호법으로 부동산은 단기투자자산에서 진정으로 장기투자자산으로 변해가는 듯 하다. 서로 반대이지만 닮은 모양이 굉장히 우습다.

'간접차별과 그 해소법'

간접차별, 오늘 한국경제신문의 칼럼 중 하나다. 우리 인구의 장애인비율이 5%나 된다는 것도 처음 알았지만, 각종 제도와 법적인 보호들이 많음에도 불구하고 예를 들어, 점심시간 식사이동간 다리가 불편한 사람의 속도에 맞추지 않고 동료들이 너나할 것 없이 앞서가는 모습들이 '간접차별'이라고 한다. 즉, 모든 법과 제도들이 잘 갖추어 져 있지만, 사용자들이 공감하고 인식하며 살아가지 못한다면, '차별'이 존재한다고 인정해야한다. 우리 주변에도 우리가 인식하지 못하는 그런 '간접차별'들이 많이 있지 않을까? 공감을 시키기 위해서라도 우리는 '책'을 써야한다. 오늘 하루 펜을 들어보자.

'똥과 된장'

똥인지 된장인지 구분을 하기 위해 꼭 맛을 보아야 하는지 어른들은 말씀하신다. 똥과 된장을 냄새로만 구분하기엔 세상이 정밀하고 교묘해 지는 듯하다. 즉, 나는 항상 찍어 먹어보는 듯 하다. 왜냐하면 나는 아직 젊고 시간이 많으며 모든 것을 경험으로 돌릴 수 있는 마인드가 셋팅 되어 있기 때문이다.

'화 기운'

오후 구리시에 출근해서 교육을 잠시 듣는다. 15일 코로나 관련 학원/교습소 행정조치가 내려져 곧 공문을 배부하는 일을 할 예정이고, 오늘은 아직 준비가 안됐으니 5군데 점검만 돌라고 한다. 교육 중 내 파트너가 출근한다. 반갑게 인사해준다. 파트너는 내게 받은 담배양이 너무 많아, 친구와 함께 나눠 가졌다고 안부를 나눈다. 오늘은 수택동 점검을 나선다. 수택동 럭키아파트 앞에 먼저 도착해 파트너를 기다렸다. '화'기운이 강한 지 흰둥이 가방 열쇠가 부러졌다. 열쇠를 돌리는 찰나 몸이 기다리지 못하고, 앞서가려 하면서 열쇠가 휘어질 시간을 주었는데, 못 견디고 부러져 버렸다. 근처 열쇠집을 암만 찾아봐도 보이지 않는다. 동네 한 바퀴 크게 돌고 돌아오는 길, 반대편에 파트너가 보인다. 또 한번 소리 내어 반갑게 인사를 건넨다.

'시청업무'

우리는 5군데 점검을 후딱 끝내고 일찌 헤어진다. 시원한 곳에서 업로드를 1시간에 하나씩 올리면 근무시간을 채운 것처럼 보이니 말이다. 파트너가 내가 안 나온 날, 주변 동료들에게 물어보니, 사진만 찍고 점검을 거의 안 하는 조도 있다고 하는데 그에 비해 우리는 상당히 양심 있는 조다. 해야 할 일을 다 하면서도 담당 공무원이 좋아할 결과도 보여주니 말이다.

'놀면서 일하기'

집에 도착해 샤워를 하고 늦은 점심을 먹는다. 아내는 왠지 내가 얄미워 보이는 듯하다. 제주도를 공식적으로 가게 되니 더 시샘하는 듯하다. 각서 한 장과 맞바꾼 나의 전략이 참 통쾌하다. 나는 금연함으로써, 나의 건강도 챙기고 제주서 책 홍보도 할 겸 힐링의 시간을 가지게 되었다. 이 책의 제목인 제주도에서는 또 어떤 아름다운 글들이 나올지 생각만해도 설렌다.

31일차 (갑오일) 2020년 8월 19일 수요일 – 미전 플라세

'갑오'

갑오일이다. 나의 어미와 별내동 사촌형님 두분 다 '갑오'일주다. 갑오들은 참 순수한 영혼들이다. 너무 착한 것이 안타까울 정도로 그만큼 오늘도 순수하게 더운 날일 듯 하다.

'치팅 다음날'

07시 30분 기상, 어제는 스타크래프트를 열심히 했던 하루였다. 아내와 족발을 먹으며 함께한 술이 나를 나태하게 만들었는지 일을 마치고 돌아와 아내의 그 얄미운 표정이 나를 나태하게 만들었는지 모르겠지만 많이 놀아서, 오늘은 놀생각이 적은 듯 하다. 다행히 몸무게는 77.3KG 코로나와 달리, 하향곡선이다.

'주가폭락'

한국경제신문을 펼친다. 역시나 예상대로 코로나 재유행에 맞추어 주가폭락이 시작됐다. 끊기 힘든 주식. 개미 투자자는 손절할 타이밍을 잃다가 곧 대부분이 손실을 보기 시작하는 상황이다. 이럴 때는 헬스 PT를 수강하듯 주식도 옆에서 PT해주는 사람이 필요하다.

'가는 날이 장날'

어제는 출근 전 11:30분에 헬스장에 가서 요가수업을 받고 출근을 했었다. 상당히 괜찮은 루틴이어서 오늘은 오랜만에 골프연습도 병행할 겸 오전 10시에 집을 나선다. 행정명령이 벌써 도착한 모양이다. 모든 수업이 중단되었다고 한다. 셀프 트레이닝과 골프, 개인 PT만 진행 중이었다. 가는 날이 장날이라는 옛 어른들 말씀 중 틀린 것은 역시나 없다.

'골프의 깨달음'

오랜만에 골프로 땀을 뺀다. 샷을 스트레이트로만 치려는 버릇을 드디어 구력 4년만에 고친다. 페이드 아니면 드로우로 말이다. 흥분한 기분을 런닝머신으로 가져와 오랜만에 최대속도로 내달린다. 깔끔하게 샤워를 끝내니 12시 다 되어간다. 모범 기간제근로자가 되기 위해 일찍 출근한다.

'미전 플라세'

어제는 출근 전 작은 아이스박스에 얼음물과 오렌지쥬스, 이온음료를 챙겼는데 오늘은 동전 한푼 챙기지 않고 흰둥이와 단둘이 도착했다. 오늘은 조별 활동이 아닌, 개인활동으로 각각 30군데씩 8월 15일 내려온 행정명령을 서면 전달하는 업무를 하달 받았다. SNS와 전화만 안되는 나의 스마트폰으로 구리시 공공 와이파이로 오늘의 동선을 살핀다. 카카오네비어플의 태그기능을 활용해 오늘 갈 곳을 미리 체크해두는 일명 '미전플라세'. 쉐프들이 요리하기전

청소부터 도구들을 준비하는 과정을 말한다. 13시 30분 출발한다. 폭염주의보가 내려진 상황 속에서, 헬멧을 벗고 쓰고, 마스크를 쓰고 벗고 다닌다. 오늘 최대속도를 달리기까지 하고 온 몸이라 마지막 순간 지칠 뻔했지만, 우리 도빈이 모습처럼 젖먹던 힘까지 쏟아내 결국 논스톱 완성을 했다.

'배달 일은 안하기로'

집에 도착해서 드디어, 어리광을 부린다. 얼음물에 레몬즙을 짜고, 죽염을 타서 2잔을 만들어 마시고 깨끗이 샤워도 끝낸다. 배달일을 하면, 이정도 해내면 50,000원정도 버는 듯 하다. 하지만, 나의 시간과 기회비용들을 판단해보면 그리고 아내도 배달일을 하기는 원치 않는다. 간접 경험을 하고 있으니 그로 만족한다.

'학원 관련한 공공 앱 개발'

오늘도 학원이 그리고 수강생이 많은 현실들 그리고 수많은 간판들과 빌딩들 사이에 사무실들. 우리 경제의 가장 기초적인 부분들을 들여 다 볼 수 있는 기회라 생각하니 그분들을 위한 일들이 무엇인가 생각하다 보니, '학원 플랫폼' 아이디어가 떠 오른다. 학원들을 종목별로 분류하고, 위치서비스나 학원의 강사 약력 등의 서비스들을 제공하는 어플. 이런 일들을 '공공 앱' 개발을 통해 시에서 해낸다면 시민들에게 좋은 서비스를 제공할 계기가 되지 않을까? 배달의 민족 같은 어플을 따라해서 시장점세를 망치녀, 쓸데없는 예산낭비보다는 낫을 것이다. 하지만, 아내는 '맘까페'에서

다 나오는 내용이라며 나의 아이디어에 콧방귀를 뀐다.

'상권 도착'

오늘 드디어 책이 도착했다. 아내의 전화기에는 아버지의 부재중이 찍혔다. 전화를 거니, 아버지가 집안 이야기를 노골적으로 들어내면 어떻게 하냐고 한다. 책을 100권이나 구매하셨는데, 부끄러워서 주변에 책을 나눠 주질 못하시겠다고 한다. 아버지는 지는 것, 그리고 승부욕이 굉장히 강하시다. 완벽 주의자심에, 지난 과거를 인정하려 들지 않으신다. 정치적인 색깔도 굉장히 보수적인 분이시다. 사실 왜곡이라고 하시면서, 흥분을 하시고 이내 끊으신다.

'60권의 기적'

인창동에는 60권이 와 있다. 아내에게 사인을 해서 하나 선물한다. 나에게도 선물한다. 30권의 책은 부크크를 통해 개인배송으로 전달 드렸다. 30분들은 나의 이메일에 반응해 주신 분이고, 평소 나에게 도움을 많이 주신분들께 보내 드렸다. 그분들도 오늘 책을 받으셨겠지?

32일차 (을미일) 2020년 8월 20일 목요일 - 아버지

'아버지'

어제 밤, 아버지의 전화가 계속 마음에 걸렸다. 아침 잠을 깨우기 전 머리 속으로 오늘 하루를 계획한다. 일어나자 마자 할 일로 아버지에게 손 편지를 쓴다. 7쪽짜리 편지를 쓰고 나니 마음의 평온이 가라 앉는다. 사람은 잘 안 바뀌지만 옆에서 지속적으로 사랑과 관심을 드리면 바뀐다고 굳게 믿고 실행한다. 아버지가 무한긍정인이셨으면 좋겠다.

'오늘 일정'

76.9kg , 오랜만에 6자를 본다. 도빈이도 함께 잰다. 함께 잰몸무게에 나의 오늘의 몸무게를 뺀다. 6.8kg. 오늘은 도빈이 예방접종을 하러 가는 날이다.

'내 뱉은 말은 책임지기'

60권 중, 3번째 책 사인을 한다. 나와 함께 시청 일을 하는 파트너분께 말이다. 파트너분께 집필 중이라는 것을 알려줬었다. 그리고, 출판하게 되면 꼭 선물 드린다고 했으니, 입 밖에 낸 말은 책임을 져야한다. 나의 신조다.

'퇴근'

어제 시청 일을 고생한 덕에 오늘은 10군데만 집검한 뒤 집으로 돌아왔다. 돌아오는 길에 아내의 식빵과 쓰레기봉투를 사서 돌아온다. 파트너에게 책도 잘 전달해주고 돌아왔다.

'저녁'

저녁은 막창을 먹고 싶어하는 아내 덕에 청하와 소주를 곁들였다. 도빈이는 오늘 접종 이후 열이 조금 나고 있어, 아내와 함께 밤새 비상육아체계를 수립했다.

33일차 (병신일) 2020년 8월 21일 금요일 -스타크래프트

'아침 루틴'

08시 기상, 가장 늦잠을 잔 아침이다. 어제 잠깐의 치팅으로 아침 몸무게는 77.2kg 도빈이는 6.8kg이다. 어김없이 방탄커피를 마신다.

'손 떨리는 아재'

사실 몇일간 스타크래프트를 열심히 해봤다. '손 떨리는 아재', '초보방' 키워드를 꼭 넣어 게임에 임했지만, 그 방에서 조차 함께 하는 사람들은 나보고 스타크래프트를 하지마라고 한다. 오기가 생긴다. '넌 글을 못쓰니까, 작가를 하지마'라고 하는 듯하다. 게임 안에서의 '익명성'으로 본심을 들어내는 이들이 많다. 그리고 무조건 '남탓'이다. 마음이 아프지만, 그래도 참고 게임에 임했다.

'입문기'

초등학교 3학년, 아파트 옆집에 사는 사촌형님 집에 컴퓨터가 생겼다. KKNG 라는 게임을 시작으로 초등학교 4학년때 스타크래프트를 접하게 되었다. '골프' 처럼, 인간사회에서 영원히 지워지지 않을 국민 온라인스포츠로 자리 잡게 되었다. 일찍 시작하면 뭐하나, 즉 조기유학을 보내면 뭐하나 '실력발휘'를 할 줄 모르는데. 모든 일이 그렇다. 굉장히 고집스럽고 악착 같은 사람이 살해 낸다. 올림픽 금메달리스트를 묶어 놓은 책도 있다. 그 곳에서도 그들의 특징을 잘 드러나게 해준다. '독하다'. 반대로, 난 독하지가 않다.

'원초적 본능'

스타크래프트를 하다 보면, 별에 별 사람들을 많이 만난다. 시작부터 승률이 낮은 사람은 본인의 팀에서 배제시키고, 강제 퇴장을 시키기도 한다. 게임 중에서는 더 과관이다. 오늘 일진처럼 '병신'소리를 자주 들을 수 있다. 독한 친구들을 운이 좋게 이기는 경우는 더 과관이다. 독한 친구들은 강제로 게임을 종료시켜, 승패를 남기지 않게 조작한다. 허탈하지만 나는 그런 모습이 재밌다. 스타크래프트 역사 속 무수히 반복되는, 살아 숨쉬는 인간의 원초적 본능들을 살펴볼 수 있다.

'아내의 배려'

아내는 한 동안 밤이면 밤마다 스타크래프트를 하면서, 손목에 마비가 올 정도로 연속적으로 게임을 해대는 남편을 묵묵히 지켜보고 있었다. 다행히, 묵묵히 지켜본 결과는 또 나의 책 한 편을 장식하게 해주었다.

'스타크래프트를 한 이유'

독하진 않지만, 지는 건 굉장히 싫어한다. 사실, 스타크래프트를 통해 통찰을 얻기보단, 나도 정말 독해지고 싶고 잘하고 싶어서 매일 매일 연속적으로 게임을 한 것이다.

'3개의 아이디'

나의 세번째 마음이는 아이디를 3개를 만들었다. 본 캐릭터, 즉 본캐는 나의 일간을 나타내는'계해', GaeHae 그리고, Second ID는 아내 이름으로 만든 namokkyung, 그리고 Third ID 는 아들 이름 galdobin 이다. 가족과 함께 게임을 하고 싶은 마음이다. 실제로 도빈이를 아기띠에 채우고 할 때에는 Third ID로 하기도 했다.

'3번째 아이의 게임'

처음 3개의 ID를 만든 이유가 있다. 스타크래프트를 시작하면, 절제하지 못하고 손목이 부서 질때까지 혹은 피곤할 때까지 게임을 멈추지 않기 때문이다. 3번째로 탄생의 나의 마음이는 게임하는 것 부터가 달랐다. 본캐는 일명 마음대로 실컷 했던 아이디고, namokkyung 아이디는 마지막 한판용, galdobin 이는 마지막 한판도 못 참은 한판으로 지어냈었다. 현재, 그 구분은 모해해져 간다.

'스타크래프트 계획'

현재는 실제 플레이어는 나 혼자지만, ID 3개의 결과는 다음과 같다. GaeHae 즉 본캐는 15승을 거두었지만, 승률이 33%를 기록하고 있다. 옥경이와 도빈이는 어제부로 둘다, 10승을 거두었고 본캐와 승률이 비슷하다. 현재는 옥경이와 도빈이 둘다 15승을 채워주는 것이 목표가 되고 있고 본캐를 넘어서도록 만들 예정이다. 물론, 승률도. 3가지 캐릭터가 같은 승수를 채울 때까지, 그리고 부캐들이 본캐를 넘어설 때까지 나의 도전은 계속된다. 그리고, 인간의 원초적 본능들을 함께 관찰하며 말이다.

'인세'

나의 책을 출판해주는 부크크에서 연락이 왔다. 통장 명의를 아내로 할지 나로 할지 물어본다. 아이디 만들 당시 휴대폰 없이 가입이 불가능해서, 아내이름으로 가입을 했었다. 통장인증은 나의 명의로 인증을 해 두었던 것이다. 아이디와 통장인증이 다르니 그리고 인증용은 아내와 내가 함께 있는 주민등본을 올려 놨으니 담당자가 헷갈릴 만도 하겠다. 1초의 망설임 없이 아내의 통장사본을 첨부해 답장을 한다. 아내는 나의 오프라인 생활 덕분에 인세를 받게 되었다. 물론 현재는 수익금이 없다.

'팬 한 명의 작별'

아내가 관심이 없다가 드디어, 오늘 웬일인지 내가 차려준 아침식사 간에 나의 책에 관심을 기울인다. 네이버 웹소설에서 '하권'이 안 보인다고 한다. 가볍게 화면에서 '더 보기'를 누르니 '하권'

이 바로 나온다. 농담으로, 사교육을 많이 받은 아내에게 도빈이는 사교육을 안 시키겠다고 한다. 아내는 열심히 읽기 시작한다. 작은 부정적인 영향 때문인지, 아내 스스로가 내면의 부정성이 들어나는 지 나의 책 세계에서 멀어진다. 본인 그리고 가족 들에게 그리고 친구들에게 도저히 책을 못 보여주겠다고 한다. 책 홍보도 중단되었다. 나의 소중한 팬한명이 떠나간다. 외롭고도 긴 여정이겠지만 어쩌겠는가. 비우면 또 채워지듯 그 자리에는 또 소중한 팬이 한 명 들어오겠지. 나는 조용히 아침에 부크크에 보냈던 이메일에 다시 답변을 드린다. 1순위 갈유겸통장, 2순위 남옥경통장으로 업무를 진행 부탁드리겠다고.

'불편한 책'

책을 읽고 마음이 불편한 책들을 많이 보아야한다. 책을 읽고 마음이 편해지고 행복해지는 책들은 그 순간의 위안만 주고 스스로 발전하지 못하게 만든다. 물론, 때로는 위로만 받고 싶을 때도 있겠지만, 스스로 위로 받아야만 하는 환경을 만든 것도 스스로라는 것을 명심해야 한다. '불편한 책'을 주변에 많이 두도록 하자. 화산활동이 막 끝난 나의 메마른 화산에는 쉽게 새싹이 뿌리내리지 못한다. 열기를 더 식히고 차분히 기다려야겠다.

34일차 (정유일) 2020년 8월 22일 토요일 – 자존감

'namokkyung'

어제는 아내 ID로 결국, 15승을 채웠다. 통계가 신기하게도 본캐릭터와 같이 33% 승률이 나온다. 아내 ID가 경기수가 조금 더 많다. 이제 세번째 도빈이 ID만 남았다. 나의 스타크래프트 도전기도 이렇게 끝이 보이는 것 같다. 토요일 06시 일어나자 마자 시도해봤지만 1시간동안 단 한판도 이기지 못했지만, 오늘 안에 끝내고야 말겠다는 각오를 책에 남기며 실행한다.

'galdobin'

14:48, 드디어 도빈이도 15승을 채웠다. 나의 오른쪽 손목이 움직이지 않는다. 아침 06시에 도빈이는 10승이었다. 우리 가족 모두가 15승을 채워서 기쁘다. 도빈이가 경기수가 가장 많다. 우리집 서열 순으로 정해진 것 같다. 도빈이의 15승을 위한 마지막 1승은 상대 플레이어에게 구걸을 했다. 06시부터 지금까지 자초지종을 설명 드리니 한 마디만 하시고, 흔쾌히 먼저 나가 주신다.
'테란'은 절대 하지 마라고 한다. 나의 주 종목인데 말이다. 그렇게 나의 스타크래프트 도전기는 막을 내린다.

'쫄깃쎈타'

얼마전 사라졌지만, 제주도에는 '쫄깃쎈타'라는 게스트하우스가 있었다. 대상 근무시절 첫 영업팀 대리급 사수가 제주도의 핵인싸

게스트하우스 여러 곳을 소개 시켜주었는데, 나의 첫 행선지였다. 그곳 거실에는 수많은 책들이 기본으로 세팅 되어 있었다. 그곳만의 문화는 거실 냉장고를 함께 나눠 먹고 다시 채우는 문화가 있었다. 거실에서 처음 만나는 사람은 인사한번에 모두가 가족이 되는 그런 따듯한 곳이었다. 2015년이후, 매년 제주도를 갈 때면 경유지로 들렸던 '쫄깃쎈타'는 이미 추억 속에 잠겼다.

'29살'

2017년 나의 마지막 20대에, 책장 속 '29살'이라는 소설책을 보게 되었다. 책을 완독하기 위해 재방문하기도 했다. 소설은 75살 여주인공을 중심으로, 주인공이 소원대로 갑자기 29살이 되는 이야기 속에서 많은 영감을 받았다. 주변에서 아무도 신경 쓰지 않았던 할머니의 치장구들을 딸이 아무도 안 본다고 지적하자, 할머니의 대사가 기억이 난다. 'Because I know it'. '내가 안다'라는 것.

'Because I know it'

인간은 이렇게 스스로 생각한 성취들을 만들어 나가고, 만족하며 자부심을 느끼면 그만이다. 나의 스타크래프트 도전기가 다소 우스운 이야기만, 내 스스로가 성취감이 있고, 만족하며, 자부심을 가지면 그만이다. '나'에게서 인정받는 자존감은 높이고, '남'에게 인정 받고 싶어하는 자존심은 버리자.

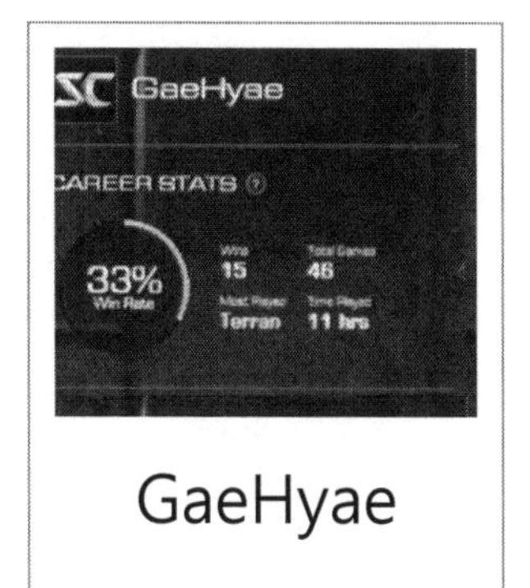

GaeHyae

namokkyung

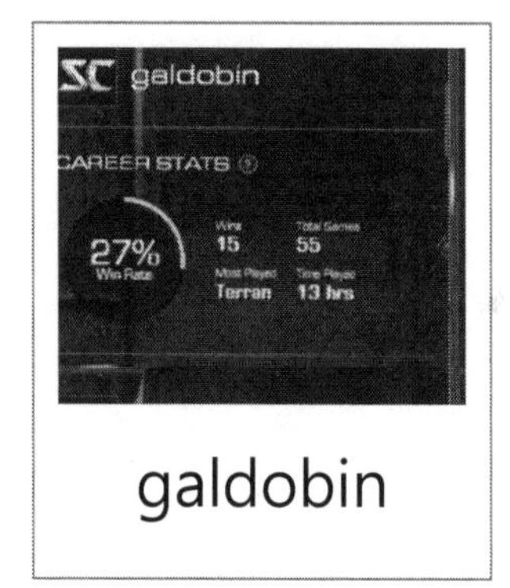

galdobin

'여행준비'

식탁 위 나의 소중한 첫 책(상권) 60권들을 수기로 60번까지 표시해 서명하여 최근 직접 제작한 명함을 하나씩 꽂는다. 다음주 있을 제주도 스승님 골프모임인 '탐라골사모'에서 함께할 20명에게 드릴 책을 준비하고, 여분으로 7권을 더 챙긴다. 식탁 위에는 30권이 남았다. 의미 있는 분들께 의미 있는 선물이 될 수 있도록 고민 해야겠다.

35일차 (무술일) 2020년 8월 23일 일요일 – 배양숙 대표님

'어제 밤'

21:30~23:30, 거실 요가매트에 누워서 통나무 룰러로 마사지를 시작한다. 오랜만에 바닥에 누워 옆을 바라보니 책장에 가지런히 꽂힌 나의 책들이 보인다. '인문의 길, 인간의 길'이 눈에 끌린다. 2016서울인문포럼에서 받은 책이다. 책 속에서 영감을 받은 두 단어로 잠을 청했었다. 서양 철학과 동양 철햑, '정의'와 '선'. 꼭 '냉정'과 '열정' 사이 인 듯하다. 2가지를 잘 융합해보자.

'초 새벽기상'

00:50, 새벽 도빈이 울음소리가 거세다. 덕분에 오랜만에 새벽에 일어난다. 한 동안 늦잠을 잔 것을 몰아서 새벽으로 불러 일으킨 모양이다. 잠들기 전 우연히 집었던 책은 군생활시절부터 이어온 나의 책읽기가 다시한번 복습할 시기라는 걸 깨닫게 해준다.

'서울인문포럼'

제1회 서울인문포럼에 다녀온 기억이 솟구친다. 2015년 1월 14일, 영업 새내기가 용감하게 평일 휴가를 써서 다녀온 포럼이었다. 물론, 강의장에서도 해야 할 업무 때문에 엑셀 작업을 한 것이 기억난다. 해야 할 업무들을 휴가 가서도 책임을 끝까지 완수해야 한다는 것을 알려준 첫 선임과장은 다음해 늦은 여름 연세의 아내와 함께 떠난 제주도여행 마지막날, 제주도 동굴에서 전화를 받고 여행 마지막 기운을 낙담 시킨 기억이 떠오른다.

'2016서울인문포럼'

집에 있는 2016서울인문포럼 책은 어떻게 내 손안에 들어온 것인지 기억이 나지 않는다. 당시 기회를 쫓아 의욕만 앞섰고, 기회를 제공해준 사람에 대한 공감을 할 줄 모르는 사람이었다. 직장생활 중 가장 힘든 시기였으니 말이다. 내 다이어리에도 2016년 9월 28일 흔적이 희미하다. 1회만 참석 했나 싶었지만, 소중한 추억물들을 보관하는 습관에 다행히 찾아낸다.

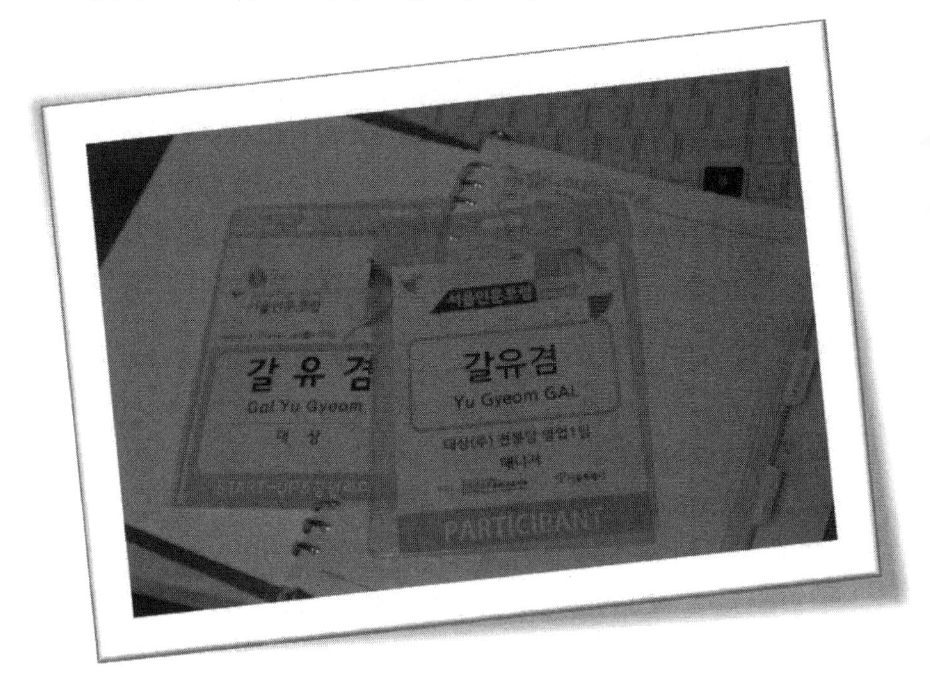

'배양숙 대표님'

배양숙 대표님은 삼성생명 명예사업부장 출신으로, 흔히 우리가 말하는 '보험왕' 출신이시다. 진정성 있으시고 항상 남을 먼저 생각하는 그리고 마음씨가 정말 고우신 분이다. 하지만, 진정한 사람은 수없이도 흔들린다는 글귀를 책에서 본 적이 있는데 꼭 그런 분이다. 물론, 나도 수없이 흔들리는 사람이다.

'조찬세미나'

군생활 시절 총각네야채가게 이영석 대표님을 필두로 자기계발 모임이 있었다. 그곳에서 만난 소중한 친구의 초대로 우연히 배양숙 대표님이 사비로 주최하셨던 조찬세미나에 참석했었다. 2013년 10월 26일 토요일 아침 이근미 작가님과 조우성 변호사님의 강연으로 시작되었다. 배양숙 대표님은 경영자분들은 이렇듯 조찬세미나를 통해 견문을 넓힌다고 하는데, 젊은 리더들을 위해 같은 경험을 주고 싶은 마음에서 시작하셨다고 했다. 어제 밤에도 생각했었지만, 새벽에서야 손편지로 그동안의 감사했던 마음을 담아 보낸다.

'무술일 두물머리'

새벽 4시 오랜만에 두물머리로 향한다. 물론, 어제 내린 비가 촉촉히 땅에 아직 머물러 있어 짱구와 함께 간다. 짱구는 우리십투싼의 별칭이다. 아침에 지나친 열정이었는지 두물머리 세미원

주차장에서 1시간 넘게 잠이 든다. 비몽사몽의 몸을 이끌고 05시 30분, 산책을 시작한다. '마스크 미착용시 300만원이하 과태료' 경기도지사 행정명령 현수막이 크게 보인다. 그리고 멀리서 50대 중반의 아주머니 5~6명은 한 사람 빼고는 턱스크 혹은 아예 마스크가 없거나 손에 쥐고 즐겁게 수다를 떨며 여행을 즐기고 계셨다.

'두물머리 버킷리스트'

조용히 앉아 넓은 강을 바라보며, 두물머리 버킷리스트를 채운다. 1-8) 홀인원 한번 더 하기, 1-9) 책 10권 쓰기, 1-10) 부모님 BMW자동차 사드리기, 1-11) 미네르바 스쿨 들어가기, 1-12) 영어 마스터하기, 1-13) 언더파치기, 1-14) 도빈,옥경,셋이서 라운딩하기. 새들이 기지개를 펴든 날아오른다. 물고기들이 점프하며 아침잠을 깨운다. 학 수백마리가 떼를 지어 아침 이동을 시작한다. 가슴 속에 담고 싶은 장면을 혹시나 몰라 챙겨온 흰색 스마트폰을 가지고 사진과 영상을 찍는다. 두물머리에 계신 어르신들의 마음이 공감되어 간다.

'오전'

집으로 돌아오는 길, 예쁜 구름들을 감상하고 멀리 보이는 관악산과 북한산을 바라보며 졸음운전을 잠깐 했지만 무사히 집에 도착했다. 방탄커피를 마실까 생각하다 잠을 청한다. 09시 20분, 다시 일어난다. 방탄커피를 마시고 책을 쓴다. 아내는 어제부터 계속 울고 있다. 뭘 해줄 수 있는게 없어 미안하기도 하고 한편으로는 아내의 내면의 부정성들을 보면서 나 스스로 아무 말없이 꾹 참아내는 모습들이 대견하기도 하다. 남자들이 절대 공감할 수 없는 순간들이겠지만, 남자들도 여자들이 절대 공감할 수 없는 일들이 많다. 서로 각자의 내면의 부정성을 버리는 것이 필요하지, 남탓하며 주변에 환경조차 부정적으로 만드는 것은 옳지 않다.

'기적의 함수 찾기'

오후에는 오랜만에 명리학 공부에 집중했다. 엑셀파일을 만들어 공전과 자전의 흐름을 '로또당첨일'에 맞추어 만들었다. 로또를 좋아하는 부모님께 926회차 예상번호를 안내해드린다. 낮잠을 잔 후 다시 집중을 한다. 공전과 자전사이 간합한날들을 8년간의 다이어리로 찾아보니, 목,화,토,금,수 오행 간합에 상응하는 좋은 일들이 보인다. 기적의 함수를 찾으면 꼭 독자들께 공유드리겠다.

36일차 (기해일) 2020년 8월 24일 월요일 - 처갓집

‘기해’

벌써, 12일이 세번이나 돌았다. 36일차 기해일이다. 작년이 바로, 기해년이었다. 개인적으로 결혼, 퇴직, 득남을 했던 좌충우돌, 희로애락, 다사다난의 한해였다. 오늘은 기해일이다. 06:20분 일어나, 방탄커피를 마신다. 도빈이와 함께 몸무게를 재어보니 어제와 비슷하다. 77.6kg, 7kg.

‘인플루언서 선언’

08:20, 안방의 문이 열린다. 그동안 안방을 제외해서 청소를 마치고, 분리수거 및 음식물쓰레기 비우기, 냉장고 청소까지 완료했다. 개발자가 사용하는 웹사이트인 ‘블랙키위’로 ‘갈유겸’을 검색해본다. 한달에 20건 정도 검색이 되었다. 얼른, 사회적으로 선한 영향을 끼치는 ‘인플루언서’가 되어야겠다.

‘갈유겸 검색하기’

네이버에 ‘갈유겸’을 검색하니, 여러 추억들이 떠오른다. 세상에서 단 하나뿐인 이름 덕인지, 꼭, 네이버가 나의 페이스북이 되어주는 느낌이다. 특히, 제주도 첫 여행 마지막 행선지였던 ‘소낭’에서의 추억을 느낀다. 소낭은 어느센가 2호점도 생기고, 2인 1실 80,000원 짜리 방도 생기고, 끌리는 방이다. 추억 찾기에 이끌려 대학교 입학 선물로 어머니에게 받은 삼보컴퓨터 파일들을 모아둔

usb를 꺼낸다.

'추억이 담긴 usb'

수많은 mp3 파일과 나의 대학생 4년 그리고 군생활 까지 바인더에 담기지 못한 6년간의 모든 과거가 저장되어 있는 소중한 usb다. 고등학교때부터 이어져온 음악파일부터 아이튠즈를 통해 아이폰으로 넣는다.

'MP3'

언제 부턴가 우리는 mp3 파일을 mp3 기계로 듣는 것을 멜론 등의 음악 플랫폼 서비스를 듣기 시작했다. 따지고 보면, 이용료는 훨씬 비싸지만, 아무 의식을 하지 않은 채 세상에 이끌려, 과거 mp3를 넣는 수고를 멈추었다. 즉 유선을 통한 아날로그 형태의 잠깐의 수고스러움을 무조건 편한 게 좋다는 인식에, 플랫폼 곁으로 뛰어들고 있다. 이것을 신도시가 생기면 무조건 따지지도 않고 사람들이 모이는 현상이라고 할까?

'미래쇼크'

신도시집중현상, 플랫폼 기업으로의 돌진 등으로 문화가 급변해가는 것 같다. 급변하는 시대에서 앨빈토플러는 미래쇼크에 대해 대비하라고 했다. 즉, 부분적으로 받아드리고 자신만의 영역을 지켜 유지하는 것이 중요하다는 것. 나는 배터리만 충분하면 언제나 음악을 들을 수 있도록 나만의 음악들로 재구성해 나가야겠다.

'재즈'

고등학교시절부터 대학교 시절에 들었던 '과거'의 음악들을 듣다보니, 옛 추억들이 떠오른다. 순수했던 대학생들과의 소중한 추억들, 그리고 소중했던 과거의 '나'도 되찾는 느낌이다. 나의 지금이 순간이 있기를 채워준 소중한 것들이다. 나의 인생을 '음악'과 비유해보면, 과거의 '장르'들을 멈추고 새로운 '장르'에만 집중했던 삶이었지 않았나 싶다. 과거에 사랑했던 '재즈'음악을 들으며, 과거의 추억들을 소중히 다루고 불협화음 없이 지금의 도전들을 이끌어야겠다.

'배양숙의 Q'

어제 밤, 배양숙 대표님의 강력한 향기가 오래가는 듯 하다. 하버드 합격생들도 하버드를 포기하고 들어간다는 '미네르바스쿨' 인터뷰가 떠오르고, 그곳에서 학습하고 싶다는 생각이 든다. 그곳의 교육 키워드 3가지는 '창의', '도전', '배려'이다. 배양숙 대표님은 인문포럼을 2회 성대하게 개최하시기도 했지만, 사람들에게 많은 상처를 받으셨는지, 일대일로 '배양숙의 Q', 인터뷰형식으로 사람들을 찾아 뵙고 계셨다. 2019년 10월 18일, 나의 결혼 직전 날 마지막 인터뷰가 미네르바스쿨 설립자 '벤 넬슨'이었다.

'갈유겸의 Q'

나의 남은 24일간을 각 태어난 대표 일주분들을 인터뷰하는 형식으로 끌고가면 어떨까 싶다. 나의 책이 아닌 모두의 책으로 완성하고 싶은 생각이다. 내일은 '경자'일이다. 내 아내는 '경자일주'로서 나의 첫 인터뷰 대상이 되었으면 한다. 아내는 흔쾌히 수락한다.

'휴대폰 개통시도'

구리시 출근도장을 찍고, 기해년의 마지막에 퇴사를 한 것처럼 오후가 되니 정신이 없다. 이번 주말 제주도 가는 일정도 그렇고, 인터뷰를 위해서라도 '전화'가 필요하고 아내의 간곡한 요청도 그렇고 여러가지 이유로 휴대폰 개통을 하러 간다.

'아내의 전화번호 +1'

아내와 같은 SK텔레콤으로 드디어 갈아탔다. 전화번호도 아내의 번호 그대로에 +1을 더한 번호다. 나를 기다린 번호였을까? 역시나 나는 운이 좋다. 등 뒤에 여호와 관련 이야기를 지고 계셨던 대리점 사장님은 3G 인터넷은 기본으로 되고, 전화는 수신만 되는, 문자는 50통 무료라는 요금제를 안내받고 집으로 돌아온다. 그리고 기존에 썼던 번호는 KT 번호이고, 30일 이후에 수령 가능하다고 한다. 가는 길 아내에게 오랜만에 '문자'를 보낸다. 아내는 언제보다 더 행복해한다.

'와이파이 해제'

오랜만에 쥔 개통된 스마트폰, 집에 도착해서 보니 하고싶은 일이 무수히 많다. '홀인원 보험가입', '토스가 개발한 보험설계사용 어플'을 위해 스마트폰을 가동한다. 'PASS 어플'이 전자운전면허증도 발급해준다. PASS 에서는 안전한 인증을 위해 와이파이를 꺼라고 한다.

'30초만에 20,000원 청구'

와이파이를 끈 채 어플을 만진다. 이륜차 운전자보험을 해지하려 시도한다. 잘 안된다. 문자가 하나 날아온다. '데이터사용량 20,000원 초과'. 무슨 일인지 싶어 고객센터에 전화한다. 가입한 요금제가 데이터를 사용한데로 청구대는 요금제라고 한다. 나는 3G로 이용 가능하고, 데이터 사용료 관련해서는 아내를 받지 못했다. 고객센터는 대리점을 통해 연락을 주겠다고 한다. 대리점에서 연락이 왔다. '데이터 사용은 사용한 만큼 나온다고 안내했다' 라고한다. 나는 말이 안 통하는 것을 직감하고 전화를 끊고 고객센터로 연락한다. 대리점주와는 대화가 안되니, 본사에서 내일 오전까지 답변을 달라고 한다.

'아내의 공감'

고작 20,000원 가지고 내가 왜 이러나 싶지만, 이내는 옆에서 본인이었으면 더 화를 냈을 꺼라고 한다. 내가 잘 참는 성격이긴 하다. 나의 목소리에는 전혀 화를 내지 않고 있었기 때문이다.

'공감능력'

한마디만 보태자면, 수신전용으로 개통을 하는 고객이 대리점에 방문을 했으면, 돈이 안되는 고객이라고 대충 대응할 게 아니라, 친절히 수신전용 상품에 대해 안내해야 할 것이지, 무작정 개통만 해주고 집에 보내려는 '공감능력'이 떨어지는 대리점주였다. 하나님을 사랑하는 건 좋은데, 하나님을 사랑하듯이 이웃을 사랑하라는 교육은 전혀 받지 못한 사람인 듯했다. SK텔레콤 본사에서 아무리 교육을 잘해도, 결국 대리점은 교육대로 하지 않은 것임이 분명하다. 하나님은 문제가 없다. 교회와 본사가 문제든 아니면, 대리점주 개인의 문제다. '공감능력'은 타고나는 것일까? 덕분에, 나의 기해일의 마지막은 완전히 멘붕이 오고 말았다.

'처갓집 치킨'

생일날 홀인원 해보겠다고 홀인원 보험을 드는 나의 모습이 참 우스워진다. 20,000원 때문에 여러 사람 힘들게 하는 나의 모습이 참 우스워진다. '찌질하게 살지 말자'며 퇴사했던 모습들은 오랜만에 쥐어 든 개통된 스마트폰 때문에 자취를 감춘다. 아내는 심란한 나의 모습을 처갓집 치킨을 시켜 잠재운다.

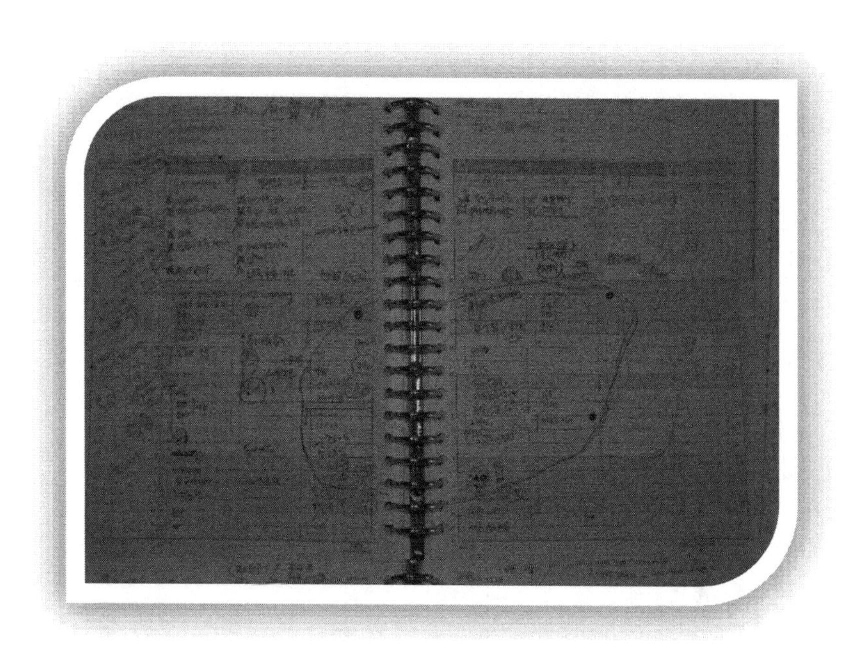

'제주도'로의 첫 씨앗이 되었던,

2015년 9월 2일, 처음 혼자 떠난 제주도 여행의 흔적

제7화 37~48일간의 생명의 순환 그리고 확장

37일차 (경자일) 2020년 8월 25일 화요일 - 남옥경

'생명의 순환'

처갓집 치킨을 먹고 나니 아침이 상쾌하다. 꿈에서는 둘째까지 얻었으니, 나의 무의식도 즐거운 날인 듯하다. 아내의 첫 인터뷰 날이다. 공강능력 떨어지는 차량 한대는 인창동 주공단지 안에서 크락션을 울려댄다. 어제 멘붕 속 중단되었던 글쓰기를 마치고 나니 08:11분이다. 물론, 오전 나의 몸무게는 77.1KG, 도빈이는 6.9KG 방탄커피도 한잔 마셨다.

'그리고 확장'

어제 즉흥적으로 만들어 놓은 질문지다. 1. 본인을 소개해주세요. 2. 인생에서 가장 힘들었던 일은 언제인가요? 3. 인생에서 가장 행복었던 일은 언제인가요? 4. 만약 내일 죽는다면 뭘하고 싶으신가요? 5. '갈유겸'을 어떻게 생각하시나요?

'인터뷰 기획'

질문들을 지금 다시 보니 초등학생 수준인 듯하다. 하지만, 뭐 성공의 비결은 '시작'이니, 24명에게 질문을 던지다 보면, 질문의 퀄리티도 점점 높아지겠지? 어제 미리 약속 잡은 오전 10시 약속대로 인터뷰를 진행한다.

'경자일주와의 인터뷰'

아내는 본명이 아닌, 별명으로 인터뷰에 응한다.
별명 : '문별이엄마'

1. 본인소개를 해주세요
   도빈이 엄마입니다. 그리고, 1남 2녀 중에 둘째입니다. 위에는 언니, 아래는 남동생이 있답니다. 그래서 눈치를 많이 보고 살았어요. 그런데, 모든 걸 다 첫 번째로 했어요. 직장생활도 처음하고, 분가도 처음하고, 결혼도 처음 했어요.

1) 왜 그랬을까요?
   내면에서 '벗어나고 싶다'라는 느낌이 있었나?
2) 지금 돌이켜보면 어떠세요?
   잘한 거 같아요.
3) 왜 그렇게 생각하시죠? '처음'이라는 단어를 좋아 하시나요?
   아니요.
4) 단어 자체보단, 그냥 처음이 좋았다구요?
   그랬네요, 1등을 해보고 싶었나?
5) 어떤 면에서요?
   사랑받는 것도 1등, 공부도 1등 그랬나봐.
6) 왜요?
   사랑 받으려고, 늘 비교 당하는 느낌이었어요.
7) 부모님 영향이 큰건가요?

부모님 보다는 주위가 다 그랬던 거 같아요.

언니보다 제가 뒤쳐졌으니까요.

혼자서 그랬던 거 같아요.

8) 제가 최근에 문별이엄마님 생활기록부를 봤는데, 선생님 한 분이 눈치를 채셨었나 보더라구요. 부모님께 격려를 부탁하는 글을 보았어요.

몰랐네.

9) 특별히 기억나는 건 없으실가요?

옷 같은 것들은 언니랑 따로 공평하게 사줬어요. 남들은 물려입는다고 하던데, 언니도 새거 나도 새거루요.

10) 그랬군요.

11) 본인의 소개를 더 해주시죠.

둘째로 태어나 눈치밥을 많이 먹고 자랐다. 그리고 일을 쉬지 않고 했다. 고등학교 졸업이후부터는 쭉 일했던 거 같다. 쉬지않고.

12) 본인이 싫진 않으셨나요?

성취감이 있었어요. 저금도 하고, 등록금도 내고.

13) 당시를 부정적으로 생각하고 계시진 않군요.

조금 다른 것도 해볼 걸이라는 후회도 있어요. 대학생활을 즐기지 못했던 느낌?

14) 지금 다시 돌아가보고 싶은 생각도 있나요?

돌아가긴 싫어요. 두빈이가 없어질 수도 있으니까요.

15) 무슨 일들을 해보셨죠?

학원 알바, 영양사, 맥도날드 매니저. 지금은 증권회사를 다니고 있습니다.

16) 어떤 일이 제일 즐거웠죠?

제일 즐거웠던 거는 학원 알바가 재밌었어요.

17) 왜요?

나머지는 다 취업이랑 관련된 거라 스트레스가 많았고, 학원 알바는 그냥 즐기며 다녔던 거 같아요. 사람들도 좋았고.

18) 그랬군요. 현재 일하는 게 마음에 안드세요?

네

19) 왜요?, 지쳤을까요?

매일 다양한 사람들을 만나는 직업이기 때문에, 사람에게 상처도 많이 받고, 휴식이 별로 없어요.

20) 고생이시군요.

매일매일 새로운 지식을 공부해야 되요. 조금이라도 틀리면 안되요.

21) 고생이 많으시네요.

알아주셔서 감사합니다.

22) 다시 취업시장으로 돌아가면, 해보고 싶은 일이 있으신가요?

전공이 상관없다면, 간호사.

23) 간호사 일이 해보고 싶어요?

첫번째 꿈이었던 것 같아요. 대학교 들어가기 전에.

24) 그랬군요. 어떻게 꾸게 된거죠?

언니의 영향이 컸을 수도 있어요. 언니가 의사를 하고 싶어 했으니까. 저는 의사가 싫었어요.

25) 왜요?

..

26) 기억이 안나요?

실력이 안되서 그랬을 수도 있어요. 그때 당시 고등학교 성적이 교대는 힘들었고, 수의대 정도 바라보고 있었어요. 아 참, 첫번째 꿈은 수의사였어요.

27) 결국 꿈을 성적에 맞춘거네요?

동물을 좋아했고, 수의사를 좋아했어요.

간호사는 성적에 맞춘 거 같고.

28) 그랬군요.

근데, 대입 마지막에는 간호대를 가려면 학비가 너무 비쌌고, 국립대를 가려면 공대를 갈 수 있었는데 물리성적이 안 좋았거든요. 공대를 가고 싶지 않아서, 성적을 맞추어 영양학과를 가게 되었죠. 가보니까 너무도 저랑 안 맞았어요. 그래서 경영학 수업을 같이 듣게 되었습니다. 은행을 가려고 국민은행 인턴으로 들어갔어요. 거기서 지점장님이 같은 '남씨'성이셔서, 이쁨을 받았는데, 은행에 있어보니 카드나 팔러 온 사람 같았어요. 매일매일 모아두고 실적을 물어보는 것이 은행에 취업한건지 영업사원에 취업한건지 모르겠더라구요. 은행은 아니었구나 싶어 증권사를 생각하게 되었죠. 근데, 그

사이에 돈이 부족해서 맥도날드에 이력서를 썼는데, 바로 됐어요. 그때부터 CS직을 했는데, 적성에 안 맞았어요. 사람 상대하는게 쉽지 않았어요. 3교대 근무라, 48KG까지 체중이 빠지게도 했어요.

29) 고생하셨군요.

그래서 바로 그만두고 증권사로 취직을 했죠.

취직을 했는데, 이번에 또 CS쪽으로 간거에요. 지는 건 못 참는 성격이라, 어떻게든 동기들 중 1등을 해보려고 열심히 노력했죠. 하기 싫어도 그냥 했어요. 이직하게 된 계기는 돈을 많이 준다고해서요. 지금은 삼성증권을 다니고 있습니다.

30) 그러셨군요. 이력이 상당하시네요.

사회생활을 굉장히 오래했죠.

31) 대단하시네요.

지금은 아이를 낳고, 잠시 쉬어가는 중입니다.

쉬고 싶은데, 애기가 너무 힘들게 하네요.

32) 더 본인을 소개해주고 싶은 건 없으신가요?

제 성격은 참는 걸 잘해요. 지금도 굉장히 많이 참고 있어요.

33) 뭘 참고 있죠?

남편의 일탈.

결혼하자마자 직장을 때려치우고 하고 싶은게 있다며 이것저것 하고 있어요.

제 인생에서 마이너스 통장이 생길 줄 몰랐거든요.

빚을 굉장히 싫어하는 성격이라.

34) 고생이시군요. 앞으로 어떻하실 예정이죠?

일단, 남편이 10월에는 취직을 한다고 했으니, 지켜봐야죠.

35) 어떻게 지켜보실 건가요?

그냥, 지금처럼 참아야죠.

36) 소개 끝인가요? 더 하고 싶은 말 생각해보시죠.

아빠를 싫어하면서도, 아빠 성격을 많이 닮은 거 같아요.

성격도 급한면도 있고, 땍땍 거릴때도 있고, 정도 많고, 눈물도 많고, 생각해보면 딱 아빠네요.

37) 아빠를 왜 싫어하시죠?

싫어한다기 보다는, 닮지 말아야지라는 부분들이 그대로 따라하고 있는 거 같아요.

38) 닮지 말아야지 하는게 어떤 의미죠?

좋게 보이지 않는거 겠죠. 좋게 보이지 않는 것들이 싫진 않았어요. 아빠니까. 그것보다 다르게 살아야지 하는게 있었어요.

39) 어떤 것들이죠?

예들들어, 약속시간보다 30분 일찍 간다던지, 엄마한테 갑자기 욱해서 혼자 삐진다던지, 작은 일에 운다던지, 그런 것들이죠.

40) 왜 그런게 싫으셨죠?

그냥, 왜 싫은지는 좋게 보이진 않았다는 거죠.

41) 그랬군요. 그런 부분들을 직접 이야기 해보신 적 있으신가요?

장난 삼아 이야기 했는데, 엄마가 저한테 '너도 비슷해~'라고, 성격은 다 비슷하더라구요. 고쳐야지 하는데, 잘 안고쳐져요. 성품인가봐요.

42) 왜 고쳐야 한다고 생각을 하시죠?

급한건 안고쳐도 되는 거 같은데, 갑자기 욱한다거나 삐진다거나 하는 것들 혹은 화가 치밀어 올라서 대화가 안되서 운다던지, 그런건 고치고 싶었어요.

43) 왜요?

다른 사람들이 상처받을 수 있잖아요. 엄마한테도 그럴때가 많아요.

44) 그랬군요. 어머님은 어떤 분이시죠?

...

45) 너무 고민하지 마세요. 본인의 인터뷰니까. 본인 소개를 더 해주실래요?

엄마, 아빠는 제가 제일 편한가봐요.

46) 왜요?

핸드폰이 안되고, 컴퓨터가 안되면, 무조건 저한테 물어봐요.

다른지역에 살고 있는데도.

남동생은 안 알려주고, 언니는 모른다고 하나봐요.

아무튼 뭐든 모르는 건 저한테 물어봐요.

숙박, 여행 예약이라던지 등등 모든 걸

47) 싫으세요?

귀찮기도 했는데, 좋죠. 제가 필요하다는 거니까.

제가 원래 뭘 잘해요. 뭐든 잘해요.

가르쳐 주다가 화가 날 때도 있죠.

이제는 그래서 엄마한테 한 소리할 때도 있죠.

48) 그렇군요.

그만해 자기소개.

49) 자기소개가 5장을 넘어갔죠. 그만하시죠. 5개 질문 중 2번째 질문입니다.

2. 본인에 인생에서 가장 힘들 때가 언제 셨나요?

음~ 가장 힘든 건, 앞으로 더 힘든 일이 있을 수도 있겠지만, 돌이켜보면 고3 때도 힘들었던 거 같고, 지금도 힘들어요.

1) 2가지인 가요?, 왜요~?

고3 때는 언니가 재수를 하게 됐어요. 안그래도 비교 당하는데, 수능을 같이 보게 됐죠. 언니한테 신경을 더 많이 쓰는 느낌이 있었어요. 왜냐하면 저는 수시로 가라고 했거든요. 내신이 좋았었고. 스트레스를 많이 받았는지 모의고사 성적이 많이 떨어졌거든요. 그래서 수시로 국립대를 가라고 하셨죠.

2) 그랬군요.

그래서 수시로 갔어요. 수능은 정말 대충 봤구요. 붙을 만큼만 보면 됐거든요. 수능 당일 날 위경련까지 왔어요. 근데, 그날 언니가 수능이 끝났는데 연락이 안 된거에요. 그래서 전 뒷전이었죠. 언니 찾느라

3) 같이 찾았나요? 엄마 혼자서요?

엄마랑 아빠랑 다 찾았어요. 오지도 않고, 연락이 안됐으니까

4) 그랬군요. 그때가 왜 힘드셨죠?

관심이 나보다는 언니 였으니까.

5) 관심 받고 싶길 원하셨나봐요.

그랬나봐요.

6) 지금도 그러신가요?

지금은 덜해요. 분가하고 나서 덜한거 같아요

7) 그랬군요. 참 힘드셨겠어요.

그래서 눈치밥을 많이 먹고 살았던거 같아요. 착하게 보이려고.

8) 고생이 많으셨겠군요.

네

9) 지금이 힘들다고 하셨는데, 어떤 부분이 힘드신거죠?

음~ 육아는 힘드네요.

10) 그걸로 끝인가요?

엄마가 존경스러웠어요. 셋이나 키워서.

안해본 일들이 너무 많이 갑자기 닥쳐온 거 같아요.

뱃속에 품고 있을때도 힘들다고 생각했는데, 그건 아무것도 아니었어요. 앞으로 점점 힘들어 지겠지만, 지금은 남편이 직장이 없거든요.

11) 힘든 상황에서 남편의 실직 상태가 불안 하시다는 거죠?

복합적인 것 같아요.

12) 그러시군요.

무엇보다 도빈이를 키우는게 힘든 거 같아요.

뭐가 맞는지 모르겠어요. 처음이니까,

13) 앞으로 점점 힘들다고 하셨는데.

왜냐하면, 다 처음이니까.

기어다니고, 걸을 때 어떻하는지. 아플때도 이런 상황에 어떻게 해야하는지 해보지 않은 경험을 해야하니까.

14) 그렇군요. 경험해보지 못한 일들에 대해 힘들어 하시군요, 공감합니다.

그리고, 남편이 어떻게 될지 잘 모르겠어요. 취업을 하실려는지, 취업을 뭐로 하실려는지, 또 때려치지 않을는지 이것저것 걱정이 많죠.

15) 그렇군요.

잘 되겠죠 머.

16) 그럼, 두번째 질문은 여기서 종료하고 3번째 질문으로 넘어가겠습니다.

네

3. 반대로, 인생에서 가장 행복하고 즐거웠던 일이 있었나요? 언제인가요?

신혼여행 간 거.

1) 그래요?

그리고, 도빈이를 처음 본 날.

2) 그 2가지 일이 가장 행복하고 즐거웠나요?

가족끼리 여행 간 날도 행복했죠. 엄마랑 언니랑 셋이서 간 거도 행복했고, 아빠 엄마 해외여행을 같이 간 적이 있는데, 일본. 그때도 행복했어요.

3) 그랬군요. 4번째 질문입니다.

4. 내일 죽게 된다면, 지금 뭐하실 껀가요?

엄마랑 여행 갈래요.

1) 엄마랑 단 둘이서요?, 어디로요?

어디든요.

2) 그렇군요.

제 수중의 돈 다 끌어서, 비행기에서 죽으면 안되니까 국내로 가야겠죠.

3) 그렇군요. 끝인가요?

네, 돈 다 쓰고 올거에요. 플렉스에요!

4) 마지막 질문해도 될까요?

5. ‘갈유겸’을 어떤 사람으로 생각하시나요?

음~ 도전하는거 좋아하고, 자기중심적이며, 강한 척하는데 속은 엄청 여리고, 엄청 꿍해요.

1) 끝인가요?

무뚝뚝한 척 하시면서, 애교도 많고, 철든 척 하는데, 철은 안들었어요.

2) 끝인가요?

한마디로 정의 내리기 어려운 사람이에요.

3) 여러 마디로 표현하면 어떻게 될까요?

‘정의’가 안되는 사람이에요.

4) ‘정의 할 수 없는 사람’이라고 들어도 될가요?

카멜레온?, 카멜레온 같아요. 그렇군요.

5) 당신에게 그럼 ‘갈유겸’은 어떤 사람인가요?

소중한 사람이죠.

6) 끝인가요?

아프면 대신 아파할 수 있고, 대신 죽어 주는 건 모르겠어요. 요즘은.

장애인이 되어도 평생 돌봐 줄 수 있어요.

7) 그렇군요.

없어서는 안되는 사람이죠 저 한텐

8) 본인에게는 '정의' 내릴 수 있는 거네요?

네

9) 그렇군요

10) 오늘 5가지 답변을 하느라 대단히 수고가 많으셨습니다. 추가로 받고 싶은 질문이 있으신가요?

11) 아니면, 다음 인터뷰에 추가하면 좋을 거 같은 질문이 있나요?

네, '갈유겸'에게 해주고 싶은 말. 다른 사람한테 물어봤으면 좋겠습니다.

12) 왜요?

갈유겸에게 도움될 수 있게요.

13) 해주고 싶은 말 있으신가요?

전 너무 가까운 사람이라, 도움 되는 말, 말해도 안들어요.

관계 없는 사람이 말해줬으면 좋겠습니다.

14) 말을 안 들어도, 해주고 싶은 말은 없으신가요?

잔소리가 될 것 같아서, 말을 아끼겠습니다.

하고 싶은 말은 많아요.

해주고 싶은 말은 없어요.

하고 싶은 말은 너무 많지만, 참고 있습니다.

15) 제 3자가 물어보면 답변해 주실 건가요?

네

16) 어느 분도 상관없나요?

네

17) 알겠습니다. 인터뷰 마치실 가요? 수고하셨습니다.

'소감'

아내와의 첫 인터뷰는 1시간 가량 진행되었고, 끝나고 보니 나의 겨드랑이가 다 젖어 있었다. 오늘 에너지를 몽땅 쏟은 것 같았다. 그리고, 정리할 엄두가 나지 않아 다음 책으로 쓰면 좋은 소재가 되지 않을까 라며 정리를 미루다 다음날 다시 이번 책으로 넣게 된다.

'승리'

구리시 출근도장을 찍고, SK텔레콤 관리자인 실장님과 통화가 되었다. 결국, 어제의 20,000원은 공제해 주시겠다고 한다. 감사하게 아내의 휴대폰 번호 +1번을 쓸 수 있게 되었다. 내친김에 어제 여호와의 글을 등뒤에 달고 계셨던 대리점 사장님의 안내처럼, 30일이 지난 나의 기존 핸드폰 번호를 살리러 KT를 방문했다. 옛날 지식인지, SK만의 지식인지 여호와의 글을 등뒤에 달고 계셨던 대리점 사장님의 말은 나에게 도움이 되지 않았다. KT직원은 '오래' 오래 지나면 쓸 수는 있다고 한다. 그렇게 나의 새 출발은 시작되었다. '오래', 오래 지나면 첫번째 아이와 두번째 아이를 살리러 가야겠다는 찌질한 본성도 모습을 들어낸다.

'진정한 디지털 노마드'

진정한 디지털 노마드가 되려면, 휴대폰 번호도 수시로 바꿔야 하는 듯 하다. 생각해보면, 내 아내는 평생토록 지금의 번호 하나만을 쓰고 있다고 한다. 반면, 연예인들을 보자. 연예인들은 수시로 번호를 바꾼다고 한다. 진정한 디지털 노마드들로 평가되는 연예인, 인플루언서들은 그렇게 번호를 하나만 고집하지 않는 듯 하다. 이번 기회에 나 역시 첫 스마트폰을 사용하며 썼던 번호 010-3004-1419를 영원히 지우게 된다. 그리고, 첫 퇴사이후 잠시 생겼던 010-6801-9449도 영원히 내 인생에서 자취를 감춘다. 물론, 그 번호들을 카카오톡에 넣어보면 지난 나의 추억 흔적들이 사진첩처럼 남아있다. 그리고 카카오톡을 통해 '갈유겸'의 첫번째 그리고 두번째 아이들과 소통할 수 있다. 그리고 세번째 아이는 아내의 번호 +1로 탄생했다.

'순환과 확장을 위한 도전'

세번째 아이와 함께 곧바로, 36일째부터 60일째까지, 24일간 인터뷰를 할 분들께 약속을 잡기 시작한다. 내일은 38일째날, '신축'일. 나만의 빅데이터 목록을 살펴본다. 연예인 김태희씨부터 최근 여러 사건 사고가 많았던 분들이 '신축'일주 셨다. 그리고, 아내의 남동생이 '신축'일주다. 아내에게 부탁해 신축일 20시에 인터뷰를 하기로 한다.

38일차 (신축일) 2020년 8월 26일 수요일 – 남민식

'나의 팬 1호 : 어머니'

어제는 오랜만에 아내의 휴대폰을 통해 어머니와 통화를 했다. 어머니는 아들 책을 완독했다고 한다. 스스로도 책 한권을 뚝딱 끝낸 듯 의기양양하게 말씀하셨다. 그리고, 본인들의 과거 이야기가 부끄럽다고 아버지와 같은 말씀을 하셨다. 과거의 모습까지 스스로 사랑하고, 사람들에게 지금처럼 화목한모습이 있기에 과거에는 그런 모습까지 있었다는 것을 알려드리는 것도 큰 의미가 있고, 웃음 포인트라고 설명 드리기도 한다. 나의 그런 모습이 스스로도 고집스러워 보였는지, 책에 형광펜으로 그어주면, 상,중,하권을 묶은 모음집에서는 빼드리겠다고 양보한다.

'조상 꿈'

어제 밤 꿈은 불편했다. 아버지와 함께 얼굴을 모르는 나의 친할머니를 모시고, 제를 지냈다. 할머니의 음성이 들려오는 듯 하다. 아버지는 머리를 숙이고 우리 도빈이에 대한 감사 그리고 외삼촌을 이야기하신다. 위암 말기지만 잘 이겨낼 수 있도록 기도드리고 계신다. 말도 안된다는 생각에 나는 꿈에서 바로 깬다. 머릿 속에서는 자식이 많은 외삼촌의 '위험설계'를 완벽하게 해드려야겠다는 생각이 가득 차고 뭔가 두렵다. 그래도, 조상님이 나오는 꿈은 좋은 꿈이라고 하니, 드디어 아내의 로또 1등이 이루어지나 생각을 한다.

'아침 루틴'

아침 최대한 눈을 늦게 뜨니 06:30분이다. 물을 비우고 체중을 재어보니, 76.3kg. 근래 최저치다. 확실히 완전한 키토제닉 식단이 아니면, 1일 1식을 하는 것이 가장 현명하다. 어제는 점심 겸 저녁을 아내와 함께 어제 남은 치킨 그리고 엊그제 남은 소고기를 함께 먹었었다. SK텔레콤에 대기업에 대항에 첫 승리를 거둔 것을 자축했었다.

'유시민 작가'

오늘 낮 구리시청 출근도장을 찍고 보니, 유시민 작가님께서 이메일 답장이 오셨다. 여러 사정으로 현재 인터뷰나 행사 초대를 모두 사양하고 계시다고 한다. 배려 깊은 이메일이였다. 아쉽게 귀한 '신해'일주 사람을 다시 구해야겠다.

'승리의 연장'

집으로 돌아와, 아내와 탕수육 파티를 한다. 각자 하나씩 마음에 드는 메뉴를 시켜 어제의 승리의 분위기를 이어 나간다. 그리고 저녁 20시 30분 전화로 처남과의 인터뷰를 시작한다. 전화 인터뷰라 여러가지 아쉬움은 많았지만 시간이 지날수록 진솔한 이야기를 나눌 수 있었다. 그리고, 나머지 22명을 확정하기 위해 그리고 수배하기위해 오랜만에 SNS활동을 열심히 한다. 그러고 보니 벌써 자정이 넘었다.

'신축일 인터뷰'

민식씨~ 시간내어주셔서 감사합니다.

1. 본인 소개부터 해주실까요?

   저는 대전 사는 29살 남민식입니다.

2. 살아오면서 가장 힘들었을 때가 있으신가요?

   (…)

3. 그럼, 행복했을 때부터 말씀해보실가요?

   네~

1) 언제셨나요?

   최근 대학원 졸업 전 마지막 관문이 있었는데, 준비를 되게 오래했거든요. 2달넘게 준비하고, 수정작업을 많이 했어요. 쉽지 않았어요. 계속 준비하고 하다가, 발표를 딱 했는데 발표전에는 긴장을 많이 하다가 발표에 들어가니까, 안 떨렸어요. 그리고, 준비한데로 수월하게 발표했던 것 같아요.

   그리고, 모두가 기피했던 교수님 한 분이 제 발표 때 들어오셨거든요. 그 분의 마지막 코멘트를 들었을 때 가장 행복했어요. '잘했다.'

2) 성취감이 상당하셨을 것 같네요. 또 다른 일도 이야기해주세요.

요즘 연애 중인데, 연애할 때가 가장 행복한 거 같아요.

3) 행복들을 비교할 수 있나요?

비교하기에는 다른 개념 같아요. 또 다른 행복?

4) 졸업 논문 발표 준비는 힘드시지 않으셨나요?

제 성격상 '엄청, 힘들었다'라는 상황을 모르겠어요.

아직 경험 못 한 것 같아요.

5) 군 생활은 어땠나요?

군생활도 막내생활 할 때도 힘들다는 생각을 해본 적은 없는 것 같아요.

4. 만약 내일 죽는다면?

혼자 맛있는 밥 한끼 할 것 같아요. 유명하고 비싼 곳에서

1) 밥 먹고 뭐 할꺼에요?

떠나고 싶네요.

2) 혼자요?

네, '뭘 하고싶다'라기 보다, 아무 생각없이 있고 싶어요. 심심하면 전화나 좀 할 것 같아요. 가족과 함께

5. 갈유겸을 어떻게 생각하시나요?, '또라이'라고 해도 되요.

진짜 잘 모르겠어요.

6. 갈유겸에게 하고 싶은 말 있으신가요?

그냥, 본인이 선택해서 하는 거 후회없이 잘 했으면 좋겠구요. 저희 누나랑 조카 도빈이랑 화목하게 사셨으면 좋겠습니다. 저희도 언젠가 더 친해지면 좋을 것 같아요.

39일차 (임인일) 2020년 8월 27일 목요일 – 이성관

'아침 루틴'

아침 06:30분, 눈을 뜨자마자 방탄커피를 만들어 놓고, 도빈이와 함께 체중계에 올라선다. 76.3KG 와 7KG 두 남자 모두 건강하다. 신문을 읽고 시간을 보니 벌써 08시다. 여유있게 이천으로 출발한다.

'이성관'

09:30, 이천성당 맞은편 유플러스를 지인과 함께 운영하는 형님이 오늘의 주인공이다. 출근해서 오전 업무를 잠깐 보신 형님과 함께 근처 카페로 향한다. 형님은 지갑을 챙겨오지 않은 나를 위해 커피에 치즈케잌까지 하사해 주신다. 코로나로 편안한 대화를 이끈다. 이천은 하이닉스와 쿠팡 등의 큰 기업으로 인해 지역 외에서 유입되는 감염사례가 많다고 한다. 피아노, 골프 그리고 주짓수 이야기로 이어지며 좋아하는 취미활동을 하면서 '잘해야 한다'는 사회적 관념이 싫다고 하신다. 담배를 하나 피우고 면담을 시작하자고 한다.

'이천과 구리'

보도 블럭 옆에는 '재떨이'가 보인다. 구리시의 '금연은 문화입니다'라는 깃발과 장내석으로 흡연자를 위한 이천시의 배려가 눈 보인다. 물론, 나는 와이프에게 각서를 썼기 때문에 피지 않았다.

그리고 형님은 전자담배를 피우셨다. 카페로 돌아와 인터뷰를 시작한다.

1. 자기소개 부탁드립니다.

   34살 이천에 살고 있는 농촌 총각입니다.

1) 끝인가요?

   (끄덕끄덕)

   제 처남하고 굉장히 닮으셨네요.

2. 인생 살아가며 가장 행복했던 일이 있으신가요?

   부모님하고 맛있는 거 먹을 때가 가장 행복하다.

3. 반대로 가장 불행했던 일이 있으신가요?

   불행은 사실은 없다. 뭔가, 행복하지 않다고 느낄 때는 기존 사회적 시스템. 즉, 보여주기식, 뻔히 안해도 될 것들을 꼭 해보는 비효율성들이 싫다. 경험적으로 충분히 증명되었는데도 불구하고 시도하는 것들이 싫다. 다시 요약하면, 보여주기식으로 하는 것을 혐오한다.

   부모님이 나이가 들수록 멀리 떨어져 있으니 하루하루 열심히 살다가 부모님 가끔 뵙고, 맛있는 거 사드리고 할 때, 열심히 살았던 것을 보상받는 느낌. 대충 살았으면 못해드리는데, 요즘에는 제일 행복하다. 날 위해서는 다하면서 사는데, 나는 누릴 만큼 누렸으니 나누며 살고 싶다.

4. 내일 죽는다면?
사과나무를 심겠다. 하는 일을 연속해서 한다는 의미가 아니라, 진짜 사과나무 한 그루를 심겠다. 그리고, 조용히 혼자 이천집에서 피자와 함께 소주를 마시고 남은 시간을 즐기고 싶다. 평소에도, 일 끝나고 소주한잔 먹는게 제일 행복하다.

5. 갈유겸에 대해 어떻게 생각하시나요?
결단력이 있는 친구같다. 자기 생각과 신념이 확고하고, '상권'에서 말하는 부분을 보면, 이상적인 면도 있고, 겉으로도 현실적이진 않아 보인다. 많은 경험으로 신념이 쌓인 친구다.

6. 유겸이에게 해주고 싶은 말은?
사회는 성과물을 내어야지 인정해준다. 결과물이 없다면, 아무 의미가 없어진다. 이상과 현실을 함께 표현할 수 있는 것이 '책임감'이고, 현재의 '역할'에서 더 생각해보면 좋지 않을까?

7. 앞으로 21명의 인터뷰를 더 진행할 예정인데, 오늘 질문들 중

에 아쉬운 부분이나, 앞으로 추가했으면 하는 질문이 있나요?
오늘 인터뷰의 취지가 무엇인지 되묻고 싶다.

1) 제 인터뷰는 제 인생에 소중한 24명의 내면을 알고 싶은 여정입니다.
차라리, 나에게 '행복과 불행이야기보다는 기억에 남았던 순간, 시간이 지나도 임팩트가 컸던 상황'들에 대해 질문 했었으면 했다.

8. 형님 인생에서 기억에 남았던 순간은 언제셨나요?
군 제대 직후가 터닝포인트였다. 아버지 사업이 힘들어져, 용돈이 끊기고 대학교 복학을 앞둔 상황에서 스스로 등록금을 마련해야했었다. 지금 하는 일도 그때 시작했던 일이다. '군 생활'에서 많이 배운 것 같다. 군대에서 이 일을 왜 해야하는지 모르는 상황들 속에서 결국엔 다 해내면서, 다음엔 '절대 하지 말아야지'라는 마음을 키운 것 같다.

1) 요즘에도 그런 게 있으신가요?
감정평가원에서 잠깐 일한 적이 있는데, 회사 생활이 재미없는 걸 알고 그때부터는 '회사 생활'은 안 했다.
지금 일을 12년도부터 횟수로 9년을 채워 오며 새로운 시련들을 많이 부딪혔지만, 이제는 그런 일들을 쉽게 넘어갈 수 있는 요령이 생겼다. 하지만, 10년이 되어가니 현재 일은 지루

하다.

2) 벌어 놓은 돈으로 제주도에서 골프 운동하면서 여가를 보내는 건 어떠신가요?

노는 것도 하루 이틀이지 성격상, '일'이 있어야한다.

3) 본인의 남들과의 차별성은 무엇인가요?

긍정, 노는 걸 좋아하고 술을 좋아하고 사람을 좋아한다.

4) 싫어하는 건 뭔가요?

기업문화, 멍청한 것 즉 배려심 없는 것

아참, 하고 싶은 것이 있었다. 베트남에서 게스트하우스를 운영하면서 골프 티칭프로활동을 하고 싶다. 매일매일 새로운 사람들을 만나서 '어머니'처럼 챙겨주고 싶다. 50대가 되면 말이다.

'프리토크'

준비했던 질문들은 위와 같이 형식을 벗어나 프리토크가 진행되었고, '국제결혼'이야기를 하면서 마무리가 되었다. 구리시청 출근만 아니었으면 6시간 정도는 필요할 인터뷰였다. 형님의 꿈을 응원한다.

'따듯한 온정'

돌아가는 길, 지갑을 들고 오지 않았는데 차에 기름이 떨어졌다. 기지를 발휘해 형님께 현금 10,000원을 빌려서 보스도 넣어드린다. 형님이 매장에 들려 뭔가를 주신다. 손편지와 우리 도빈이 옷을 준비하셨다. 너무나 감사했다. 나의 손편지의 첫 회신이었다. 역시, 마음이 따듯한 형님이었다.

'첫 답장'

10,000원 덕에 시청 주차장에 일찍 도착해 형님의 편지를 읽었다. 평소 자기계발서 등 '남의 이야기'로 구성된 책들을 절대 보지 않는 사람인데, 나의 책은 정말 재미있게 잘 읽었고 군대이후로 절대 손으로 쓰지 않은 편지를 쓰게 만든 나에게 대단하다고 격찬하신다. 그리고 앞으로 좋은 인연으로 만들어가자고 하신다. 나의 아내와 식사를 초대하신다.

'돈,명예,권력보다 소중한 것'

나는 돈,명예,권력을 가지는 것보다, 소중한 손편지 하나 받는 것이 더 좋다. 이번 손편지를 주고 받으니 서로의 온기가 서로의 가슴에 전달되는 것 같다.

'여행 전날'

퇴근을 하고 집에와 도빈이 목욕을 시키고 나니, 내일 떠나기가 싫다. 아내가 혼자 외롭게 도빈이를 돌볼 생각을 하니 마음이 아프다. 꼭, 홀인원 등의 결과물들을 가지고 와야겠다. 이번 책도 더욱 멋있게 탄생시켜오는 여행이 되었으면 한다.

'냉장고 청소'

아내는 여행가는 남편이 무척이나 미운가 보다, 아내가 사다준 곤약면으로 너구리 스프를 먹다가 맛이 없어, 어제 남은 탕수육과 파인애플을 먹어 치우니, 자신의 식량을 다 먹어 치웠다고 핀잔을 느려 놓는다. 냉장고 좀 채워주고 갈게라고 하니, 엎드려 절받기 싫다고 방으로 들어가버린다. '상하기 전에 먹어 치워줘 감사하다' 라는 관점으로 언제 돌아올지 나의 숙제다. 식사를 마치고 나니 기운이 다 빠져나가버린다. 돌아올 때까지 묵언수행을 해야겠다.

40일차 (계묘일) 2020년 8월 28일 금요일 - 조광제

'기절'

기운이 다 빠져나가버린 나의 몸을 도빈이 옆에 누워 무선 충전을 시작한다. 19시 30분이 체 되기 전 잠이 든다. 새벽, 무의식 중에 깨어 아내에게 '도와줘?'라고 묵언수행을 잠시 깨고, 원없이 눈을 감고 일어나니 04시 30분, 나의 열 손가락은 키보드 위에 앉았다. 그리고 각 일주별 인터뷰 초대에 생각을 집중한다.

'힉스입자'

얼마전 '힉스입자'에 대해 찾아보고 공부한 적이있다. 물리학계에서는 물질에 질량을 부여해주는 물질이 존재해야 이 모든 것을 설명가능하다라는 전제가 있었다고 하는데, 그것이 바로 '힉스입자'라고 한다. 즉, 모든 물질에 질량 즉 우리 문과생들이 흔히 아는 '에너지'를 얻게 해주는 친구가 '힉스'라는 것이다. 나도 그런 힉스입자 같은 사람이 되어야겠다는 생각이 든다. 힉스입자는 모든 물질에 에너지를 넣어주고 그렇게 붕괴를 시작한다. 나의 붕괴가 언제가 될지는 모르겠지만 끊임없이 움직여야겠다.

'76KG'

아침 방탄커피를 만들어 놓고, 몸무게를 재어보니 76.5KG, 드디어 76KG 내에 안착한 것 같다. 오늘 입노하면 방탄커피를 만들어 마시지 못하니 몸과 마음을 부지런히 움직일 수 있도록 해야겠다.

'과학 공부'

힉스입자에 대한 공유는 아침 2시간 가량 과학공부를 하게 만들었다. 11차원에 대한 이해부터 원소공부, 쿼크와 랩톤 그리고 힘까지. 더 나아가 블랙홀에 관한 공부를 하다 자리에서 일어난다. 과학은 철학이다 라는 생각이 든다. 진리를 추구하는 학문으로서, 과학은 우리 주변의 사실들을 지금도 열심히 풀어가고 있고 선인들의 노력들 덕분에 생활은 더욱 편리해 지고 있다. 하지만 철학적인, 심적인 노력들이 함께하지 못하면서 우리 모두가 스스로 중력가속기 안에 갇혀 있는 건 아닌지 모르겠다.

'11차원'

0차원은 점이다. 좌표조차 없는 상황.

1차원은 선이다. X축에 좌표정도는 찍을 수 있는 상황.

2차원은 면이다. Y축을 그려 평면을 나타낸 상황.

3차원은 입체다. Z축을 그려 하나의 입체를 나타낸다. 하지만, 멀리서 보면 똑 같은 점이다. 다시 우리는 선을 그려 3차원을 넣어준다.

그것이 4차원이다. 즉, x축을 다시 그려 그것을 시간으로 나타낸 것이다.

5차원은 y축을 다시 그려 시간을 초월하게 되는 것이다.
6차원은 z축을 그려 드디어 우리 우주와 같은 모양을 나타낸다.
7차원은 그 우주를 x축 위에 올려다 둔다.
8차원은 y축을 그려내 평면상의 다른 우주로의 이동을 표현한다.
9차원은 z축을 그려내 모든 우주에 접근 가능하도록 도와준다.
10차원은 또다시 x축을 그려 모든 우주를 선에 올려둔다.
마지막, 11차원은 y축을 그릴까하며 통합이론을 세운다. 더 이상 더 차원을 그리는 것은 의미가 없기 때문이다.
11차원은 10차원의 끈을 낳고 상호작용해 현재의 우주, 즉 4차원을 만들어낸 것이다. 모든 것은 연결되어 있다.

'중력'

쿼크와 렙톤 공부에 이어, 4가지 힘의 종류에 대해 알아보았다. 강력이라는 즉, 쿼크를 묶으며 다른 입자를 결합하는 힘 편하게 말하면 핵을 만드는 힘 이 친구가 가장 강하다고 한다. 이 친구의 힘이 1이면, 전자기력은 0.01, 핵 융합을 도우는 힘인 약력은 0.00001 그리고 중력은 0. 소수점이 무려 40개라고 한다. 과학에서는 중력의 힘을 굉장히 약하게 본다. 하지만, 군자는 약자에게 약해보이듯 중력이 가장 강한 힘이라는 철학적인 생각이 들었다. 태양의 중력이 멀리 있는 명왕성이 궤도를 따르도록 미치는 것을 보면 말이다. 하지만, 실제로 '인간'이 느끼기에는, 과학자가 판단하기에는 미미하다고 하는 것이 우리 과학이다. 그런 의미에서도 과학도 철학이다.

'차원과 자성'

우리는 주변의 사람들이 시키는 데로 단순히 x축에서만 움직이는 1차원의 인간인가? 아니면, 스스로 y축을 세워 '면'을 만들줄 아는가. 아니면, z축을 세워 공간의 이동을 자유롭게 만들어가는 3차원의 인간인가. '시간'개념을 만들어 스스로 x축을 세운 4차원의 인간인가. 스스로 되물어 봐야할 것이다.

'우주와 자성'

우리는 중력과 같이 '인간'에게는 약해 보이고, 천체들에게는 강한 그런 태양과 같은 별인지. 아니면, 그저 우주를 멤도는 외로운 물질인지. 그 와중에, 태양의 힘을 받아드리고, 스스로 자전하며, 스스로를 보호하기 위한 자기장을 형성하며, 생명을 거느릴 줄 아는 지구처럼 살고있는지, 스스로 되물어 봐야할 것이다. 혹은 블랙홀처럼 모든 걸 빨아드리고 있는 사람인지도 되물어 보자.

'제주도와 지구'

나는 현재, 내 마음 속의 제주도에 생명이 순환하고 확장할 있도록 분화활동을 멈추고 열심히 열을 식히며 때를 기다리고 있다. 그리고 결국 현재의 아름다운 제주도를 만들 듯 '지구'와 같은 아름다운 행성을 만들고자 한다. 오늘은 아름다운 제주도를 가는 날이다. 제주도에게 한 수 배우러.

'카카오톡 캘린더'

오늘 '계묘'일에 태어난 고향 친구가 연락이 닿았다. 15시 통화하기로 한다. 그리고, 카카오톡 캘린더 기능으로 나의 카카오톡 친구 모든 사람들의 생일을 파악할 수 있었다. 나의 첫번째 마음아이의 카카오톡 친구는 총 3,441명이다. 살짝 펼치자마자 필요한 일주들이 다 떠오르고 싶게 찾아낸다. 1:1로 연락하니 모두가 흔쾌히 승락해준다. 감사하다. 진정한 디지털 노마더로서 성장해 가는 듯 하다.

'진정한 디지털 노마더'

세상에서 가장 중요한 시간은 지금이고, 세상에서 가장 중요한 사람은 지금 함께 있는 사람이다. 즉, 중요한 사람들과 초연결한 자들, 그들이 진정한 디지털 노마더다. 반대로, 진정한 아날로그 노마더는 오프라인 그 자체를 즐길 줄 아는 자들. 유목민들은 지나가는 모든 땅을 사랑했을 것이다. 나는 2가지 모두를 완성시킬 것이다. 2가지 모두를 완성시키기 위한 비법, 과정들은 책 곳곳에 숨어 있다.

'I lost my smart phone in bus go to airport'

I'm in airpot. This time is 16:00. My notebook got error, keyboard not working Korean word. So, I write in English.

This is my English skill. So shy! When I going to airport. I lost my smart phone in bus. As soon as check in korea air, I went to callbox. I tried call my wife and mom and father. But they didn't call. After 10 minutes, my father got my call. So, I talled him in short. 'please, send message to my wife in kakao talk, yu gyeom fogot smart phone and he got bus 14:05.', I finished check in and I sitted number 8 gate. I open my notebook. And meet wife in kakao. She say 'found smart phone', I was really happy! And I think that it is signal 'god in the world!' because, this travel go analog! So, really expact!

'재부팅'

컴퓨터를 다시 껐다 켜니, 와이파이 연결이 힘들었지만, 키보드는 정상으로 돌아왔다. 김포공항의 분위기는 출석부처럼 이름을 한사람씩 불러서 탑승을 시키고 있다. 사회적 거리두기의 일환이라고 한다. 신이 존재하는 것 같다. 나의 아날로그로의 여행으로 책을 장식하라는 뜻으로 알고 더 나은 이야기를 써야겠다.

'계묘일주 인터뷰 지연'

15:00~16:00 사이, 전화를 주기로 한 친구가 있었다. 계묘 일주인 고향 친구가 전화주기로 했지만, 내가 스마트폰을 잃어버려

연락을 못했고, 어렵사리 카톡으로는 연락을 줬다. 나머지 인원들도 카톡 전화를 통해 상담을 진행 해야겠다.

'비행기 안'

지금은 비행기 안이다. 33G석, 우측 끝 통로석이다. 오프라인일 때도 음악을 들을 수 있게 해 두었던 나의 휴대폰이 없는 관계로 음악은 듣지 못하지만, 주변에 집중해 봐야겠다. 우측 끝 33J석에는 젊은 친구가 탑승했다. 우리 둘 사이는 빈 자석인 듯하다. 좌석 지정을 할 때 일부러 띄어서 지정했다. 33J의 젊은 친구는 신나게 전화통화 중이었다. 시끄러운 목소리를 즐기기 위해 귀를 귀울이려니 전화가 끊긴다. 젊은 친구는 우측 다리를 왼쪽 다리에 올려 연신 핸드폰을 바라 보고 있다. 고개를 들으니 승무원은 눈에 고글을 착용했다. 고글이 부러웠다.

'소중한 와이프'

스마트폰을 잃어버리고 혼란스러운데도 불구하고 역시 해결사인 와이프가 휴대폰을 찾았다. 장인 장모님도 이래서 항상 소중한 둘째 딸을 찾으시나 보다. 소중한 친구를 내가 데리고 나온 것 같아 죄송하다.

'폴더폰 계획'

잠시 스마트폰을 썼던 2~3일 간 혼란스러웠다. 엘빈토플러가 예견한 '미래쇼크'에 민감하게 반응 하는 건지, 돌아가는데로 폴더폰을 마련하여 전화기를 따로 쓰도록 해야겠다. 이미, 전화는 폴더폰으로 하고 계셨던 제주도 골프 스승님이 문득 떠오른다. 이미, 진정한 디지털 노마더의 삶을 살고 계실지도 모른다. 내일 클럽하우스에서 뵙기로 했다.

'비행기 안'

기내식은 나오지 않을 것으로 예상해 본다. 마스크를 벗어야하니말이다. 한동안 보지 않았던 안전 방송이 나온다. 나도 원래는 33J석 친구처럼 비행기가 뜰때까지 스마트폰과 함께 했었다. 영상으로 방송을 해주 신 분은 나이가 지긋하시고, 덩치큰 외국인 남자였다. 옆을 돌아보니, 3~4살 아기가 아버지와 행복하게 스마트폰을 바라보고 있다.

'공항버스 안에서'

14:05분 공항으로 오는 버스에 탑승해서 자리에 앉자 마자, 스마트폰을 앞 좌석 등에 달린 그물에 넣을 때 직감은 했었다. 내릴 때 꼭 그 자리에 두고 내릴 것 같다고. 상상은 현실이 되는 것 같다. 항상 좋은 생각들을 해두고, 나쁜 생각이 들면 방지책을 마련했어야 했지만 그러지 못했다. 안 좋은 일을 상상할 때는 항상 방지책을 마련하고 실행할 수 있도록 해야겠다.

'스마트폰을 두고 내린 이유'

그물 속에 스마트폰을 두고, 나의 책에 빠져 있었다. 상권을 1P 지부터 80P대의 도서관 파트까지 집중하며 오탈자와 수정했으면 하는 부분을 체크하며 즐겁게 몰입했었다. 상권은 사실, 나중에 나의 별장의 출입증이라고 판단했는데 딱, 거기 까지만 생각해야 할 듯 했다. 다행히 지금 생각해도 상권보다 나은 중권이 되고 있는 것 같다. 이렇게 제주도 까지 직접 들어가서 '기적의 로직'을 찾으러 가니 말이다.

'상권에서 느낀 점'

공항으로 오는 버스 안 상권에서 느낀 점은 책의 도입부가 지나면서, 지나치게 일상 부분들이 나오면서 지루해졌다. 지속적으로 증가하는 나의 몸무게만 신경 쓰일 뿐이었다. 다행히 현재는 76.3KG를 달리고 있고 이번 여행을 통해 75KG 미만으로 들어서길 기대하며 떠나야겠다.

'공항버스를 타기 전'

집에서 골프백을 등에 매고 캐리어와 백팩을 지고 땡볕을 걸어오며 땀에 흠뻑 젖었었다. 그리고 소나기도 만났고, 그런 와중에서 '긍정'의 마음을 잃지 않았다. 정류장에서 만난 '구리시청 기간제 근로자 직원'들을 등지기도 했었다. 그렇다. 오늘은 땡땡이다. 그래도 어제 오늘 할 일까지 모두 해놓고 파트너에게 양해를 구하고 땡땡이를 치는 중이다.

'땡땡이'

첫 직장에서 일을 할 때에도, 대구지역에서 근무 중 이 시간 때에 급하게 대구공항에서 제주도로 떠난 적이 떠오른다. 대구공항에 주차를 하고, 신분증이 없어서 급히 근처 주민센터에 달려가 임시 신분증을 발급해 급히 떠났던 기억이 떠오른다. 그때의 기억을 되새기기 위해서는 차고지에 방치되어 있을 나의 스마트폰이 절실하다.

'책임과 땡땡이 사이'

이런 충동적인 부분들을 무책임하다고 평가할 수도 있을 듯하지만, 남들보다 일을 잘하고 많이 하기 때문에 '효율성' 측면에서보면 아무 문제 없다고 생각한다. 물론 충동적인 부분들이 규정과 방침에 어긋나고 거기에 따른 마땅한 책임을 져야 한다면, 따를 것이다.

'노트북이 좋아'

비행기가 움직인다. 다행히 33J 젊은 친구와 나 사이의 빈 공간은 나의 가방의 자리가 되었다. 엄지손으로만 작업을 해야 하는 스마트폰 보다 무릎에 올려 열 손가락 모두가 힘을 합치고, 누가 나를 보아도 굉장히 지적이여 보이는 노트북이 좋다. 우리의 생각들이 받아쓰기 되는 날까지는 노트북을 즐겨 쓰도록 해야겠다.

'이륙'

이륙을 위해 비행기가 달리고 있다. 바닥의 미끄러움이 느껴진다. 무사히 떴다. 기울기가 40도는 되어 보인다. 나의 책의 완성을 위한 제주도 여행의 출발이다. 33J 친구는 이륙 따위엔 관심이 없어 보인다. 미리 넣어 온 것으로 보이는 스마트폰 속 영화에 몰입되어 있다. 창밖으로는 예쁜 뭉게구름이 피어 올라있다. 지상은 안개로 가득했지만 역시 구름 위는 언제나 푸르고 아름답다. 매트릭스의 마지막편 중 가득한 구름 위를 잠시 뛰어 올랐던 주인공 네오의 우주선이 떠오른다.

'하늘로'

좌측으로 선회한다. 비행기가 드디어 제주 방향으로 몸을 튼다. 나의 유스타키오 관도 열심히 그리고 나의 침 넘기도 잦아 진다. 여전히 KF80 마스크는 나의 귀를 땡겨온다. 햇살이 키보드 위를 내려쨴다. 눈이 잠시 부셨던 차에 뒤에서는 문을 닫아 달라는 원성이 자자했지만, 나의 33J 친구는 스마트폰에 집중하고 있다. 덕분에, 키보드에 나의 손가락의 그림자는 통로석의 아주머니 배 위에서 춤을 추고 있다.

'여정'

좌석 벨트 표시등이 꺼졌다. 동시에 나의 앞 좌석 의자는 나에게서 가까워졌다. 식탁을 펴서 노트북을 얹어보니 불편하다. 어쩔 수 없이 나도 등을 뒤로 젖힌다. 슬리퍼를 신은 나의 발에는 이미 모기가 다녀 간 듯 굉장히 간지럽다. 나의 오른쪽 발 뒤꿈치 안쪽을 물었다. 다행히 엄지 발가락은 아니지만 그래도 상당히 간지럽다.

'일진'

오늘의 일진은 경자년에 갑신월로 공전이 흐르고, 그리고 계묘일에 현재 경신시로 자전이 돌고 있다. 도착하면, 곧바로 신유시다. 공전은 '목'기운이 '금'에 갇혀 있는 형태다. 아래의 '수'가 강한데, '목'을 생하기 위해 물을 막고 칼날을 들이내는 격이다.

'예초기'

자전은 을목이 생해 있는 형태에서 금기운이 도래한다. 즉 전반적으로 '목'기운이 많지만, '금'기운도 많아 한문장으로 표현하면 비오는 날 예초기를 돌리는 형국이다. 상상만해도, 와이프와 도빈이가 티키타카가 좋은 날로 보인다. 그런 상황에 비인 나는 제주도로 향하고 있다.

'군용기의 추억'

비행기 엔진소리를 오랜만에 듣는다. 군생활 할 때 군용기를 여러 번 탔는데, 그때의 엔진 소리에 비하면 조용하지만, 민항기도 꽤 시끄러운 것을 오늘에야 느낀다. 원래 이어폰으로 막힌 나의 귀는 소음 보다는 노래소리에 집중을 했었다. 노트북을 덮고, 잡지를 펼쳐 봐야겠다.

'비행기 잡지'

잡지는 고 조양호 회장님이 비행기에서 직접 찍은 사진 몇 점으로 시작되었다. 곧, 다른 사람들이 찍은 사진이 이어지고 여행을 자극하는 현지 사진들로 채워진다. 코로나로 인해, 해외여행이 언제쯤 자유로와 질지 아무도 예측할 수 없을 것 같다.

'찌질하게 살지말자'

한국재무설계 서울3팀. 팀운영간 팀내 팀을 다시 만들어 경합을 버렸었다. 기여도가 조금 있었던 시합에 우승한 이력을 알고 있지만, 출근을 안해서인지 돈을 주지 않았다. 돈을 다 같이 받은 장본인은 내 자리에 항상 짐을 올려 두었던 사람이었다. 생각만 있으면 카톡이나 토스로라도 돈을 줄 수도 있었겠지만, 원래 그런 사람 인줄 알고 있으니 그냥 넘어 가야겠다. 첫 직장을 그만 둘 때도 충분히 3월에 보너스를 두둑히 받으며 천천히 그만 둘 수 있었지만 '찌질하게 살지말자'라는 신조가 있었기 때문에 그만뒀으니, 이번에도 찌질하게 굴지 말고 미련없이 모든 걸 비워야겠다. 또, 비우고 비우면 기적 같은 일들이 많이 일어나지 않았는가?

'착륙 준비'

착륙을 준비한다. 17:35. 이륙했을 때가 17:05으로 기억한다. 그리고 기장의 안내도 기억한다. 고도 8,500m에 시속 750km/h로 하늘 여행을 했다. 그나저나 아까 받지 못한 렌터카 업체의 전화가 거슬린다. KD렌터카. 카카오맵 댓글에 악플이 쏟아졌던 업체였지만, 20-21 신형 SUV를 위해 예약했던 업체다. 인터넷으로 저렴하게 예약했다가, 오늘과 마지막날을 유선상으로 연장했던 업체다. 기존 저렴하게 예약했던 부분까지 값을 더 치루는 모습을 보였었지만, 눈감아 주기로 한다. 혹시 아까 받지 못한 전화가 예약취소 전화가 되면, 또 다른 긍정적인 상상을 많이 해 두었기 때문에 문제없다.

'수화물 찾기'

짐을 기다리며, 노트북을 킨다. 다행히 와이파이 존이라 카톡으로 제주도 스승님과도 연락을 취한다. 아내와 연락 중 와이파이가 끊겨버린다. 운명인가 보다.

'저녁식사'

차량 렌트를 완료하고, 숙소에 도착해서 샤워를 하고 나왔다. 젊은 주인장에게 식당을 물어보니, 700M 걸어가면 맛집이 있다고 한다. 하지만, 체력이 방전되었다. 근처에는 없냐고 물어보니, 바로 옆에 부대찌개집도 있다고 안내 받는다. 드디어 외출, 혼자오니 주인장이 싫어한다. 혼자서는 덮밥만 된다고 한다. 부대찌개 2인분을 시킨다. 그리고, 소맥을 먹으니 아픈 머리가 거짓말처럼 개운해진다. 다행히 와이파이 존이며, 노트북을 킨다. 혼자라 에어컨은 무리인 듯하다. 곧바로, 3명의 손님이 들어온다. 덕분에 시원해졌다. 에어컨이 켜졌다. 이제 이호테우해변을 바라보며 식사를 해야겠다.

'제주 코로나'

소주 한 병과 맥주 한 병으로 20:30분에 식사를 완료했다. 식사 내도록 제주도 코로나 현황에 대해 공부했다. 대부분이 수도권에서 감염되어 입도를 했다. 제주도 현황은 현지인 분들 대부분이 마스크를 하지 않고 있다. 다녀온 식당도 주인장을 비롯해 오는 손님 모두가 마스크를 하지 않는다. 불안한 마음에 식사를 끝내고 숙소로 돌아왔다. 주인장이 외출 중에 시간이 되어 글을 다시 잡는다. 들어오는 친구들은 모두 마스크를 잘 착용하고 있다. 내일은 서귀포로 향하는데 정말 조심해야겠다. 루프탑정원이라는 곳에서 파티를 벌였는데 그곳에서 확진자가 나왔다고 한다. 나의 일정 대부분은 오전에는 라운딩, 오후에는 제주 선배님과 함께한다.

'숙소 라운지'

이곳 라운지에서 나오는 음악을 찬찬히 듣기도 한다. 다행히, 고향 친구의 인터뷰 응답 메시지가 들어온다. 인터뷰가 시작된다.

0. (아이스브레이킹) 근 20년만에 연락, 김해 혼자 지내나?
   17년에 결혼했어, 지금은 와이프랑 지내. 넌 왜 제주도니?
1) 얼마전 흘인원을 했는데, 같은 기운의 날 홀인원이 다시 되는지 판단하러 왔지~!
   참된 아빠 아니네.
2) 에이~. 그래도 돈 벌려고 온거지.

1. 간단히 자기소개 부탁드려요~!, 니 소개 간단하게 해봐.
   32살이고, 조xx라고 하고 김해 살고 있습니다.
1) 책에 넣을 내용이니까, 대중에게 다가가는 편안한 이야기로 해봐~
   아버지와 같이 조그만하게 사업하고 있고, 코로나 때문에 경기가 안 좋습니다.
2) 너 불편하면 이어폰 끼고할래?
   나는 항상 이어폰을 껴 본적이 없어서 지금이 편해. 노래도 사운드 좋은 스피커로 듣지!
3) 이해합니다^^
   근데, 나는 이런 적이 없어서, 인터뷰가 신기하면서도 궁금하면서, 안 해본 장르라…
4) 안 해본 거 많이 해봤잖아~
   나는 사실, 새로운 음식도 잘 안 먹어, 장모님하고 식사할 때도 먹기 힘든 음식이 많거든, 편식이 심해 내가. 신 문물이 접해지는 건 안 좋아한다. 핸드폰도 갤럭시만!

5) 대박이구나.

근데, 계묘일주가 뭐고?

6) 내가 잠깐 명리학 공부를 했거든, 1년이 365일 이듯, 사주팔자를 구성하는게 60일 마다 반복되는데, 오늘이 계묘일이야!

장모님이 나랑 와이프랑 결혼이야기가 나올즈음 사주를 보셨는데 우리가 천생연분이래. 여러군데 들렸는데 다 그랬데.

7) 그래? 사주 좀 봐줄게…

8) 와 대박, 둘 다 사주가 너무 좋다.

결혼 3년됐는데, 큰 싸움도 없고, 큰 어려움도 없고, 큰 일도 없고.

9) 둘 다 지금 공부할 시기인데?

내가 망설이던 게 있는데, 그럼 공부해야겠네!

2. 인생에서 가장 기억 남는 장면들 있나?

있지.

1) 뭐 있어?

중학교때, 아침에 특별활동, 자율활동 시간이 있는데, 남양중학교는 아침 08~09시까지 자율학습, 영어회화 수업을 들었는데, 돈 내고 들었거든, 그때 수업 안 가고 딴지기하고 놀고 있었는데, 선생님이 날 잡으로 오셨어. 그런데 딴치기

하는 것을 들켜서 엄청 맞았는데, 그 장면이 항상 기억이 나. 아프게 맞았지만 선생님이 그렇게 나를 잡아주지 않았으면 내가 엇나가지 않았을까 한다.

2) 은인이시네~

내 인생의 터닝 포인트! 주위에 친구나 형들도 많았고 나는 노는 걸 참 좋아했는데, 선생님이 많이 잡아줬지.

3) 다른 건 없어?

그 다음 지금 와이프 만나고 사람이 됐지. 그 전엔 대학교 4년내내 놀았다. 졸업도 겨우 했다. 그리고 와이프 만나기 전까지 흥청망청 쓰다가, 아마 그때 절제했으면 지금 페라리 몰고 다녔을 거 같아.

4) 와이프가 은인이네!

성격이 나랑 정반대야. 나는 놀고 외향적인데, 와이프는 외향적이지만 내성적인게 크고, 걱정이 많아. 보통 나는 막가파, 와이프는 앞을 내다 보는 거지. 같이 만나고 데이트하고 하니까 길들여졌다. 일 끝나고는 집에가서 와이프랑 영화도 보고, 각자의 취미생활을 즐기면서 대화하며 보내는 시간들이 좋아

3. 내일 이 시간에 죽으면 우 짤 낀데. 뭐 할끼고?

하……

1) 지금상황에서 말이야.

뛰어 나가야지! 와이프랑! 그리고 발길 닿는데로 가야지! 목적지는 없어.

2) 도망치고 싶은 건가?

아니! 조금이라도 밖을 더 보려고.

3) 왜 밖을 안 보고 살았는데?

복합적이다. 모든 사람이 출근 시간이 있고 퇴근 시간 있잖아.

4) 참고 살고 있구나.

그래. 이씨. 월급도 한정적인데, 하고 싶은 거만 할 수 있는 게 아니잖아. 세상이 이래서 어떻게 할 수 가 없다.

5) 빨리 철이 들었구나

너희 부모님도 장사 하신다이가. 부모님이 욕보는 걸 보잖아. 아버지랑 같이 일하니까 놀아서 늦게 자고 출근하면 미안하고 스스로도 피곤 하잖아.

4. 갈유겸에 대해 어떻게 생각하는지?

나는, 어렸을 때부터 널 봤다이가, 초딩 때부터 넌 원규랑 친했어. 원규랑 그 신준영! 그렇게 친했지. 집 방향이 같았어. 그리고 우리도 같이 학원 다니게 됐는데 그때 널 보니 물이 달랐다. 그리고 고등학교도 결국에는 진주로 가버리고, 주왕이랑 친하게 지냈잖아. 그때 생각했지. 물이 완전 다르구나 성공하겠구나. 근데, 페이스북 보니, 군복을 입고 있데? 왜, 저렇게 노력을 많이 한 친구가 왜 군복을 입고 있지 했는데, 전역해서 회사를 다니다가 유투브를 하고 있어. 조금 있으니까 책이 나와. 그리고 페이스북에 글이 계속 올라와. 그래서 느꼈지. 다른 세계에 사는 친구구나. 저 친구한테 돈을 맡기면 잘 되겠구나 싶었지. 근데, 갑자기 연락와서 부담스러웠지. 그래도 친구니까 도움이 될까하고 인터뷰에 응했지. 예의라는게 있으니, 그리고 넌 나쁜 짓 안하고 멋지게 살았으니까.

5. 나에게 해주고 싶은 말은?
   내가 조언할 짬인가?

1) 난 이건 좀 후회된다. 넌 그러지 마라 그런 거 있잖아!
   아까 말했듯이 난 새로운 걸 받아 드리지 않는다. 그 분야에 모르는데, 새로운 걸 접하면 실패할 확률이 높잖아. 내가 볼 때는 너는 이런 저런 공부를 많이 하잖아. 조금 신중하게 선택하는 게 좋지 않나 싶다.
2) 오늘 인터뷰 15분 기약했는데, 50분이 됐네. 수고했다.
   인터뷰 별거 아니네!
3) 부산 내리가면 연락할게 얼굴보자!
   알긋다!

41일차 (갑진일) 2020년 8월 29일 토요일 - 최진혁

'새벽 인기척'

00:30, 도미토리 4인실 나를 포함한 오늘 인원은 3명. 나머지 2명의 인기척은 2시간 전에 들렸던 것 같다. 함께 방으로 들어와 한명은 씻지 않고 바로 잠을 청하고, 다른 한명은 씻고 나와, 한밤 중 드라이기를 켰다. '써도 될까요'라며, 허공의 메시지와 함께 작동되었다. 모든 걸 인내하며 즐기는 순간 드라이기는 꺼지고 함께 방으로 들어온 친구의 코고는 소리가 지속된다.

'일어난 김에'

갑자기 누군가 내 손을 잡는다. 에어컨 리모콘을 손에 쥐어준다. 뭔가, 배려심이 느껴진다. 잠을 깬 나는 노트북을 킨다. 일행한 명과 마주친다. 연신 죄송하다며 불을 끄고 잠자리로 돌아간다. 나는 먼저 코를 고는 친구 바로 위 침대에 있다. 이곳은 2층 침대다. 나의 타자소리는 이들의 반가운 방문소리에 힘을 얻고 깨어나는 듯하다. 갑진일의 시작이다.

'밖으로'

파도소리가 듣고 싶다. 밖에 나가 파도소리를 들으며 글을 써보자. 숙소 바로 아래는 CU편의점이 있다. 그곳에서 아메리카노 한 잔을 뽑아 든다. 해변가로 가려니 비가 거세진다. 다행히 편의 테라스는 넓고 비를 피할 수 있는 공간이 마련되어있다. 편의점에서 흘러나오는 방송소리에 파도소리는 점점 묻혀가지만 도미토리 룸의 적막함 속 코고는 소리보다는 그나마 제주도스럽다.

'이호테우해변 밤 바다풍경'

멀리 보이는 고기잡이의 불빛은 마치 수평선 위에 킨 형광등 처럼 보인다. 열심히 갈치를 잡으러 나간 어선들로 보인다. 어제의 숙취는 꽤 강하다. 곧 옆자석에 사람들이 자연스레 들어온다. 코맹맹이 소리를 내는 여자가 남자 앞에서 하소연을 이어간다. 남자는 이미 결혼을 했나 보다. 3명이 더 붙었다. 내 주변에 취객들이 많아져 이동을 준비한다.

'과학과 철학사이'

떠나기 위해 windy를 켜보니 비가 계속 올 예정이다. 내일 골프대회가 걱정이 된다. 비옷은 모두 짱구 트렁크에 두었다. 챙기려던 작은 우산도 없다. 00:52분. 방송소리는 이미 다섯 일행들 목소리에 묻혀 간간히 파도소리가 멀리서 들려온다. 편의점 테라스는 그렇게 술판으로 이어진다. 일단 차로 가자. 기름도 좀 넣고 비가 안 오는 곳을 떠나 파도와 함께하자.

'드라이브'

길을 나서니 8111 번호 택시가 안내한다. 따라 가보기로 한다.

제주 시내 입구 쪽에 들어설 찰나 곧 택시가 갑자기 차선을 이탈한다. 하는 수 없이 다시 크게 돌아 다른 길로 이정표를 따라 이호테우로 돌아온다. 주유소는 모두 문을 닫았다. 해변가 옆에 주차를 하니 파도소리가 희미하다. 파토가 잔잔한 밤이다. 비는 다시 거세게 쏟아진다. 생각해보니, 경자년에 갑신월에 갑진일이다. 시간을 떠나 아래의 지지가 신자진이 완성되어 있다. '수'기운이 종일 강한 날일 듯 하다.

'차안'

조용한 차 안, 차 지붕으로 떨어지는 빗소리에 집중하며 밀려오는 숙취를 피하고 싶었지만 쉽게 피할 수 없다. 아무래도 숙소로 돌아가야겠다. 나의 2층 침대에 다시 돌아오니 시간은 01:50분이다. 음악을 찾아 헤매다 유투브의 클래식을 켜 드디어 마음의 평온을 찾는다. 다행히 블루투스 이어폰을 챙겨왔다. 음악을 들으며 잠을 청해보자.

'깨달음'

02:53, 잠이 오지 않는다. 이것 저것 생각해 본다. 내 주변의 모두가 결국, '나'라는 것은 아닐까? 나는 왜 60번째날 계해일에 태어났는지. 윤회를 끝내고 다음 생은 드디어 만물을 통제할 신이 되기 전 마지막 인생인지. 내가 만난 모든 이들이 과거의 '나'였던 건 아닌지. 지금 내 '아내'도 과거의 나의 모습이 아닐까? 어머니, 아버지 그리고 도빈이의 모습도 결국 과거의 '나' 아닐까? 오늘

인터뷰했던 친구도 결국 내가 지금 태어나기 이전의 '나'였던 건 아닐까? 즉, 그 누군가 에게도 상처를 줘서는 안되겠다. 결국, 과거의 '나'였다라는 것을 알게 된 지금부터는 내가 만나는 모든 사람을 소중히 여기고 나의 모든 것을 주려고 노력해야겠다. 예수님, 부처님 모든 성인들도 그것을 깨닫고 실천한 것은 아닐까?

'내일 계획'

아침, 다시 일어나도, 내가 만나는 모든 사람도, 과거의 '나'였다는 것을 생각하며 보다 더 좋은 추억, 더 좋은 사랑을 주려고 노력해야겠다. 모두가 과거의 '나'였다면. 제주도에 오길 잘했다. 지금 나를 걱정해주고 있을 나의 '아내' 그리고 장인어른 그리고 장모님. 모두가 과거의 '나'라는 사실을 깨달았다. 그들이 상처를 그만 받도록 나의 이야기는 멈추고 그들의 이야기를 듣고 더 들어주는 것으로 앞으로 남은 인생을 살아가야겠다. 그렇다. 당신은 과거의 '갈유겸'이었다. 미래의 나의 모습은 어떤가요?

'하얀 해돋이'

06:10, 유투브 10시간 잔잔한 수면음악 덕에 편안하게 눈을 떴다. 숙소 라운지로 나오니 날씨가 화창하다. 서쪽이라 태양은 없지만 높게 솟아 오른 뭉게구름이 태양을 대신해 하얗게 그리고 꼭 달빛처럼 바다를 비추고 있다. 처음 보는 하얀 해돋이다.

'굿모닝'

샤워를 하고 짐을 모두 가져 나와 숙소라운지 넓은 책상에 앉는다. 하얀 해돋이는 어느새 자취를 감추었다. 아내와 카카오톡 덕에 영상통화를 한다. 도빈이는 오늘따라 유난히 아내의 어렸을 때 모습이다. 너무나 사랑스럽다. 아내가 나의 과거의 모습이라고 생각하니 공감도 잘되고 과거의 나를 위해 더 행복한 가정을 꾸려야겠다는 생각이 든다.

'오름 프로젝트'

지금은 제주도. 제주도에서는 모든 게 용서가 되니, 와이프의 두물머리 버킷리스트와 나의 60일이후의 목록들을 채우기 시작한다. 이제 각각 10개 남짓 남았다. 인터뷰 코너에서 질문을 통해 영감을 얻어 채워 나가야겠다.

'소확행'

오늘 인터뷰 하기로 한 친구는 오전 10시에 하기로 했다. 현재 시간은 08:11. 중권의 내용들을 다시한번 읽고 오타들을 발견해 수정한다. 이호테우해변은 조용하다. 구리에서 출발하기 전, 챙겨온 플라스틱 텀블러가 제 역할 이상을 해주고 있어 행복하다. 숙소의 얼음이 나오는 정수기와 나를 연결해주는 역할을 해준다. 그리고, 얼음을 채워 아래층 cu편의점에 들러 에스프레소만 담아온다. 이것이 정말 행복이지.

'스티브잡스의 비극'

작은 화면의 스마트폰보다 넓은 화면인 노트북으로 디지털유목민으로 생활하니 훨씬 개운하다. 와이파이 존에서만 디지털 속으로 들어가고, 와이파이존 외에서는 아날로그에 집중할 수 있다. 어제 스마트폰을 버스에 두고 내린 덕에 좀더 제주도의 자연에 다가갈 수 있다. 스티브잡스가 세상에 미친 영향은 그다지 좋지 않아 보인다. 모두가 작은 화면 속에 빨려 인생의 대부분을 사용하고 있다. 물론, 더 나은 세상을 위한 '과정'일수 있으니 앞으로 더 넓은 화면을 선사해 주길 기원한다. 스마트폰을 '옴레기'부터 사용했던 친구가 떠오른다.

'이메일 플랫폼'

오늘 새벽에는 '이메일 플랫폼'이 떠올랐다. 무수히 많은 개인 이메일 주소들. 각 개인들은 쏟아지는 이메일들 속에서 소중한 연락들을 잃어가며 결국 여러 이메일들 중 하나만 선택해 살아가는 듯하다. '토스' 어플처럼, 우리의 이메일을 한 곳에 모아주고, 이메일을 소중히 사용하는 그런 세상이 왔으면 한다.

'전화번호와 카카오톡'

전화번호 이꼴 '=' 카카오톡 아이디가 되어버린 세상에서 나갈은 경우는 벌써 카카오톡 아이디가 3개가 되었다. 나를 사랑하는 사람들이 내가 3명이나 된 것처럼 혼란스럽게 느껴지고 조금 짜증이 나게 만드는가 싶다. 즉, 카카오톡도 단순 메신저의 기능으로 다시 전락될 가능성이 커 보인다. 아니면 반대로, 전화번호 개념이 사라져 버릴 날이 오겠지? 현재는 전화번호가 주민번호를 대신할 만큼 개인을 나타내주는 역할을 하고 있다. 그런 부분들을 곰곰이 생각해 보고 대중이 보다 더 현명한 생활을 할 수 있길 바란다.

'진정한 디지로그 노마더'

이번 여행을 끝내면, '전화번호'를 폴더폰에 넣어두고, 내 마음 속 3명의 아이마음이들처럼 카카오톡 아이디도 3개를 모두 쓰려고 한다. 아내의 삼성 노트북에는 첫번째 아이의 카카오톡 그리고, 나의 애플 노트북에는 두번째 아이의 카카오톡 세번째 아이는 버스에 두고 내렸던 스마트폰 카카오톡에서 세상과 소통하려 한다. 폴더폰은 정말 긴급할 때 연결해주는 그런 디지로그적인 관점에서 구분하려 한다. 이 것이 현재 상황에서 내가 찾은 진정한 디지털, 아날로그 즉 디지로그 노마더의 삶이다.

'생일 같은 시간'

08:31, 나의 생일과 같은 시간이 흘러간다. 어제 인터뷰한 친구와 피드백을 주고 받는다. 10시에 인터뷰가 시작될 친구를 기다리며, 오늘 일주 친구들에게 안부를 여쭤본다. 동아대학교 ROTC

50기 동기와 연결이 된다. 크리스천임에도 불구하고, 차분히 이해해주고 나를 도와주는 일 이기에 기적적으로 인터뷰에 응해준다.

1. 간단히 자기소개해주세요.
   결혼 한지 5년차, 회사생활에 익숙해진 32살인 최진혁입니다.
1) 직장은 어디 다니시죠?
   부산에 방산과 자동차 부품을 주력으로 하고 있는 회사에 다니고 있습니다.
2) 자녀가 있으신가요?
   아직 없습니다.

2. 지금까지 살아오며, 인생의 터닝포인트 경험이 있으신 가요?
   동생의 교통사고였어요. 제가 고3 3월 독서실 저녁 8시쯤 공부하고 있을 때 집에서 전화가 왔어요. 평소 동생이 공부를 안하고 자주 농땡이를 부리고 또 아픈척하면서 병원을 자주 갔는데 꾀병이겠구나 했죠. 그래서, 공부를 좀 더 하다가 응급실로 갔죠. 응급실에 동생을 찾는데 없더라구요. 찬찬히 다시 찾는 와중에 피투성이 속옷만 하나 입고 시신처럼 보이는 사람이 보였어요. 자세히 보니, 제 속옷이었어요. 머리부분이 깨부분 함몰되었고, 얼굴을 알아 볼 수가 없었죠. 그 다음날 부로 일단 부모님의 의견과는 상관없이 스스로 이정도의 상황이라면 내가 동생을 간호 해줘야겠다라는 결심을 했죠. 그 다음 날 학교에 가서, 선생님께 1년 휴학을 말씀드렸죠. 주변의 사람들과 여러 의견이 오가며, 그런 상황이 제 인생에 큰 영향을 미친 것 같아요. 즉, 동생의 사고로 사람이 벼락부자가 되거나 재산이 증가하는 즉, 물질적인 유무로의 심리상태와 자격들이 완전히 박탈되는 경험을 했죠. 개인의 가치와 상관없이 가족이라는 소중한 사람이 정상인에서 장애인으로 자격이 바뀌는 상황을 경험했죠. 그것은 가족을 장애인으로 바라 보아야하는 시선을 갖게 됨으로써, 사물을 바라보는 관점이 바뀌게 되었습니다. 그때부터 눈에 보이지 않는 것들을 볼 수 있게 되었고, 눈에 보이는 것들을 눈을 감고 바라보지 않는 능력을 기루게 된 것 같아요.

1) 어려운 이야기 해주셔서 감사합니다. 제 모든 질문들이 멈추는 그 당시의 아픔이 그대로 전달되어 제가 말문이 막혔습니다.
아무에게도 말씀드리지 않는 이야기이지만, 당신이 책을 쓴다니 도움이 되고자 모든걸 말씀드립니다.

3. 행복과 불행에 대한 가치관에 대해 말씀해 주시겠어요?
행복이라는 것은 키케로의 올바르게, 바르게 이어가는 법이고, 불행이라는 것은 경제학원론을 읽어 내려가는 인생으로 생각됩니다.

4. 갈유겸에 대해 어떻게 생각하시나요?

뭐 랄까, 너는 페북이나 이런 걸 보면, 글쎄다. 사실상, 내가 부러워 할 만한 기질을 가진 사람이다. 나는 현재, 책임을 피하고 그리고 가진 걸 지키고 연명해가는데 특출 난 것 같은데, 넌 '책임'이라는 이름을 '도전'이라는 것으로 새롭게 창출해 나가는 친구로 생각돼.

5. 제게 조언 좀 해주시죠.

주제 넘게 내가 무슨.

1) 진혁씨가 인생 살아오면서, 이건 조심해야겠다라는 것들 말씀해주시면 감사드리겠습니다.

인생은 관리의 연속이잖아. 우리가 장교로 군대를 다녀 왔잖아, 군대에서 내가 한 행동에 대해 평가받으며, 평가가 좋을 때는 기분이 들떠서, 평가가 안 좋을 때는 기분이 안 좋아서 '실수'라는 것을 계속해 나가더라구. 내 카톡 프로필명이 'walk humbly' 잖아. 그게, 남들의 평가속에 내가 좌지우지 되지 않고, 스스로 제3자적 관점에서 객관적으로 평가해 나가면서 평정심을 잘 지켜 나가고자해. 즉, 칭찬과 비난 한마디 한마디에 스스로 겸허히 받아드리고 객관적으로 판단해서 살아가자.어떤 날은 잘할 수 도 있고 못할 수도 있지만, 내 인생과 내 자신이 겸허하게, 내가 마주하고 잇는 것들을 정확하게

만 직시한다면 더 지혜롭고 풍요롭게 사는 방법인 것 같아.

2) 감사합니다. 그렇게 살겠습니다. 책 추천 하나만 해주시면 감사드리겠습니다.

앨빈 토플러, 권력이동. 마오쩌둥이 당시 관리들에게 추천했던 책이라던데, 미국 책이잖아? 책에서는 이미 원격근무도 예상하고 있고, 통신의 발달 등 비대면을 미리 예상하고 있거든. 결국, 정보를 가진 사람이 깃발을 잡는다는 내용이지. 그 '정보'라는 관점이 인문학적인 부분도 포함 되더라구.

3) 저도 앨빈토플러 참 좋아하는데요. 여러 미래학 서적들과 달리 항상 우리가 어떻게 해야한다는 지침까지 주는 책이라서 저자에게서 사람다운 냄새를 맡았거든요. 중국이 그 부분까지 받들어서 인류사회에 이바지 했으면 합니다. 권력이동에 대해 더 자세히 말씀해 주시죠.

지금 제 책상에 책이 있네요. 1990년 1쇄. 발행. 삼성이나 sk그룹 등 대기업에서 지금도 만들고 있는 '간략한 조직' axil, 의사결정의 신속화, 권력이동에서도 이런 걸 다 다루어 주더라구요. 즉, 회사에서의 계략적으로 정한 일이 아니라, 회사 규칙을 바꿔 자금을 추진하며 sk그룹에서 실행하고 있는 '실패상'등을 통해 조직을 유연하게 만들어 가고 있죠.

4) 제가 느끼기로 조직의 수직적인 부분들이 수평적인 부분들로 바뀌는 걸로 이해해도 될까요?

그렇다고 볼 수 있죠.

5) 본인의 직장은 그렇게 되고 있나요?

오퍼 드 레코드, 남초 회사는 어쩔 수 없이 겉은 그래도 속이 유연하지 않으면 여자가 섞여 있어야 하는데, 여자가 없다. 1,000명 중 여자관리직 4명. 5명. 조직은 사원대리차장 해도, 결국 여성들이 의사결정 권자 자리에 잇지 않아서, 그동안 과거의 결정권자들의 편향적 사고, 다른 방향으로 이끌고 있는데, 베리어 결정들의 장벽들이 하나씩 있지 않으면 리더십의

6) 직장생활에서 가장 힘든 게 뭐에요?

   없습니다.

7) 대단하시네요. 저는 사실 인간관계에 지쳐서 뛰쳐나왔거든요! 진혁씨의 그 '둔감력'이 직장생활의 비결이지 않나 싶네요!

   감사합니다. 저는 주말이면 이 시간에 신문을 들고 집 근처 이디야로 향하거든요. 산책도 하고. 물론, 와이프와 함께 한답니다.

   존경합니다. 이미, 진혁씨는 인생에서의 '냉정'과 '열정'사이에 존재하시는 것 같네요! 성격이 정 반대인 제 와이프와 제가 얼른 융합해서 진혁씨 같은 멋진 삶을 살아갈 수 있도록 하겠습니다.

   감사합니다.

'인터뷰를 통해 성장하다'

시간은 09:56, 인터뷰 내내 겸손의 자세로 일관했던 동기 진혁이와의 인터뷰로 뭔가 내 마음속에는 존경심이 자리 잡는다. 어린시절 역경과 고난을 경험해 일찍 어른이 된 친구 같기도 하다. 학군단 시절 항상 미소로 일관했던 진혁이의 모습이 떠오른다. 상,중,하권을 묶어 정식 출판을 하게 되면 꼭 책을 선물로 줘야겠다! 부끄럽지만!

'저녁인터뷰로'

원래 인터뷰 주인공이 정시에 맞춰 연락을 주었다. 오늘 10:20분 인터뷰가 좋겠다고 한다. 나는 여기 체크아웃이 11시, 그리고 모임장소로 이동해야 하니 저녁시간을 기약하고 연락을 마친다. 그리고 이동을 준비한다.

'휴대폰 없는 삶'

내일 죽어도 여한이 없을 사람처럼 남들보다 항상 조급하지만, 스마트폰을 지니고 있을 때 보다 확실히 여유가 있다. 렌터카 전체 주행 거리 내가 4,000km 채웠다. 거의 세차인 셀토스의 네비게이션을 이마트로 찍고 이동했다. 골프공을 사러. 타이틀리스트 로스트볼 10개를 9,900원에 사서 골프장으로 떠난다. 출발하기전 홈페이지를 보니 드라이빙레인지가 있어 시합 전 샷을 점검 해보려 했다. 설레이는 마음을 안고 1시간가량 달려 11:30분쯤 입구에 도착한다. 디플레이스cc. 유명한 잭 니클라우스와 관련된 골프장이다. 다음 책에서 다룰 내용이지만, 나는 골프장 입구부터 철학적인 생각을 한다. 심신에 지친 나의 마음을 골프장 입구부터 뭔가 태생의 원초적 본능을 일깨우려 노력한다.

'골프와 철학'

골프장입구는 긴 도로다. 주변에는 아름다운 정원을 가꾸기도 첫 골프백을 내리는 곳에 계신 분을 처음 만나는 곳이다. 나는 내가 '정자'일때를 상상한다. '정자'는 어머니의 자궁 속을 향해 열심히 헤엄치기 시작한다. 긴 입구를 통해, 즉 골프장입구는 '질'이다. 그리고, 처음 만나는 문지기. 몸을 지키는 문지기로 표현할 수 있다. 그리고 수많은 문지기들을 만난다. 캐디와 동반자는 함께 결합해야할 난자다. 그리고, 첫 샷을 하게 되는 순간을 착상에 의미를 부여했다. 이상, 나의 골프책 광고를 마친다.

'골프장을 가는 이유'

그렇게, 나는 오늘도 착상을 위해 그리고 내면적 성장을 위해 골프장을 들어간다. 물론 이런 생각들은 가족과 지인이 아닌 오늘 처음 보며, 모르는 사람들과 함께 라운딩을 할 때 하면 자신과 대화가 가능하다. 엄청난 행복감을 느낄 수 있다.

'골프장 풍경'

체크인을 하고, E-5번의 락카룸이 짐을 넣고 샤워장에 간다. 예전 같으면 뜨거운 탕에 몸을 녹이고 피로를 풀 텐데 코로나로 대부분 탕을 운영하지 않는다. 아쉽게 샤워만 한다. 머리를 말리고 정돈된 스킨,로션,바디로션을 바르고 천천히 마음을 가다듬는다. 여전히 피로하다. 뭐라도 먹으면 기운이 나지 않을까라는 생각에 레스토랑에 들린다. 메뉴를 보니, 소바가 있다. 한판 한판 깨어나가는 판 모밀을 좋아하지만, 소바도 나쁘지 않다.

'클럽하우스'

통 유리 밖을 보니, 마지막 홀은 아일랜드 홀이다. 넓고 푸르른 골프장. 초록 바다라고 표현하고 싶다. 마음이 평온하다. 19년 11월, 김정운 작가님 강연에서 질문을 받았다. 뭐하고 살고 싶느냐? 나의 대답은 매일 골프나 치면서 살고싶다. 그의 대답은 골프도 매일 치면 재미없다. 골프장에 가면 행복한 이유는 우리가 원시때 푸르른 초원 대지를 바라보고 살았던 본능이 있기 때문이라고. 그렇다 나의 유전자들은 기억하고 있다. 그때를.

'깨달음의 이음'

나를 위해 식사를 준비해 주시는 어른은 두 분이 보였다. 주문을 받아 주시고 시원한 차를 따라 주시는 분 그리고 나의 도움이 필요 할까 카운터에서 귀를 기울이고 있는 어르신. 그리고 나의 골프백을 내려 주셨던 세 어른이 생각이 난다. 세 어른은 '나의 과거의 모습'이라고 생각하며 어제의 깨달음을 일상에 적용하니 나의 얼굴에는 미소가 떠나지 않았다. 과거의 '나'에게 상처주지 않기 위해서. 맛있게 식사를 마치고 정수리 끝까지 머리 숙여 감사한 인사를 마치고 스타팅 하우스에 가본다. 다시 로비로 가니 골프 스승님 차가 보인다. 골프백이 내려지고 주차장으로 가신다. 나의 발걸음은 선배님 차를 쫓는다.

'이음의 연속'

나는 스승님을 편하게 '선배님'이라고 부른다. 선배님은 삼사관학교 출신 장교고, 나는 ROTC 출신 장교이기 때문이다. 과거의 '나'. 차에 내리자 마자 우연히 나를 보시면 얼마나 행복하실까. 그리고 주차장에서 클럽하우스까지 긴 걸음을 함께 걸으며 이야기를 나누면 얼마나 행복할까. 과거의 '나'에게 잘해보자. 반갑게 인사를 나누고, 예상대로 선배님은 반가운 마음이 역력하다. 선배님이 불러 주시는 나의 애칭은 '갈중위'다. 나도 갈중위라고 불러 주시면, 사회적 신사가 된 느낌을 받고 사회적 책임감을 느끼며 태도를 더 바르게 하는 것 같다.

'직감'

클럽하우스에는 60일전 선배님이 소개해주신 '교수님'이 앉아 계신다. 반갑게 인사드린다. 선배님은 락카로 향하시고, 로비에 앉아 계신 교수님과 오랜만에 이야기 꽃을 피운다. 곧 하와이에 가실 예정인데 그간 들어 놓은 홀인원 보험을 해지 해야해서, 남은 2주간 '홀인원'을 꼭 해야만 하는 스스로의 과제가 남으셨다. 60일 전 나의 홀인원 이야기를 전해드린 게 괜히 마음에 걸린다. 과제를 먼저 치루었다고 자랑하는 꼴이 되어버렸다. 선배님이 나오신다. 교수님과 좀더 이야기를 나누고 싶었는데, 나를 데려 가버리는 선배님 모습을 보니, 왠지 선배님과 교수님이 60일간 서로 마음 상하는 일이 있었지 않았느냐는 직감을 느끼고 마음을 남긴 채 선배님을 따라간다.

'라운드 직전'

선배님은 어프로치 채를 하나만 챙겨 오라하시고, 근처 잔디가 제법 자란 곳으로 이동해 연습을 시키신다. 시킨 대로 해야하는데, 골프를 치며 나의 고집을 알게 되어 지금은 시킨 대로 하지 않는다. 그냥 밖으로는 네 감사합니다~, 네, 네 하고 만다 'ㅎ','ㅎ'. 이런저런 이야기 꽃을 피우며 시간을 보낸다. 시간을 여쭤보니, 13시가 거의 다되었다. 클럽하우스로 돌아가자고 권한다. 가보니, 동호회 분들이 꽤 보이신다. 모든 사람들이 과거의 나라고 생각하니, 모두에게 미소를 피우고 만다. 만인에게 친절한 것은 피익을 불러 일으킨다는 짐론의 말이 조금 생각은 나지만, 선배님이 만든 골프모임에 계신분들은 나름 1차적 점검이 된 사람들이다. 하지만, 고문으로 물러나시고, 모임활성화를 위해 젊은 허욱 선생님께 맡기며 운영권을 넘기셨다. 그래도 여전히 모임 속 분들은 정말 골프를 진정으로 사랑하는 사람들로 가득찼다. 즉, 골프를 친다는 마음 속 허세가 전혀 없으신 분들이다. 사실, 다음 책인 '지금 당장 골프를 시작하라'라는 책은 '골프'를 단지 남자친구, 여자친구 만나러 가는. 내기의 도구로 사용하는. '골프'라는 기본적인 철학을 외면한 채 즐기고 있는 안타까운 사람들에게 전하는 책이다. 나의 스승님이 없으셨다면 세상에 나오지 못할 책이다.

'라운드 시작'

그렇게 서로간 인사를 나누고, 얼굴을 잠깐 맞대는 아쉬움 속에 라운딩을 시작한다. 상권에서 나오는 나의 연습장 투혼이 진가를 발휘할 첫 기회다. 첫 티샷은 드로우와 페이드를 고민하다. 그래도 안정적이고 자신있는 페이드로 드라이버샷을 한다. 세컨드 샷은 140m 남은 지점. 좌측에는 워터 헤저드가 보인다. 옛날 같으면 18홀 내내 페이드 샷만 구사 했을 텐데 근거 없는 자신감에 우측 라인을 거쳐 온 그린 하겠다는 마음으로 드로우 샷을 한다. 우측 앞에 시야에 동반자가 보인다. 무의식적으로 훅이 나고 만다. 시작부터 기분이 상하고 만다. 그렇다. 골프는 굉장히 예민한 스포츠며 나의, 상대방의 성적은 동반자로서의 영향이 대부분을 차

지한 결과다. 변명하고 핑계를 싫어하는 나의 성격에, 그런 상황에서 샷을 한 내 스스를 더 탓하고, 다음부터는 우측에 보이는 사람쪽으로 더 밀어내는 샷을 하기로 하고 기분을 털어낸다.

'통찰력'

18홀 내내 과정들이 메모를 하지 못해 기억이 나지 않지만, 나의 무의식은 모든 걸 느끼고 경험했을 것이다. 그리고 또 나의 인생에 영향을 미치고 있을 것이다. 캐디님 외 동반자는 모임장님인 허욱 선생님 그리고 과거 아동심리학을 전공하셨던 여사님 그리고, 허욱 선생님 고등학교 동창분과 함께 시작했다. 허욱 선생님과 여사님은 내가 오늘 스스로 페이드 드로우 훈련을 하려는 마음을 어떻게 아셨는지 저스틴 토마스와 타이거 우즈를 예를 들어 주신다.

'체력저하'

3홀까지, 더블보기를 기록한다. 내기 골프를 하자는 말에 고수들 사이에서 돈을 잃지 않기 위해 메모를 하지 못했다. 그냥 좀 잃어주면 좋을 것을 아직 고정적인 수입이 없는 나의 찌질한 모습이 아쉽지만, 귀엽다. 전반 9홀이 끝나고 성적을 보니 47개의 타수로 마감을 했다. 얼마전 태풍이 오고, 지속적으로 비가 많이 와서 페어웨이 아래 모래층이 얕은 더클래식 cc의 특성상 잔디가 약해 샷 실수가 많았다. 살짝만 힘이 과해지면 진흙 밑으로 클럽

헤드가 깊숙히 들어가고 만다. 전반 결과에 따라 핸디에 따른 보상을 받고 곧바로 후반전에 돌입한다. 여사님께서 챙겨오신 떡을 3개나 먹는다. 그렇다 갑자기 혈압이 오른다. 내기와 아무 상관없이 어제 잠을 못 자서 급격히 체력 저하가 오고 있다. 물로 코를 풀어보니 코피가 나온다. 다행히 바로 멈춘다.

'라운드 종료'

후반전 멘탈을 가다듬고 소바를 먹을 때 지켜봤던 마지막 아일랜드 홀을 직접 경험하며 라운딩을 마친다. 아름다웠던 아일랜드 홀을 직접 밟아보니 식사할 때 상상했던 행복감은 전혀 없었다. 후반전 50개의 타수로 마무리하고 대회를 마친다. 오늘의 성적은 97타. 돈도 적당히 잃었다. 얼른 샤워를 끝내고 선배님 골프백을 나의 차에 실어두고 기다린다. 선배님의 발걸음이 평소보다 느려지신 듯 하다. 분명 오늘 라운딩이 마음에 안드셨던 모양이다.

'뒷풀이'

선배님 마중을 드리고 선배님과 선배님 골프백을 선배님 차에 다시 실어다 드린다. 내 차의 에스코트로 함께 식당으로 향한다. 도착하자마자 나는 미리 준비한 책들을 '갈유겸식 도서관 독서법'이 연상되듯 몸에 책을 한 움큼 쥐고 식당으로 들어간다. 테이블이 4개다. 선배님과는 가장 늦게 도착한 나머지 모두들 한참 식사

중이시다. 편하게 책부터 나눠드리며 인사드린다. 다들 예쁘게 봐주신다. 순서대로 자기소개를 간단히 마치고, 오늘 시상식을 진행한다.

'탐라골사모'

우리 모임은 원로 분들의 후원으로 유지된다. 후원을 받고 성장한 사람들이 다시 후원하는 방식으로 역사가 유지될 듯 하다. 참가비를 받는 여타모임과는 다르다. 현재는 초기 단계인지, 원로분들의 수고가 많다. 60일 전 내게 행운상을 챙겨주신 선배님과 허욱 선생님은 이번에도 나에게 행운상을 안겨 주신다. 허욱 선생님이 남자 신페리오 우승을 하고, 여사님은 니어상을 수상하셨다. 니어상으로 받은 골프공을 한 묶음씩 함께 한 동반자에게 나누어 주신다. 감사하다. 식사가 이어졌고 맞은편에 앉은 선배님께 여쭤보니 역시나 오늘 라운딩 간 동반자중 커플이 있었다고 한다. 물론 커플들이 라운딩을 하는 것은 자유지만, 4시간을 넘게 함께하는 옆에 있는 동반자에 영향을 끼치기 때문이다. 커플들은 함께하는 동반자에 대한 각별한 배려가 필요하지만, 대한민국에 그런 커플은 없다.

'귀가'

항상 듣도하려 노력하시는 선배님은 식사 후 커피를 쏘신다고 하며 기분을 가다듬으신다. 기분 좋게 맞은편 커피숍으로 이동해서 못다한 이야기 꽃을 피운다. 다음을 기약하고 모두 헤어지고, 나는 다시 선배님을 에스코트해서 집으로 돌아온다. 오늘 길 마트에 들려 선배님이 좋아하시는 참외와 스스로 먹을 걸 좀 사오라는 선배님의 말씀에 방울토마토와 일반토마토를 좀 사온다.

'휴식'

집에 도착하자마자 선배님은 많은 배려를 해주신다. 빨래 거리도 손수 받아서 씻어 주시고 말려 주신다. 그 사이 나는 잠이 든다. 하루가 어느때보다 길었다. 인터뷰를 함께 미루었던 친구에게는 연락을 못했다. 선배님 집은 와이파이 존이 아니다. 덕분에 휴식을 취해야 한다는 의지가 더 강해졌다.

42일차 (을사일) 2020년 8월 30일 일요일 - 회장님

'배드모닝'

03:20, 코를 많이 골았는지 기도가 아프다. 제주도만 오면 나의 원초적 본능이 깨어나는지 이른 새벽에 눈을 뜬다. 어제는 골프스승님 집에 21시에 도착했었다. 아무것도 할 여력이 없어 22시가 채 되기전에 몸을 눕혔다. 어제 일정을 보면 그럴 만도 하다.

'계란후라이'

어제의 일들을 정리하고 책에 옮기다 보니 벌써 05시가 되어간다. 그간에 선배님은 계란후라이를 만들어 가져다 주신다. 감사한 마음이 생길 즈음 먼저 나가 계신다는 선배님을 좇아 샤워를 하고 부랴부랴 따라 나선다. 60일 전, 홀인원을 했던 아덴힐로.

'출발'

내려와 기다리는 선배님의 차를 탄다. 선배님은 방에 불켜진게 아니냐며 어딘지 모르는 아파트 창문을 가리킨다. 신속히 다 끄고 비가 올까 창문까지 다 닫고 나왔지만, 상대방의 불안을 안심시키기 위해 다시 아파트로 올라간다. 예상대로 모든 불은 다 꺼져 있고, 선배님은 나의 수고스러움에는 관심이 없었다.

'아덴힐 도착'

오늘은 선배님이 소개해주기로 한 '소중한 형님'을 처음 뵈었다. 미리 클럽하우스에서 기다리고 계셨고, 첫 인사를 나눈다. 그리고 나머지 한 분은 조인 어플로 들어오신, 세움건설 회장님이셨다. 회장님을 통해 정말 많은 것을 배우고 왔고, 골프 스승님이 소개시켜 주신 '소중한 형님'도 얻은 날이었다.

'오늘'

오늘 아덴힐에서는 60일전 홀인원을 했던 홀에서 기념사진을 남기고 왔다. 60일 전 기억을 되살리며 날린 샷은 짧았고, 더블보기를 기록했다. 정확히 내일이 홀인원을 했던 '병오'일이다. 명리학도로서 끼워 맞추기 식 논리보다는 완전한 로직을 만들어 내기 위해 오히려 다행이었다. 내일 있을 일들이 기대되어 설렜다. 홀인원이 단순히 개인의 운일지, 세상의 기운을 받은 것인지, 아니면 함께한 동반자 덕인지 내일 판가름 날 듯하다.

'사람에게 상처 받지 마라'

전동카트 안에서 회장님과 단 둘이 있을 때 내게 말씀해 주셨다. '사람에게 상처를 받지 마라'고, 짐론의 말처럼 사람에게 마음을 다 주지 마라고 하신다. 그리고 질문을 드린다. 배신한 사람인걸 기억하고 과거로 돌아간다면, 배신한 사람에게 똑같이 베풀 것인가요? 라는 질문을. 회장님의 답변은 '도우지 않겠다'셨다.

'회장님의 승인'

라운드 내내 회장님 명언들을 그냥 두고 지나칠 순 없었다. 공유하고 싶은 욕구를 참지 못하고, 회장님께 오늘 이야기들을 책에 실어도 되냐고 여쭤보니, 흔쾌히 승낙해주신다.

'김종대 회장님'

고향이 하동이신 회장님, 어머님 고향이 제주도라 현재 제주도 생활을 하고 계시고 주중에는 강서구에 위치한 건설회사로 출근하시는 회장님이셨다. 동아대학교 선배님이셨다. 국제시장에서 양동이 가게일을 도우는 일을 하며 사회생활을 시작하셨는데, 04시에 문을 여는 가게에 1시간 일찍 출근해 청소를 했다고 한다. 당시 양동이 가게 사장님이 사람을 잘 알아보시고 좋아해 주셨고, 결국 주변 가게에도 소문이 나서 주변 모든 가게를 청소하며 돈을 벌 수 있는 기회도 가지셨다고 한다. 배움에 대한 목마름에 밤 10시면 동아대학교에 등교해 열심히 공부를 하셨다고 한다. 대학 졸업 후, 주택공사에서 일을 시작했고, 스카우트를 당해 현재 사업관련된 일을 시작하셨다고 한다.

'회장님의 골프'

회장님의 핸디는 10개. 골프를 언제부터 치셨냐고 여쭤보니, 내가 골프를 시작할 무렵과 같았다. 구력이 무려 41년이라고 하셨으니 29살때셨던 것 같다. 젊은 시절 골프를 시작하게 된 계기는 주변에 사람을 잘 둔 것이 비결이었다고 한다. 현재는 40대, 30대

후반의 두 아들이 회사를 이어받고 있고, 며느리들의 골프 실력은 '싱글'이라고 한다. 나와 마찬가지로 가족과 함께 라운딩하는 것이 인생에 또 하나의 '락' 이셨다.

'현 세대에 대한 평가'

현 세대에 대한 걱정이 많다고 하셨다. 과거에는 모든 것이 부족해 노력했던 시대였지만 현재는 부족한 게 없이 자라고 부모들 교육이 잘 못되어 '퇴폐'해졌다고 한다. 열심히 살려고 안 한다는 것이었다. 그 상황이 누적이 되어 고름이 언제 터질지 모르겠다고 걱정 하셨다.

'올바른 길'

어제 인터뷰를 했던 친구와 같은 말씀을 해주셨다. '올바른 길'에 대해서. 빠르게 성공하기위해 편한 길을 선택하면 결국 말년이 꼬인다고 하신다. 그 말씀에도 격하게 공감을 하며, 아버지의 '정직하게 살아라'는 말씀이 다시한번 가슴에 되 새겨졌다.

'51%'

인간관계에 대해서도 조언을 해주신다. 옛날부터의 '만남'은 서로 배우지 못한 상황에서 서로 어쩌다 보니 부자가 되었지만, 현재는 '지인개념'이 본인 스스로의 노력 여부에 달려있다고 하신다. 그리고 1%. 50%에서 1%만 더해서 51%가 지금 시대의 성공의 길이라고 조언해 주신다. 즉, 약한연결에 집중하라는 말씀이셨다. 안면몰수, 약한연결을 이용해 악용하는 사람도 많다. 그런 사람들은 부끄러움을 느끼게 해서 산속으로 들어가도록 만들어야겠다. 진정으로 사회로 나와야 할 사람들을 산에서 모시고 나와야 세상이 제대로 돌아갈 듯하다. 즉, 정직하고 의리있는 친구들이 더 세상에 나와 지속적으로 약한연결에 집중해줬으면 한다. 거르고 또 거른 진정한 참된 인간들. 그들의 선한 영향력이야 사회를 좀 더 사람 답게, 행복이 선 순환되는 사회로 이어줄 것이다.

'부부관계'

부부관계에 대해서도 조언을 아끼지 않으신다. '하루'를 넘기지 마라고 하신다. 싸우더라도 하루를 넘겨버리면 부부관계가 꼬일 수 있으니 24시간 안에는 꼭 화해하라고 하신다. 나의 묵언수행도 24시간을 넘기지는 않아야 겠다. 회장님은 라운딩 종료와 헤어질 때까지 끼고 계신 마스크를 단 한번도 벗지 않으셨다. 전반종료후 대접해 주신 식사자리 외에는 말이다. 남포선생님은 전화 핑계로 식사자리를 함께하지 않으셨다. 덕분에 좋은 말씀은 그곳에서 많이 나왔다.

'QR코드 명함'

식사자리에서 나의 이름과 아내의 평가가 담긴 QR코드가 새겨진 명함을 건냈다. 갑자기, 인상이 어두어 지셨다. 소중한 형님은 나를 대신해 친절히 QR코드를 인식시켜드린다. 회장님 명함은 전동카트에 있어, 있다가 챙겨 주신다고 한다. 나의 명함은 사실 김정운 작가님 강연의 영향으로 얼굴이 명함이고 싶은 마음에 캐리커쳐와 이름만 석자 새길 예정이었는데 건방져 보이는게 싫었고, 새로운 걸 해보고 싶은 마음에 이름과 함께 QR코드만 넣어 두꺼운 용지에 100장을 마련했었다. QR코드는 아내의 네이버 아이디로 만들었다. 아내는 나의 명함 내용을 수시로 바꿀 수 있다. 현재는 QR코드를 만들 때 급히 새겨 놓은 문구로 만든 글귀지만 와이프가 원하면 언제든지 나에 대한 글귀와 링크를 바꿀 수 있다.

'단순하게'

건설회사 외에도 보안업체를 자회사로 두고 계신 회장님은 보안 관련 이야기를 해주고 싶은 상황에 나의 눈치를 살피며 더 좋은 이야기로 이끌어 주신다. 과거에는 80~90%를 해내야만 성공하는 시대였지만, 지금은 51%만 해도 성공한다고 하셨다. 너무 과하게 욕심부리지 말고 남들 하는 것 정도만 잘하고 1%로만 더 열심히 하라고 하신다. 즉, 편하고 효율적인 일을 추구하라고 하신다. 어렵게 가지 말고 단순한 길로 다녀라고 하신다. 그래서 나의 QR코드 명함을 보시고 인상이 안 좋아지셨나 보다.

'QR코드 명함에서 바라는 것'

사실 나는 내 명함을 받은 분들이 QR코드정도는 찍어보는 수고스러움 정도는 행해야 서로의 마음이 통한다고 생각했다. 실시간으로 나에 대한 아내의 평가를 공유하는 재미도 느끼면서 말이다.

'점자 명함'

후반 라운딩을 위해 전동카트에 돌아온다. 화장실을 가고 싶었지만 혹여나 회장님께서 명함을 주실 까 배려하며 기다린다. 아니나 다를까 명함을 건내 주신다. 명함을 천천히 읽어 보니 말씀하신 보안회사 이름도 보인다. 앞면은 회사이름과 본인의 직책과 전화번호로 심플하게 구성했고, 뒷면을 보니 건설회사 주소와 연락처 그리고 보안업체 주소와 연락처가 간결하게 설명되어 있다. 앞면에는 점자가 함께 있다. 명함을 수천개를 받아 봤지만 점자가 찍힌 명함은 2번째다. 첫 번째 점자가 찍힌 명함은 쫄깃쎈타에서 만났던 문화재단을 다니는 분의 명함 그리고 두 번째 명함이 이번, 세움건설 회장님 명함이다. 배려가 돋보였다.

'회장님의 명함'

회장님은 점자 명함을 알아보는 나의 의견에 기특하게 생각해 주시는 것 같았다. 집으로 돌아와 회장님 명함을 다시 찬찬히 살펴본다. 상권 집필동안 내내 함께했던 '여름은 오래 그곳에 남아'라는 건축 소설이 생각났다. 명함도 건축을 하듯 앞면은 포괄소개, 뒷면은 세부소개가 되어 있으시다. 뒷면에는 기념으로 받아온

간결하고 묵직한 싸인이 다시 보였다. 얼른 이번 중권이 출판되면 회사 주소로 선물해 드려야겠다.

'질투'

즐겁게 이야기를 주고 받는 사이, 평소 예민한 골퍼이신 선배님은 티샷 간에 화를 내신다. 회장님과의 이야기는 중단되고 만다. 본인의 티샷 간에 소음을 일으켰기 때문이다. 그런 모습을 지켜보며, 건설회사 회장님은 기분 좋은 웃음으로 일관하시면서 선배님께 '굿샷'을 자주 외쳐 주신다. 화를 내신 것을 추측해보면, 내가 함께 온 선배님을 챙겨야 하는데 삐치신 모양이다. 나는 내성적이지만, 처음 뵙는 분께 항상 질문 드리며 소중한 '지금'을 '함께', '행복'하게 보내려 한다. 선배님은 그런 모습이 싫으신 모양이다.

'복귀'

14:18 선배님 집으로 돌아왔다. 더위를 먹은 건지, 기가 빨린 건지, 어제 코피가 났던 오른쪽 콧구멍이 막혔다. 선배님이 청소를 좀 해달라고 했지만, 낮잠을 자고 일어나서 한다고 말씀드린다. 그리고 컴퓨터를 켰다. 집에 들어오기 전 이마트에 들려 사온 와인을 마시며 더 피곤해지길 기다렸다.

'숏티'

첫 홀인원 순간 나의 공을 받쳐 주었던 하지만, 순간 잊고 무의식적으로 버렸던 나의 '숏티'가 생각났다. '숏티'가 기적을 만들어준 장본인이라고 생각됐기 때문이다.

'숏티로서의 삶'

선인들의 말씀처럼 요행을 바라지 않고, 기적의 순간을 만들어가는 사람이 아닌, 기적의 순간을 도와주는 '숏티'와 같은 삶으로 살고자 한다.

'와인오프너와 라이터'

와인을 따주었던 '와인오프너'를 바라보며, 홀인원 한날 버려진 '숏티' 대신 나의 가보로 삼을까 한다. 볼펜도 마찬가지다. 키보드도 마찬가지고. 모든 도구들은 기적을 만들어 주기 위해 기적의 순간을 만든다. 인간도 마찬가지다. 사람은 혼자 살아갈 수 없는 법. 우리는 성공을 하기까지 수많은 인연들 덕분에 기적의 순간을 맞이했지만, 결국 기적을 이룬 스스로 만을 생각하며 인연들을 잊고 살아간다. 그리고 고작 담배 불이나 붙여주는 '라이터'들을 인생의 중심에 끼고 살아가는 듯 하다.

'싸구려 와인'

17시경 눈을 뜨자마자 선배님의 발소리가 들렸다. 비몽사몽 머리가 굉장히 아팠다. 선배님은 공감 못하실 나의 상황에 대뜸 내게 새 템플릿 pc 사용법을 알려 달라고 하신다. 차분히 다 해결해

드리고, 핫스팟 이용법 까지 알려드린다. 거실에 나와, 선배님의 '아내의 모든 것'이라는 책이 보여 집어 들었다. 선배님과 차에서 나눈 대화 속에서 잠깐 소개받은 책이었다. 아담과 이브의 이야기 부터 이브가 사과를 먹는 이야기 그리고 아담에게도 먹이게 하는 이야기로 글이 시작되었다. 그 순간 선배님이 다시 찾아 오신다 이번엔 핫스팟 이용법이다. 핫스팟 이용법 그리고 비밀번호 설정 까지 완벽히 해드린다.

'골프 스승님의 새로운 호칭'

이번 여행에서 생긴 스승님의 호는 '남포'이다. 내 책에서 익명성을 좀더 화려하게 표현하고 싶은 선배님의 욕심인 것 같다. 남쪽의 포구라는 의미라고 한다. 남포선생님의 핫스팟 비밀번호는 nampo5027이다. 5027이 궁금해 물어보니, 군인 출신인 선배님은 작계 5027에서 따왔다고 한다. 선배님 군생활은 나와 근 30년 이상 차이 나는데 그때도 작계 5027이 있었다니 참 신기했다.

'중문 색달해변'

아픈 머리를 깰 겸, 혼자 저녁을 먹으러 나온다. 아무래도 자기 전 마신 이마트 4,900원 짜리 포도주에 예민한 내 몸이 반응 하는 것 같다. 예전 다녀온 집 앞 순두부집을 가려다 자동차 바퀴는 중문으로 향한다. 칠돈가 중문점장님과의 인연이 생각 나서다. 책도 선물드릴 겸 중문 색달해변에 바람을 쐐러 갔다.

'바다의 온도'

배가 덜 고파, 해변으로 먼저 향한다. 도착하자 마자 옷을 갈아입고 오리발을 신고 서핑하는 사람들 사이로 향한다. 부산 영업시절 주말에 혼자 배워본 서핑이 생각났다. 자유로움을 상상하며 바다 속에서 생각에 빠질 찰나 숙취가 밀려와 해변에 나와 노트북을 쓰기 시작했다. 그리고 곧 해가 지고, 갈치잡이 어선들이 태양을 대신해 제주도를 밝히고 있었다. 파도가 강해졌는지 아니면, 물이 들어올 시간이지, 내발을 건든다. 살짝살짝 내 발에 미치는 파도는 시원하다. 물에 완전히 들어 갔을 때는 수영을 하느라 미지근하게 느껴졌지만, 적당히 발에만 미치는 파도는 차가웠다. 어두움 때문인지 나의 착각인지, 같은 날 바다의 온도가 다르게 느껴지는 것은 그날이 처음이다.

'중문 칠돈가'

찝찝한 몸을 이끌고 중문 입구의 칠돈가로 향했다. 다행히 중문 점장님이 계셨다. 점장님도 제주에서 골프치다가 만난 인연이었다. 달려가 반갑게 인사를 드린다. 그리고 내 자리 옆에 앉아 고기를 구워 주신다. 코로나로 인해 매출이 70%가 급감했다고 한다. 기본급에 지점 운영 순수익 10%를 받기로 한 계약에 최근 거의 기본급으로 자녀 4명을 먹여 살리고 계셨다. 수심이 가득해 보이셨다.

'재무상담'

결혼 전 마지막 제주도 여행 때, 나의 전공 그리고 미래에 재무설계를 도와 드리겠다고 말씀드린 것을 기억하고 계셨다. 재무설계에 관심이 많으셨고, 나는 재무설계가 인생설계의 과정이며 병원을 예를 들어, 대수술을 하기 전 몸을 구석구석 살피는 과정이기 때문에 보험쟁이가 아닌, 꼭 전문가와 상담하셔야 한다고 말씀드렸다.

'한국재무설계'

나는 재무설계사가 '보험쟁이'와 똑같이 치부되는 사회가 힘들어 그만두었다고 말씀드렸고, SBScnbc '우리집 가계부를 부탁해'를 통해 신청하시면 한국재무설계에서의 상담료가 무료라고 친절히 알려드린다. 잠깐의 인연이었지만, 작은 인연을 쉽게 버리는 그들과 달리, 옛정이 많은 나 자신이 예뻐 보인 날이었다.

'수술 안내'

점장님은 하반기에 사업 독립 계획을 세우고 계셨다. 한국재무설계에서 배운 좋은 수술 2가지를 요약 설명해드렸다. 연 복리 3%가량으로 불어나는 DGB생명의 연금보험과 푸르덴셜생명의 달러일시납이다. 이 2가지면 평생 재무설계가 가능하기 때문이다.

물론, 여유가 된다면 위험설계까지 하면 좋지만 말이다. DGB생명과 비슷한 상품은 KDB산업은행에도 마련되어 있고, 푸르덴셜 상품은 독보적이다. DGB와 KDB 같은 상품들을 1금융에서도 만들어 공급했으면 한다. 사실, 푸르덴셜 상품은 목돈이 있으신 분들에 추천 드린다. 일시납 금액의 5~10%가 평생토록 지급되니 노후 소득 대체용 외에도 직장인 해외여행용으로 적합하다. 특히, 달러자산을 확보해 환헤지기능도 누릴 수 있으니 금상첨화다.

'첫번째 아이와의 이별'

점장님이 일을 하러 가신 사이 노트북을 꺼낸다. 중문 칠돈가는 완전한 와이파이 존이다. 비밀번호도 없다. 하지만, 운명에 장난인가 카카오톡이 안된다. 나의 첫번째 아이의 카카오톡. 010-3004-1419 번호를 살리지 못하는 관계로 스마트폰 인증을 할 수가 없다. 오늘 인터뷰 하기로 한 강일규 프로에게 연락을 할 방법이 없었다. 나의 첫번째 마음아이도 잊어야 하는 상황이었다. 이 무슨 운명의 장난인지.

'세번째 아이 그리고 가족'

애플 노트북에 남아있는 둘째 아이도 미련을 버리고 현재 남아있는 셋째 아이 하나만 키워야 운명인가 보다. 왜냐하면 나는 이제 가장으로서, 나 자신 보다는 그들을 위해 살아가야 하기 때문이다. 나의 마음 속 세번째 아이가 이렇게 속이 깊나.

'점장님의 배려'

다음을 기약하고 집으로 돌아오는 길 마중까지 나오신다. 나보다 나이가 많아 보였던 단체로 오신 지인분이 집에 가실 때에는 카운터에서 인사만 드렸는데, 내가 갈 때는 친히 밖으로 나와 배웅까지 해 주신다. 역시 강한 일주분들은 사람을 알아 볼 줄 아신다. 점장님은 60갑자 마지막단 55번째 무오일주다.

'계해, 마지막 그리고 다시 시작'

남포 선생님 집으로 향한다. 담배가 생각난다. 편의점을 들려 이번에는 말보루를 사 들고. 아파트 화단에 무심코 버린 필라멘트 담배곽 안에 든 라이터를 다시 꺼내 들고 불을 붙인다. 모든 것이 용서되는 제주도이고 아내의 명령에 충실히 살고자 하는 모습 같다. 라이터 덕에 불을 붙인 담배가 꺼지고 시작을 의미한 꽁초를 고이 여행용 지갑속에 오후에 넣어둔 마지막 꽁초와 함께 넣어둔다.

'완주를 위하여'

나에게 '화', 불은 '재성'. 돈은 지니고 있지만 담배는 그렇게 잠깐 불을 태우고 만다. 즉 잠깐의 '화'기운은 나의 재성에 영향을 미치지 않는다는 판단이었다. 그리고, 그런 금연의 의지력을 좀더 올바른 곳에 써야 한다는 생각이다. 물론, 아내의 말에 절대 복종

하는 것을 더 원하기 때문일지도. 글을 쓰는 것은 즐거우면서도 고통스럽기 때문이다. 꼭 마라톤 42.195km 를 완주하는 것 처럼.

'인간관계에 대한 해답'

집에 오자 마자 샤워를 하고, 습하고 더운 아파트에서 바람을 쐬러 간다. 다시 한번 소중한 라이터의 도움을 받는다. 이번엔 라이터에 대해 생각해본다. 아까 버렸던 '라이터', 홀인원 할 때 무의식 중에 챙길 생각도 없었던 '숏티'. 인간관계에서도 의도적으로 버려야 할 사람들, 그리고 의도치 않게 버렸던 사람들. 즉 '라이터' 같은 사람들과 '숏티'같은 사람들을 구분없이 만나고 있었지 않았나 생각이 든다. 왜 자기계발의 첫 번째가 '정리'인지 이제야 알 것 같다. 정리 이전에 구분의 단계가 필요하듯, '라이터'들을 버리고, 잊고 살던 '숏티'를 찾아 나서고, '라이터'를 대신해 '와인오프너'들을 구비해 놓는 것이 인간관계에 해답이라고 생각된다. '라이터'들을 버리고, 또 버리면 그제야 '숏티'들을 다시 찾고 은혜에 보답하며, '와인오프너'들로 구비해 나가는게 올바른 인생 아닐까?

'쓰레기'

자동차 내부가 쓰레기장인 사람이 많다. 자동차 내부는 깨끗하지만, 밖으로 아무 생각없이 쓰레기를 집어 던지는 사람도 많다. 둘 중 누가 더 나쁜 사람일까? 오전 라운딩을 돌며 티샷 후 깨져

버린 자신의 '롱티'를 의도적으로 버리던 사람에서 얻은 영감이
다. 물론, 사람은 완벽할 수 없다. 그 사람을 탓하는 것은 아니다.
공자님도 길 한복판에 똥을 싸는 사람은 혼내지도 않았다고 한다.
공자님은 길 가장자리에 똥을 싸는 사람은 사정없이 갈구었다고
한다. 즉, 말 길이 통하는 사람에게만 가르침을 전해주는 사람이
셨다. 공자님도 속이 좀 좁았던 것 같다. 오늘 건설회사 회장님은
좋은 소리 든 싫은 소리 든 '단 한번'만 할 것을 조언한다. 어차
피, 여러 번 말하나, 한번 말하나 알아 듣는 사람은 1% 로 귀결
된다고 한다. 오늘 라운딩 내내 좋은 말씀은 '숫자 1'로 귀결되었
다.

'남포선생님과 나'

남포선생님의 예민함은 나의 예민함과 흡사해 굉장히 공감된다.
평소 두껍고 좋은 책을 많이 읽으시고 공부를 많이 하신다. 부교
감 신경의 안정을 위해 명상도 수년째 하고 계시다고 한다. 집으
로 돌아오는 길, 라운딩 간 서로의 서운함을 씻어내고, 철학적인
이야기로 서로 즐거운 시간을 보낸다. 물론, 나는 무슨 말이든 받
아드린다. 그리고, 질문을 드린다. 책을 읽으시고 '실행'하신 적이
있으시냐고 하니, '없다' 고한다. 예민하시고 배우신 분이지만 모
든 것을 교감 그리고 부교감 신경의 안정으로만 활용하시는 듯 했
다. 나는 반대로 그런 것들을 세상에 공유하고 싶다. 다행히 내가

상권을 출판하고 좋은 영향을 받으신 모양인지 책을 쓰실 예정이라고 한다. 필히 책 쓰는 법을 알려 달라고 하신다. 훌륭한 책쓰기를 완성시켜 얼른 세상 밖으로 나오셨으면 한다.

'남포선생님'

남포선생님 고향은 진천이다. 3군사관학교를 졸업하시고 군입대 후 장군인 친척 면담을 통해, 별을 달 수 없다는 현실적인 조언으로 바로 전역했다고 한다. 소령 전역, 중령 예편이후 약사이신 아내사업을 열심히 돌봤다고 하신다. 현재는 홀로 제주에서 도를 닦고 계신다.

'남포 선생님과의 인연'

윤병철 회장님은 항상 '작은 인연도 소중히 여겨라'는 말씀을 남겨 주셨다. 2017년 7월 18일, 홀로 떠난 나의 첫 제주도 전지훈련 첫 라운딩에서 만났던 첫 동반자가 남포 선생님이셨다. 당시 나는 백돌이 신분에 동반자분들의 플레이에 영향을 끼칠까 비싼 클럽하우스 커피를 챙겨간 모습이 이뻐 보였는지 라운드가 종료될 쯔음 나에게 마음을 열어 주셨다. 그리고, 한 여름 핑크스라는 퍼블릭 골프장에서 나의 여름 전지훈련 연습을 도와 주셨다. 그것이 인연이 되어 그해 8월에는 급기야 태국까지 따라 나선 게 인연의 첫 걸음이었다.

'나의 관점에서의 남포 선생님'

그 밖에 남포 선생님의 오랜 개인경험으로 축적된 개인적인 철학은 굉장히 훌륭하시다. 다만, 오랜 독신 생활로 인해 점점 더 관심을 받고 싶어하는 게 눈에 보인다. 상처도 쉽게 받으시고 그런 것들로 인해 감정적 추론이 잦으시며, 인지오류를 지속적으로 범하고 계시다. 어제 예상대로, 최근 남포 선생님과 교수님 사이에 불화가 있었다. 남포 선생님은 나의 직관에 놀라 흥분하셨다. 나는 사실 사람을 보면 대부분이 보인다. 그들의 작은 태도들과 말투를 보면 말이다. 상권에서의 '배려없는 책상'과 같은 통찰은 작은 태도들과 말투를 보면서 판단했던 것이다. 그런데, 왜 내가 남포 선생님을 모시는가? 세상을 좋아하고 하고싶은 것만 하며 살아가기에는 오늘 회장님 말씀을 빌려 '퇴폐'적이기 때문이다.

'골프와 인간관계'

골프라는 좋아하는 것을 하기위해서 그 과정속에서 싫은 사람도 함께 해야 한다는 것 자체가 인생의 큰 깨달음이다. 마음에 안드는 동반자를 바라보며, 나도 저런 모습이 있지 않느냐는 질문에서부터 시작해서 배울 점을 찾으려 하는 공자님의 삼인행필유아사언이라는 말씀을 새겨 듣고 실천하고자, 선배님과의 인연을 이어 나가고 있다.

2020.08.30

60일전, 홀인원 했던 아름다운 홀에서 사진을 찍어오다.

43일차 (병오일) 2020년 8월 31일 월요일
- 60일 전 홀인원 한날

'기상'

04:27, 남포 선생님이 깨워 주신다. 비몽사몽, 어제 잠들 때는 수많은 뱀이 상상되고 상상임을 뻔히 알면서 움찍움찍 놀래다 잠을 청했었다. 넓은 호수에서 나의 5만원 짜리 한장을 빠뜨리기도 한다. 가위 눌림에 등장한 남포선생님에 놀라기도 하고 다수의 인원에게 생일 파티도 받다 일어난다.

'모지란 척'

남포 선생님은 팔리지도 않을 책을 왜 쓰냐고 놀리시지만, 아침에 기운이 없는 나는 변명할 말이 떠오르지 않는다. 어제 만나뵌 회장님처럼 그냥 웃음으로 맞받아드린다. 선배님은 계란후라이 두 개를 해오시고, 피곤해 보이는 날 위해 커피도 한잔 타 주신다.
나는 안다. 젊은이들의 겸손하고 모지란 모습만이 어른들의 마음을 살 수 있다고. 착하고 모지란척, 겸손하며 성실한 모습이 경영자들에게는 호감을 살 수 있다. 직장인 분들 특히나 참고했으면 한다.

'상유십이미신불사'

남포 선생님께 감사의 의미로 윤병철 회장님의 친필 서명 복사본 '상유십이미신불사'한 장을 선물드린다. 긍정의 마음을 잃지 마시라고. 본인은 원래 긍정적이라며 이야기하시며 받아 주신다. 오늘 소중한 형님께 드릴 책 속에도 '상유십이미신불사' 한 장을 고이 접어 둔다. 소중한 형님은 현대자동차 구매팀에 소속되어 있으시다. 곧, 미국 발령으로 4년간 나가계실 예정이라고 한다. 옥경이와 그리고 장인어른을 모시고 미국을 갈 때 꼭 만나서 미국 골프장을 함께 가보도록 해야겠다.

'재촉'

선배님은 오늘도 먼저 나가 계신다고 한다. 얼른 뒤따라 오늘 생일을 즐기고, 설레고 멋진 하루의 시작을 다짐하며 따라나선다. 함께 롯데스카이힐에 도착한다. 락카 룸에서 옷을 갈아입고, 홀로 아름다운 스타트 하우스에서 사유를 즐긴다. 남포 선생님이 차 트렁크에서 물 5개만 꺼내 오라는 심부름에 사유할 틈은 사라지고 낑낑대며 물을 가져온다.

'심부름'

다시 스타트하우스로 돌아오니 남포 선생님은 소중한 형님과 드라이빙레인지에서 샷을 점검하고 있다. 돌아온 나를 보고 선배님은 당연히 '고맙다'라던지 '수고했다'라는 표현은 전혀 없다. 어제 처음 뵌 소중한형님과 반갑게 인사를 나누고 나의 책을 선물해 드린다. 형님은 부크크 사이트를 들어가보셨는지 나의 생일을 아신다. 축하한다고 하신다. 그제서야 선배님도 나의 생일을 축하한다고 말씀해 주신다. 물론, 물을 가져온 것에 대한 고마움은 잊은 채말이다.

'초면에 훈계'

도착한 전동카트에서 오늘 운동 출발을 준비를 한다. 새로운 동반자가 10분 전에 겨우 도착한다. 그사이 선배님은 발길을 재촉하려한다. 3인 플레이가 하고 싶은 모양이었다. 어머니뻘 여사님께서 아침에 서둘렀지만 평행주차피해를 보고, 락카번호도 남자번호로 받아오며 일정이 꼬이셨다고 한다. 하지만 그런 것은 귀에 안 들어오는 선배님은 따끔하게 훈계를 주고 이내 여사님은 시작부터 주눅이 들고 마신다. 그럴 수도 있는데 말이다.

'홀인원한 시간대'

선배님은 '마셜'이라는 경기장 통제요원과 친분을 과시하시며 전동카드를 직접 몰면서 권위를 내세우신다. 선배님은 나이가 들수록 점점 외로워지는 듯 하다. 나는 여사님 마음이 계속 불편 할까 봐 옆에서 계속 신경을 쓴다. 그사이 홀인원 했던 시간이 하염없이 흘러가 버린다. 2번홀이 par3 홀로 표기되어 있어, 홀인원을 기대했는데, par4홀로 바뀌어 있었다. 홀인원 한 시간대가 아쉽게 지나가고 만다. 07:30 전인 신묘시에는 샷을 해야하는데 말이다.

'미워'

시간은 곧 임진시로 바뀌고 par3홀은 기적없이 지나간다. 61일 만에 만난 병오일 신묘시는 선배님의 타인을 위한 마음처럼 무심코 지나간다. 선배님은 골프 플레이 간에 매너와 배려에 대해 수없이 말을 이어 나가지만 정작 본인은 잘 지키지 않는 모습이었다. 그런 모습까지도 사랑하고자 노력하며 마음의 수행을 위해 선배님과 함께하고 있다. 나는 마음의 분별심을 없애고 서로 배려하며 평등한 마음으로 임하려 하지만 선배님은 본인이 만든 잣대를 들이대며 여사님의 마음을 지속적으로 불편하게 한다. 여사님 입에서는 드디어 '미워'라는 말이 나온다.

'내기1'

선배님은 재미로 롱기스트 내기를 하자고 하신다. 내기를 싫어한다고 여러 번 말씀드렸는데 역시 들으시지 않으신다. 자존심대결 내기로 롱기스트대결을 하게 된다. 나는 여사님의 복수를 위해 정성껏 플레이한다. 나는 유일하게 티샷을 페어웨이에 안착시켜 30m 어프로치 샷을 남기고 있었다. 남포 선생님이 좌측 시야에 들어온다. 나의 전방 좌측 가까운 곳에 서 계셨다. 일부러, 선배님이 만든 잣대에 맞추어 선배님과 똑 같은 행동을 해보인다. 여사님의 복수를 위해 일부러 손짓도 추가해 조금만 '뒤로 조금만 나와주세요'라고 하니 이내 흥분하신다. 45도 각도 까지는 원래 괜찮다며, 직접 다가와 클럽을 내려놓고 각도를 재시며 45도를 만들었는데, 45도에 걸리는 위치에 계셨다. 인정하지 않으시고 높은 사람들과 골프를 할 때 그런 무례한 행동을 하면 안된다고 잔소리를 지속적으로 내어 놓으신다. 지금 생각해보니 정말 잘했다.

'내기2'

여사님과 나와 단둘이 카트에 있을 때 일부러 그랬다고 말씀 드리니, 그러지 말라고 한다. 마음이 착하신 분이다. 여사님도 마음이 풀렸는지 선배님의 잔소리에 일일이 반응하지 않으신다. 남포 선생님은 마지막 홀에서도 롱기스트 내기를 하자고 하신다. 이번에는 끝나고 갈 식당에서 '맥주 내기'라고 하신다. 나는 '내기를 싫어한다'고 앞으로는 이야기를 하지 않아야겠다. 어제 만나 뵌 건설회사 회장님 말씀이 정말 맞는 것 같다. 좋은 말이든 싫은 말이든 2번 들으면 질리기도 하고, 1번 말해도 알아들을 사람은 다 알아듣는다고. 결국, 내가 롱기스트를 달성해 낸다. 오늘 2번의 승리는 나의 가장 큰 결과물이었다. 120여번의 라운딩 중 나의 인생 처음으로 스코어카드 작성을 하지 않은 날이기도 하다. 그래도 나의 골프 그래프 옆에 '롱기스트달성'이라고 큰 기쁨을 기록 해 두어야겠다.

'의외의 칭찬'

선배님은 말을 잘 안 듣고 안 받아주는 '나'를 대신해, 라운드 내내 '소중한 형님' 곁을 떠나지 않는다. 소중한 형님께 괜히 미안하기도 했나. 돌이켜 보면, 나도 선배님과의 1~2년 관계 시절에는 그냥 다 받아주었다. 구력이 3년이 지나니 나를 대결상대로 여기 시는게 눈에 보이셨고, 4년째 되는 오늘부터는 선배님을 가르치려 든다. 라운드가 종료되고 선배님께 바로 사과 드린다. 곧, 스타팅하우스로 다시 돌아와 나의 새로운 모습에 흥분하신다. 하지만, 소중한 형님은 처음으로 선배님께 한마디를 한다. '너무 예의를 챙기는 어제의 모습보다 오늘의 모습이 훨씬 좋았다'고 말을 해 주신다.

'종료'

라운드가 종료되고 여사님은 서둘러 집으로 돌아가신다. 식당으로 향하기 전까지 남포 선생님은 나의 사과에도 불과하고, 내내 나의 행동이 무례하다고 이야기를 하신다. 어제 건설회사 회장님 말씀처럼 좋은 말과 좋지 않은 말은 단 한번만 하는 노하우가 필요하다고 했는데, 선배님은 나에게 수없이 많은 말을 내 뱉으신다. 결국, 나도 '한번만 말씀하시면 되는데 계속 말씀하시니까 부담스럽다'라고 말씀 드리니 바로 멈추어 주신다. '모록밭'이라는 식당으로 향한다.

'모록밭'

'모록밭'은 우리 셋 모두에게 소중한 곳이다. 물론 내가 먼저 선배님을 모시고 갔고, 선배님이 소중한 형님께 소개해 준 곳 같았다. 나는 정우형님 덕분에 알게 되었다. 정우형님은 여사님과 같이 조인을 통해 처음 만났었다. 처음 뵌 날 선배님과 나는 똑같이 생각하고 있었다. 실력은 물론 매너, 인품까지 겸비한 완벽한 골퍼라고. 작은 인연도 소중히 여겨라는 윤병철 회장님 말씀을 항상 머릿속에 지니고 행동했던 나로서, 꾸준한 연락 끝에 정우형님과 골프 2인 플레이를 나갔던 적이 있고, 그날 함께 갔던 식당이 '모록밭'이었다.

'모록밭 사장님'

모록밭 사장님은 밀양 출신으로, 제주살이 20년 째 접어 들어가신다. 처음 뵀을 때부터 구수한 경상도 사투리에 친근감이 느껴졌고, 세 딸과 함께 '독서'를 좋아하는 분이셨다. 그렇게, 당시 나의 수행서 였던 '짐론'의 소중한 절판된 책인 '인생의 사계절'을 선물해 드리며 페이스북으로 인연을 이어 나가고 있었다. 아내와 도빈이도 꼭 데려가야 할 곳이다.

'아내의 관점'

소중한 형님도 모록밭의 정성스러운 음식에 반하셨는지, 함께 제주도에 여행 온 형수님 식구분들도 함께 오셔서 식사하셨다. 물론, 소중한 형님의 장인어른이 우리 테이블까지 계산하고 나가실 때 알았다. 형수님은 우리 셋과 함께 하셨는데 소중한 딸 둘을 임신하고 계셨다. 형수님은 나의 와이프처럼 배려를 잘하며 생각이 깊으신 분이셨다. 물론, 나의 와이프는 선배님을 싫어한다. 연애시절 선배님을 따라 태국까지 전지훈련을 다니는 나의 모습이 굉장히 싫어 했기 때문이다.

'남자들의 만행'

증권사에 일하는 와이프는 남자들의 만행들을 찌라시를 통해 더욱 더럽게 상상하고 있었으니 말이다. 하지만, 일명 황제골프와는 달리 나라이힐이라는 골프장은 선배님의 안식처였다. 나라이힐의 태국인 회장님과도 각별한 사이셨다. 당시 그곳 여자캐디 분이 사진을 요청해 사진을 하나 같이 찍어줬는데, 그 사진을 보고 지금의 아내가 감정적 추론에 의한 인지오류를 범하고 있는 것이다. 나라이힐도 아내와 함께 꼭 가보고 싶은 곳이다. 전지훈련하기에 정말 안성맞춤인 곳이기 때문이다.

'작별인사'

식사를 끝내고 선배님과 집으로 돌아간다. 집으로 돌아가는 길 선배님이 극찬하시는 커피 숖에 들려 원두를 사고, 선배님께 음료를 대접해 드린다. 도착해서 짐들을 꾸려 곧바로 작별인사를 드리고 헤어진다. 스포츠를 하다 보면 이렇게 내면심리가 복잡해지기도 하지만, 소중한 인연을 이어나 갈 예정이다. 작은 인연도 소중히 여겨야 하기 때문이다. 물론, 증권에서 나온 나의 생각들과 행동들을 있는 그대로 이해해주고 사랑해주시면 말이다. 나는 선배님의 그런 모습들 자체로 사랑한다. 선배님은 과거의 '나'이기 때문에.

'드라이브'

모록밭에 잠시 들려 나의 책 한권을 소중히 드리고, 곧바로 피곤한 몸이지만, 드라이브를 한다. 오랜만에 용머리 해안과 산방산을 바라보며 해안도로를 달려 구석구석 과거의 여행을 되새김 질해본다. 협재 쪽으로 들어서니 에메랄드 빛 능금해변이 마음을 설레이게 한다. 과거의 쫄깃쎈타를 지나가며 바라보니 리모델링 준비가 한참이었다. 그리고 곧바로 이호테우 숙소를 찍고 도착해 샤워를 하고 침대에 뻗는다.

44일차 (정미일) 2020년 9월 1일 화요일 - 장재윤

'기생화산의 마지막 분출'

눈을 떠보니 02시다. 병오일주 인터뷰를 하지 못했다. 오랜만에 숙면을 취했는데, 내 얼굴은 통통 부어 있다. 오리발에 묻은 흙이 거슬려 샤워기로 씻어 내고 말린다. 나도 샤워를 한다. 어제 샤워를 하고 머리를 말리기전 합선된 헤어드라이기를 교체해 끼덕거리던 드라이기를 받았다. 계속 끼덕거린다. 눈을 감고 끼덕거리지 않는 각도로 머리를 말리다, 번쩍! 드라이기가 이상한 소리를 낸다. 감전되지 않으려는 본능인지 바닥으로 내던지니 드라이기는 폭발해버린다. 다행히 불은 안 났지만 순간 고함을 지르던 나의 모습이 처량했다. 탄 냄새와 연기를 환기를 시키기 위해 창문을 열어보니 파도소리가 시끄럽다.

'토대를 마련한 제주도'

어둡고 시끄러운 파도소리를 바라보며 '인생은 제주도처럼'이라는 책을 쓰고 있는데, 제주도가 싫다. 이제 혼자 떠나는 여행은 내 인생에서 끝이다. 생명의 씨앗들과 함께한 나의 작은 기생화산들의 분화가 완전히 끝나가는 듯하다. 그리고, 이제는 생명의 씨앗들이 기생화산들의 눈치없이 마음껏 성장하고 순환을 이루어 낼 것이다. 앞으로의 여행은 항상 '함께'할 예정이다. 사랑하는 사람과 함께. 혼자만의 고독은 끝이다.

'새싹을 피우러'

어제 모록밭 사장님 덕분에 오랜만에 통화한 정우형님 말씀이 떠오른다. '너무 심오하게 살지 말라고. 편안히 즐기며 살아' 라고. 더 이상의 분화는 없다. 제주도처럼 현재의 모습을 갖추기 위해 토대는 마련됐고, 완전한 초록으로 모습을 바꾸고 사람들을 불러 모아야겠다. 아내와 도빈이가 너무 보고싶다.

'싹게스트하우스'

이호테우 해변에서 묵었던 게스트하우스 이름이다. 새벽, 쪽문이 아닌 대문으로 짐을 들고 나간다. 대문은 넓은 바다로 향해 있다. 한걸음 한걸음 발걸음을 옮겨 게스트하우스 이름처럼 싹을 피우러 세상으로 나간다.

'렌터카 반납'

렌터카 반납을 하러 가는 길. 공항에서 체크인을 하고 반납을 할까 하다가 공항근처에서 다시 차를 돌려 렌터카를 두고 짐을 둘러 메고 길거리로 나선다. 왕복 4차선도로 건너편으로 가서 택시를 잡아야 되는데, 중앙분리대가 있다. 횡단보도가 300M 거리에 떨어져 있어, 바로 앞 가로등 앞에 멈춘다. 한 대의 택시가 멀리서 1차선으로 달려와 손을 흔든다. 보지 못했는지 지나가 버린다. 뒤에 따라오는 택시가 1차선에서 달리다 속도를 급히 낮추신다. 2

차선에 함께 달려오던 차를 보내고 내 곁으로 온다.

'택시'

'감사합니다'하고 택시를 탄다. 퇴근 길에 나를 보았다고 한다. 가로등 아래라 잘 보일 줄 알았는데, 잘 안보였나 보다. 몸이 앞서면 사고가 난다며, 정차하기 전 2차선에 함께 달려오던 차를 보내고 나를 태우셨던 기사님이 안전운전 교육을 해주신다. 그리고, 가는 길에 태풍에 관련한 일들을 말씀해 주신다. 10여년전 강력한 태풍으로 하천이 범람해 사람도 많이 죽어 나가고 본인도 간판에 주차한 차량에 손해를 입기도 했다고 한다. 두번째 태풍에는 집 근처 동산으로 피신해 간신히 피해가 없었다고 한다. 이번 태풍은 10여년전 만큼은 아니지만 최근 왔던 태풍보다는 강할 것 같다고 하신다. 그리고 코로나도 마찬가지로 처음 있는 일이라 그런데, 앞으로는 익숙해 지리라고 판단하셨다. 2차 바이러스를 예견하시는 듯 했다. 곧 공항에 도착해 Keep the cange 를 외치고 기사님을 보내 드린다. 내리기 전 책 한권을 드리고 싶은 마음이 있었지만, 캐리어 속 남은 4권을 깊숙히 넣어뒀기 때문에 마음을 포기한다.

'다시 시작'

도착해서 보니 오픈 시간이 06시다. 체크인을 하고 차를 두려했으면 번거러울 뻔했다. 짐을 대한항공 카운터 앞에 놓아 두고 바로 아래층 자판기 커피를 뽑아 챙겨온 텀블러의 얼음위에 에스프레소를 따른다. 그리고 담배를 태우고 온다. 다시 짐이 있는 곳으로 돌아와 양치질을 하며 담배와 라이터를 모두 버린다. 각서대로 아내의 명령대로 살아야 하면 당연히 금연이 필요할 것이므로 윤병철 회장님이 말씀해주신 proactiver 가 되기로 한다.

'소중한 솟티들'

노트북을 꺼내 들고 의자에 앉았다. 마지막 담배가 독한 건지 자판지 에스프레소가 독한 건지, 마스크 호흡이 잘 안되는지 어지럽다. 다시 짐 쪽으로 향한다. 어머니가 고향에서 챙겨주신 홍삼을 찾다가 아내가 챙겨준 인스턴트 방탄커피를 발견한다. 그리고, 아내가 사준 호흡이 편안한 비말차단용 마스크를 챙긴다. 라이터를 버리고 나니, 잊고 지냈던 소중한 솟티들이 보인다. 어머니의 홍삼을 먹고, 아내의 방탄커피를 고마운 텀플러에 타 먹는다. 멋진 제주도가 되기 위한 첫 걸음이다.

'체크인'

05:59분이 되니, 직원들이 동시에 업무 준비를 시작한다. 그리고 코로나 안전방송도 한번 울려주고 있다. 선풍기를 먼저 키고, 각자들만의 루틴으로 업무를 준비한다. 나는 짐 앞에 서서 1번으로 체크인을 한다. 휴대폰이 없어서 짐들이 통과가 될 때까지 기다린다. 역시나, 아날로그는 느리지만, 완벽하며 나를 더 편안하게

해준다. 옆에는 강아지가 보인다. 강아지도 비행기를 탈 수 있나 보다. 궁금해서 대한항공 지원분께 여쭤보니 미리 등록을 하면 탈 수 있다고 한다.

'불편한 공중전화기'

아까 미리 보아 둔, 공중전화로 간다. ic카드를 읽히려 하지만, 읽혀지지 않는다. t머니 카드가 된다는 곳에 올려두니 1,300원이 찍혀있다. 반가운 마음에 와이프부터 시작해 전화를 건다. 그리고 나의 핸드폰에도. 예상대로 와이프는 이른 시간이라 전화를 받지 않는다. 다행히 어머니는 받으신다. 어머니는 방금 일어나셨는지 '안녕하세요'라는 목소리가 굉장히 어두우시다. '아들이에요~'라며 반갑게 말을 건내는 찰나 전화가 끊긴다. 1,300원 표시가 잘못되었는지 다시 확인한다. 두번째 통화에 어머니가 '아들~'하면서 반갑게 전화를 받으신다. 하지만, 또 뭐라고 하려니 다시 끊기고 만다. 불안전한 디지털은 불편을 준다. 일단 체크인을 하러 들어간다.

'특산품 판매점'

아내가 주문한 선물을 제대로 샀는지 특산품 파는 곳에 타르트를 바라본다. 내가 사둔 것은 마카롱이었다. 늦었지만, 다행히 감귤 타르트를 어머니 몫까지 2개를 장만했다. 장모님 몫도 챙기려 했지만, 제주도 다녀온 걸 알면 나에 대한 실망감이 크실 것 같아 차마 사지 못했다. 직원 분께 500원짜리를 100원짜리로 바꾸며,

공중전화기가 있는지 물어보니 옛날엔 왼쪽에 끝에 있었는데, 혹시 없으면 전화기를 빌려주시겠다고 한다. 끝까지 둘러보아도 공중전화기는 없다. 다시 돌아와 친절한 점원 직원의 아주머니의 전화를 빌린다.

'어머니'

어머니가 바로, 받으신다. 지난 몇일간 아들이 연락이 안되 고생하셨을 것 같아 안부전화를 드렸는데, 어머니는 아내에게 미안하다고 연락을 했다고 한다. 이런 아들을 낳아 결혼을 시켜서 그런 것 같다. 어머니와 즐겁게 통화를 하며, 어머니는 제주도에 왜 갔는지 물어보신다. 책을 완성시키러 다녀왔다고 하니, 어머니는 골프도 쳤냐고 물어본다. 3일간 쳤다고 말씀드린다. 웃으신다. 얼른 고향에서 함께 라운딩을 돌자며 대화를 마치고, 조만간 감귤타르트를 가지고 고향으로 방문한다고 안부를 드린다. 곧 벌초를 하러 가야하기 때문인다.

'아내'

탑승 시간 10분을 남겨두고 가는 길 면세점이 보인다. 예전에 아내에게 사줬던 판도라 손목 액세서리가 생각난다. 오랜만에, 팔찌에 큐브를 달아주고 싶다. 해리포터 시리즈 큐브가 면세점에 처음 들어왔다고 한다. 호그와트 모양과 뒷면엔 학교 마크가 박혀 있는 나름 의미있는 큐빅을 산다. 물론, 아내의 카드로.

'나'

나를 위한 선물을 하러 간다. 혼자 집에서 저렴하게 먹을 수 있는 와인을 찾는다고 말씀드리고는 조니워커 블루라벨을 주문하고 담아 온다. 물론, 아내의 카드로. 엄카보다는 와카가 좋다. 혼자 마시진 않아야겠다. 의미있는 자리에 들고 가거나 집에 오는 귀한 손님을 대접할 때 꺼내어야 겠다. 즉, 나의 '와인오프너' 하나를 장만한다.

'와인오프너'

탑승 전, 지갑을 열어 의미없는 영수증들을 버리고, 필요없는 것들 것 비우기 시작한다. 라이터를 비롯한 의미부여했던 꽁초 2개를 몽땅 버린다. 그 자리에는 '와인오프너' 격인 100원짜리 동전들로 채워둔다. 500원짜리는 공중전화기에 투입되지 못한다는 것은 오늘 처음 알았다.

'독서를 해야하는 이유'

우리는 살아가며 '라이터'들을 버리고, 그곳에 '와인오프너'들로 가득 채워야만한다. 그리고 잊고 살았던 '숏티'들도 말이다. 무조건 비우고 정리하라는 구체적이지 못한 자기계발서들을 생각해 보니, 무책임한 책들이었다. 그럼에도 불구하고, 우리가 라이터와 와인오프너들을 구분하기 위해서는 독서를 많이 해야한다. 여행을 통해 자연스럽게 깨닫는 것도 좋지만, 코로나로 인해 아쉽지만 독서로 여행을 대신해야 한다. 독서를 통해 감정적추론에 의한 인지오류를 줄여 나갈 수 있도록 하자.

'라이터 없애기'

이 시대를 잘 살아가기 위해 스마트폰을 라이터가 아닌, '와인오프너'로 구분해 적당히 잘 활용해야한다. 어플들도 마찬가지로 '라이터'들을 지워가며, '와인오프너' 역할들을 하는 어플들로 채워 나가야겠다. 당신은 와인오프너 보다 주변에 라이터가 많은 지 잘 확인해 봐야할 것이다. 특히, 와인오프너를 라이터로, 아니면 라이터를 와인오프너로 착각하거나, 라이터들을 아직도 버리고 있지 못하고 있는지. 와인오프너를 내팽겨두고 살았는지 점검해야할 것이다.

'솟티 챙기기'

정리가 끝나면, 마지막으로 무심코 버리거나 챙기지 못한 기적의 순간을 함께한 '솟티'들을 챙겨야 할 것이다. 그렇게 만들어 가는 인생은 생각만 해도 '제주도'로 완성시키는 것은 아닌지 생각해본다. 내 책의 결론이 만들어 진 것이다.

'책의 결론'

일단 분화하자. 우리 내면에 끌어 오르는 정말 설레는 일들을 시작하고, 지치지 말고 우리의 춤을 추자. 제주도와 같은 큰 섬의 토대를 만들 때 까지. 운이 좋은 사람은 그 과정 속에서도 새싹들을 경험할 것이고 운이 좋지 못한 사람은 열기를 식히기 위해 오랜 시간 기다려야할 것이다. 열기를 식힐 때 도움이 되지 않는 '라이터'들부터 버려보자. 그리고, '와인오프너'들로 채워나가자. 자연스레 새싹들은 여기저기 모습을 들어내고 함께 열기를 식혀나가며 아름다운 제주도의 모습을 만들어 나갈 것이다. 생명의 순환 그리고 확장은 그렇게 함께 만들어 가는 것이다. 즉, 무심코 버렸던 소중한 '숒티'들을 챙겨보자.

'구체적인 실행방법'

뭘 어떻게 시작해야 할지 모르겠다고? 일단 성공한 사람들을 만나서 그들의 습관을 따라하자. 성공한 사람들? 책에 많이 나와있다. 추천할 책은 '타이탄의 도구들'이다. 그 책은 미국의 억만장자들의 수많은 습관들을 엮은 책이기 때문이다. 그 습관들을 따라하다 보면 보지 못했던 나의 과거들을 다시 꺼집어 내어 정리할 시간이 주어질 것이다. 과거의 나의 모든 것들이 꺼집어 내어지고 우리는 그때 수많은 책들과 함께 라이터와 와인오프너를 구분하여 자신만의 인생을 정리해 나가야할 것이다. 그러고 나면 스스로도 '라이터'였던 사람은 '와인오프너'가 되기 위해 노력을 시작할 것이다. 물론, 라이터들도 담배를 태우는 등 어느 순간에는 필요로 할 수도 있으므로, 적당히 거리를 두고 잘 끊어내도록 하자. 어차피 라이터들은 세상에 널리고 널렸으니 우리의 소중한 마음을 주지 말자는 이야기다. 정말 중요한 사람들은 기적의 순간을 함께 만들었던 '솟티'다. 나를 낳아 주시고 길러주신 부모님 그리고 나와 결혼을 해준 와이프, 그리고 나의 자식으로 태어나줘서 감사한 도빈이. 소중한 솟티들을 잘 챙기도록 하자.

'생명의 순환 그리고 확장'

대부분의 사람들은 기적처럼 태어난 자기 자신. 우리가 태어난 기적의 순간을 만들어 준 부모님을 잊고 산다. 성공을 위해서는 부모님도 저버릴 수 있다는 친구들도 있기도 하다. 겉으로는 보잘 것 없고 라이터처럼 쉽게 얻을 수 있는 것처럼 보이기 때문이다. 즉, 솟티들에게 감사할 줄 알며 다시 베풀기 시작하면, 생명이 순환하고 확장할 것이다.

'공감하는 방법'

물론 나도 그랬다. 소중한 부모님에 대한 생각을 저버리고 성공한 인사들과 자기계발서들만 쫓았기 때문이다. 특히, 와이프의 소중한 '솟티'들도 함께 공감하며 그들에게 감사하고 베풀 줄 알자. 당신이 나의 과거의 '갈유겸'이라고 말을 한 것은 내가 사이비교주로 행세하고자 함이 아니라, '공감능력'을 키우는 한 방법을 공유한 것이다. 당신 주변의 사람들이 모두 과거의 '당신'이라고 생각하면 그들을 함부로 대할 수 없기 때문이다. 즉, ‘나에게도 저런 마음이 있지는 않았을까?’ ‘내가 그들을 상처주면 과거의 나에게 상처주는 것은 아닐까?’ 라는 생각이 저절로 나오게 된다.

‘등잔 밑에서 깨달음’

현재 비행기 바로 옆 자리 커플의 애정행각도 마찬가지다. 내가 와이프와 서로 애정행각을 피우고 있지는 않았는가. 돌이켜보며 손가락질 할 것이 아니라, 과거의 나에게 저런 모습이 있었 진 않냐며 스스로 반성하며 더 배려해 나가는 것이다. 원효대사가 중국 출장 길에 동굴 안 해골에 담긴 물을 통해 배운 깨달음처럼. 주변을 무시하고 지나칠게 아니라 작은 것 속에서 스스로 지속적인 깨달음을 얻어 철학적 사유를 함으로서 보다 더 멋지고, 의미있는 인생을 살아갈 수 있을 것이다.

‘그럼 돈은?’

앞의 말은 다 좋은데 ‘돈’은 어떻게 벌 것인가? 돈은 사람을 보고 저절로 따라오는 것이다. 갈유겸을 바라보면 해답이 나온다. 나는 월급이 현재 100만원이다. 하지만, 긍정적으로 이겨내고 헤쳐나가는 모습을 보고 주변에서 도와주기 시작한다. 책을 사주기도 하고, 인터뷰에 응해주기도 하며, 특히 나의 친구 재준이는 평소 나의 이런 태도와 습관들을 보며, 함께 사업을 키워보자고 제안하기도 한다. ‘돈’은 따라오게 되어 있다는 것을 증명한 것이다.

'의미있는 인생'

즉, 눈앞에 '돈'을 바라보고 쫓아다니는 삶을 살지 말고, '인성'을 기르는데 더 투자하고 시간을 드리는 것이 완벽한 인생을 살아가는 길이라고 본다. '돈이 많으면 다 되는 세상'이라고들 하지만, 그런 생각을 가진 사람들이 돈을 많이 가지게 되어 주변을 돌아보면 자신과 비슷한 사람들로 가득 차게 되어 있다. 서로의 '돈'을 자랑하며, 과시하며 순간의 쾌락을 즐기며 살아가며 말년에도 '돈' 때문에 자식들이 찾아오는 진정성 없는 허무한 인생을 살다가는 것이다. 존경하는 윤병철 회장님처럼 죽음 이후에도, 한 젊은이가 묘역에 찾아와 헌화를 바치고 가는 삶이야 말로 의미있는 인생이지 않을까?

'가화만사성'

물론, 일반 직장생활 속에서도 충분히 행복하며 좋은 사람들과 함께 좋은 시간을 보낼 수 있기 때문에 사회는 유지되어 간다. 직장생활 속 인간관계에 지친 사람들은 얼른 직장을 나와 본인이 원하는 일에 도전하며 살아가는 것이 현명한 것이다. 참아가며 직장을 다녀서 나중에 병을 얻으면 또 이 무슨 소용인가는 말이다. 자녀에게 와이프에게 소홀해진 직장인들의 은퇴이후의 삶은 더욱 참담할 것이다. 즉, 가족과와의 진정성 있는 관계야 말로 첫번째 단추가 되어야 할 것이다.

'기다림'

코로나로 인해 시외버스 운행횟수가 줄었다. 1시간 30분가량 시간이 남아 근처 스태프핫도그 가게를 들린다. 핫도그로 식사를 하며 그간의 메일함을 정리하며 아내에게 들어와 있는 소중한 연락들을 살펴본다. 아내의 사랑스런 이메일을 돌아보며 감사한 마음이 든다. 페이스북을 켜서, 혹시 몰라 아내에게 페이스북메시지와 통화연결을 건다. 다행히 연락이 되었다. 오랜만에 서로의 얼굴을 확인하며 채팅을 주고 받는다. 나의 첫번째 카카오톡 프로필명과 사진이 바꼈다고 한다. 전화번호를 아무도 못쓴다는 kt직원의 말은 거짓이었다. 잘 알지 못했는데, 아는 척했던게 아니면 정말 몰랐을 것이다. 연결을 종료하고, 그간의 글들을 정리하는 시간을 가지며 버스 시간 10분전 자리에서 일어난다. 화장실 입구에 짐들을 두고 용변을 보고 손을 깨끗이 씻는다. 화장실에 들어오는 사람이 나의 조니워커 양주를 지긋이 바라보며 들어간다. 골프백을 등에 울러매고, 캐리어와 가방을 챙겨 버스정류장으로 향한다. 버스가 곧 와서 탑승한다. 뭔가 허전하다.

'덤벙'

버스 출발 직후 화장실 입구에서 한 남성이 지긋이 바라본 양주를 두고 온 것이 생각난다. 전화기가 없어서 연락을 취할 곳이 없다. 고민 끝에 기사님께 옆에 보이는 스마트폰을 잠시 빌려도 되겠냐고 하니, 거절하신다. 제일 앞 나와 나란히 계신 여성분께 부탁을 드리니 흔쾌히 빌려주신다. '김포공항 분실물'을 검색하니 바로 전화연결이 된다. 정확한 위치와 물건의 종류를 알려드리고 접수시킨다.

'아내곁으로'

칠칠 맞은 성격에 야무친 아내가 생각나는 여행의 마지막이다. 샤넬백이 아니라 천만 다행이다. 사실, 대학생때 누나가 선물 받은 샤넬백을 세탁하기 위해 고향에 전달 드리러 가다가 시내버스에 두고 내린 경험이 있다. 더 잃어 버리기 전에 아내 곁으로 얼른 돌아가야겠다. 도빈이는 꼭 엄마를 닮았으면 좋겠다.

'20만원 짜리 팥빙수'

집에 가는 길 양주가 들려 있어야 할 내 손이 여유가 생겼다. 과거, 아내가 빙수를 먹고 싶은 날 들려서 사다 온 가게 앞을 지나 가려다 멈추어 초코빙수를 산다. 20만원 짜리 빙수다. 집에 도착하니 처형도 계신다. 날 대신해 도빈이와 놀아 주신다고 정말 고생 많으셨다. 9월부터는 오후 출근이라 여유가 있으시다. 두 자매는 맛있게 빙수를 비우고 나는 출근 준비를 한다. 도빈이는 낯선 나를 바라보며 경계를 하는 눈초리다. 조금 삐친 모양이다.

'인터뷰'

퇴근 후, 곧바로 오늘 인터뷰를 하기로 한 나의 인생 첫 친구 재윤이에게 연락을 취한다. 재윤이는 초등학교 2학년때부터 나와 가장 절친한 친구다.

1. 자기소개를 간단히 해주세요.
   경남 사천에 살고 있구요. 이름은 장재윤이구요. 조그만 회사를 4~5년 정도 다니고 있는데 자기 삶에 만족하면서 앞으로 미래를 준비를 하고 있는 사람입니다. 30대 초반인데 결혼도 해야되고 현실적으로 이제 진짜 어른이구나 스스로 느끼게 되는 것 같아요.
2. 인생에서의 임팩트 있었던 경험들 있으신가요?
   초등학교를 마치고, 호주로 유학생활을 시작했어요. 당시 영어를 몰랐는데, 진짜 맨땅에 헤딩하듯이 헤쳐갔죠. 외국이니까, 처음에는 되게 힘들었어요. 말도 안 통하는 그 나라 언어를 배우면서 학교를 다녔고, 몇 개월은 힘들었어요. 식습관으로 더 고통스러웠고, 고향이라는 그리움도 많았구요. 그때는 힘들다고만 생각했는데, 지금은 아 그때가 좋은 경험이었구나 라는 생각이 들고, 청년이 되면서 그때 그 어려운 일이 있어서 지금 잘 이겨낼 수 있는 것 같아요.

3. 내일 15시에 세상을 떠나시면, 지금
   솔직히 이야기, 결혼이 10월인데 내일 죽게 된다면 오늘 예비 신부님하고 여행을 하고 싶어요. 오늘만이라도 평소 시간이 많이 나는 편이 아니라서 사랑하는 사람하고 시간을 많이 못 보내거든요? 가고 싶은데 가서, 마지막을 즐기고 싶어요.

4. '갈유겸' 에 대해 느끼는 바?
   제가 보기에 유겸씨는 제 친구 중에 가장 오래된 친구구요. 요즘 제가 보는 유겸이는 최근 결혼도 했고, 아버지도 되고, 자주 연락을 하지는 않지만, SNS 활동을 하는 것을 보니까 책임감을 더 키우려고 노력 중이구나. 어렸을 때부터, 봐왔는데, 어렸을 때부터 호기심도 많고 배우려고 하는 점도 많았어요. 배울 점이 많은 친구구나 생각이 들었어요.

5. 인생에서 공유하고 싶은 것들
   조언해줄 입장은 루틴. 제 입장에서 말씀드리자면, 코로나 때 때문에 그렇고 자기관리나 운동하기가 되게 어렵더라구요. 실내에서는 운동하기 어려우니까 일을 하면서 잠깐 잠깐 시간날 때 운동을 해봐야겠다라고 생각 하고 있거든요. 일이 자유로운 편이라, 틈틈이 쉬는 시간 나면 놀거나, 핸드폰 게임을 할 수도 있는데, 자기계발을 위해 운동을 조금하고 틈틈이 시간을 잘 활용하고 있어요. 내 시간을 성실하고, 잘 활용하려고 노력하고 있어요. 달리기도 하고 아령도 조금씩 들구요. 시간 날 때마다 하니까, 확실히 피로도 덜하고 좋은 것 같다. 유겸씨한테 좋은 영향을 받은 것 같아요. 부정적인 사고를 많이 했는데, 의외로 긍정적으로 사고를 하더라구요. 누구나 노력하면 긍정적으로 변하는 것 같아요.
책을 쓴다고 했는데, 유겸씨의 좋은 생각들과 조언들 이 사람에게도 이런 점을 배울 수 있다는 걸 사람들이 많이 보고 같이 배웠으면 좋겠습니다.

45일차 (무신일) 2020년 9월 2일 수요일 – 하재준

‘굿모닝’

05시 기상. 컴퓨터에 바로 앉는다. 어제는 아내와 치킨을 한 마리 먹고 나는 생맥주와 함께 저녁 만찬을 즐겼다. 역시나 집은 진리다. 개운하고, 포근하고, 상쾌하고, 모든 게 완벽하다. 구리시 업무를 마치고 김포공항으로 출발한다.

‘스마트폰’

유실물센터에 도착해 잃어버린 양주를 찾는다. 그리고 곧바로 재준이와의 인터뷰 장소인 서울숲으로 향한다. 첫 서울 생활을 시작했던 곳 성수동. 자주 가던 정원이 있는 까페에 앉아 옛 추억을 더듬는다. 와이파이 존의 영향인지 결국 옛 추억에 집중하지 못하고 스마트폰 속으로 빠져든다.

‘인터뷰’

재준이는 상권에서 언급되었던 날 스카우트한 장본인이다. 무신일주로 오늘은 무신일 인터뷰를 진행하기로 했다. 재준이가 생각보다 늦는다. 반대로 나는 시간이 많고 여유가 생겼다. 미리 안내한 주차장으로 마중을 나가 에스코트를 해서 데려온다. 그리고, 까페 정원에 함께 앉는다. 태풍이야기를 시작으로 마음을 편안히 실아 앉히고, 인터뷰를 시작한다.

1. 간단한 자기소개부터 부탁드리겠습니다.
   평범하지 않은 일산에 사는 32살, 사회초년생은 아니지만, 사회초년생 같은 하재준입니다.
2. 현재까지 인생을 파노라마로 펼쳤을 때, 가장 팩트 있던 기억들이 있나요?
   학창시절은 그냥 다 재미있었고, 안좋은 추억들이 기억들에 남는 것 같은데, 첫 사업 시작 후 1년 지났을 때 화재로 인해 모든 것을 잃었던 경험이 생각납니다.
   하남에서 현대모비스 부품업을 하고 있었는데, 상품 30억 그리고 건물, 주변건물 피해로 20억. 그 밖에 한전의 전기 고압선에 옮겨 붙은 불로 인한 배상까지. 총 50억이 넘는 배상청구가 있었습니다.
   경험이 많이 됐고, 그 사건이 지금까지도 머릿 속에 떠오르네요. 그때가 너무 힘들었고, 가장이기도 했고. 나한테는 그것밖에 없던 사람이었는데, 하루 밤 사이에 하나 모두 전소해버린 사건이었습니다. 당시 뉴스에도 나왔던 그 사건이 가장 기억에 남지요.

3. 내일 이 시간에 죽으신다면?
   지금 당장, 집으로 가서 와이프, 그리고 아들 유준이 딸 지아와 함께 많이 놀아주고 싶다. 지금까지 결혼을 하고 애들을 낳고 일만하다 살아오며 가정을 못 챙긴 것 같은 생각이 든다. 부모님하고 보낼 수도 있겠지만, 그래도 우리 가족이 더 소중해 지고 있고, 내년 1월에는 셋째 아들도 태어나니까요.

4. 갈유겸에 대해 어떻게 생각하시나요.
자유로운 영혼이다. 사실, 갈유겸도 책임 져야 할 가족이 있는데, 최근 대기업 퇴사 등의 판단은 내가 갈유겸이 있었으면 도저히 못할 일들이다. 어떻게 보면 정말 안정되고 큰 회사를 다니고 있었는데, 안 좋은 모습을 보고 가진 것을 놓고, 개인의 안정성을 포기하고 하고 싶은 그리고 해보고 싶은 걸 하는 어떤 걸 시도한다는 것. 이런 모습들이 철이 없어 보이지만 스스로의 자신감 그리고 용기가 대단한 것 같고 그렇게 까지의 가족들의 서포트가 있을 거라는 생각이 든다. 즉, 주변 사람들이 갈유겸을 믿는다고 생각된다. 함께 골프를 치며 만났다 보니, 이 골프라는게 삶에 의욕도 있어야하고 의지도 있어야하는데 그런 자유분방한 모습이 보기 좋다.

5. 갈유겸에게 조언해주고 싶은것은?
꼭 실패 해보라는 이야기. 제가 좋아하는 말입니다. 지금 실패하는 건 경험이 될 수 있어도, 40~50세가 되어서 실패하는 경험은 진짜 실패가 될 수 있기 때문입니다. 어떻게 보면 안 좋은 이야기 인데, 어떻게 보면 돈으로 살수도 없고 돈 주고 살 수 있는 경험이 될 수 있다.

6. 가장 기억에 남는 책이 있으신가요?
   자서전으로 된 책을 많이 읽는 스타일이라. 현대그룹 정주영 회장님 책을 좋아합니다. 항상 '된다'라는 가능성으로 모든 것을 바라보고 시도하는 모습이 존경스럽다. '안된다'라는 가정이면 아무것도 할 수 없기 때문에 '된다'라는 가치관을 서게 만드신 것 같다. 즉, 시작했을 때 성공해야지라는 생각을 해도 될까 말까인데, 실패할꺼야라는 생각은 아무 도움이 되지 않기 때문이다. 물론, 자서전이나 1세대 기업가분들이 쓴 것들은 승자의 기록이며 작가를 섭외할 수 있는 일들이지만, 아름다운 면모 속에서도 배울 점이 많은 것 같다.

7. 제가 최근에 라이터와 와인오프너로 삶의 통찰을 얻었는데 혹시 저처럼 가치 판단의 도구들이 있으신가요?
   일을 하다보면, 비즈니스 아이템에 대해서도 그렇고 분명히 도움을 받아야 하고 아닌 것도 있는데 비즈니스의 당장의 이익을 떠나서 그 사람의 됨됨이, 즉 태도부분들이 첫번째가 되는 것 같다. 지능지수와 도덕지수가 아무런 연관관계가 없어보이지만, 정비례한다는 연구결과를 보면서 곧은 사람을 찾게 되는 것 같다. 도덕적이려는 사람이 아닌, 저 사람은 다르다. 곧은 사람이다 라는 판단이 서면 함께 하려한다.

46일차 (기유일) 2020년 9월 3일 목요일 – 최형순

'오랜만에 양복'

힘든 제주도 여행을 끝내고 포근한 집으로 돌아오니 숙면을 잘 취한다. 덕분에 평소보다 아침 기상시간이 늦어졌다. 07시에 일어나 방탄커피를 챙겨 먹고 오랜만에 옷장 양복을 고른다. 판교에 오전 인터뷰가 있기 때문이다. 나의 명리학 기초를 세워 주신 신규영 선생님의 출판 기념회때 한번 뵈었던 분이다. 그분을 '경술' 일주로 착각한 덕분에 오늘 귀한 인터뷰가 예정되어 있다.

'미팅 전'

판교 스타트업 캠퍼스로 향한다. 입구에 들어서니, 재경동문 선배님이 다니시는 포스코ict가 보이고 맞은편 동산위에 자리 잡은 스타트업 캠퍼스가 보였다. 10시쯤 뵙자는 말씀에 일찍 와서 사무실을 찾고 사무실 입구에 배치된 책꽂이에 책을 뽑아 읽으며 기다린다. '좋은 친구가 되기 위한 일곱 가지 습관'이 보인다. 핸드폰에 조용히 기록하며 나 자신을 자성하는 사이 오늘 인터뷰를 하기로 한 최형순 선생님이 들어선다.

'SNS의 순기능'

평소 페이스북 소통도 꾸준히 한 덕인지 전혀 어색하지 않았다. 호탕하시고 예의 바르시고 화끈한 성격덕에 나의 마음도 금방 편안 해진다. 이미 책 출판도 3권이나 있으시고, 앞으로 출판하고자 하는 책이 7권이나 되셨다. '부크크'를 소개해드리니 굉장히 흡족해 하신다. 선생님의 책을 곧 부크크에서 볼 수 있길 기원한다.

'아날로그에 대한 극찬'

선생님은 컴퓨터공학을 전공하셨다. 주로 컴퓨터 보안/해킹을 전공으로 하셨고, 현재는 보안관련 회사를 운영하고 계신다. 잠시 디지털과 아날로그 이야기를 나눴는데, 디지털은 아날로그를 100% 대신할 수 없지만, 아날로그는 디지털을 100% 대신할 수 있다는 말씀을 해 주셨다. 현재 사업도 결국 컨텐츠를 보호하기 위한 보안솔루션을 아날로그로 접근하셨다고 하셨다.

'동문'

신규영 선생님의 명리학아카데미 1기 셨다는 것을 처음 알았고, 본인의 사주도 바로 공유해 주신다. 경술년에 태어나신, 경진일주셨다. 원래, 내일 인터뷰를 하고자 했는데 지방 강연이 겹쳐 오늘로 당긴 것이었다. 천간이 '금'기운이 넘치는 카리스마가 대단한 분이셨다. 친구들 사이에서도 '정의로운 친구'로 형수님들 사이까지 소문이 퍼졌고 결국 친구들의 여자친구 전화번호 이름이 '최형순'으로 저장되는 해프닝도 많다고 한다.

'사이버 트럭'

처음 뵈었을 때인 신규영 선생님 출판기념회 때가 기억이 난다. 큰 차를 타고 오셨었고, 차에 관심이 많으셨다. '사이버 트럭'이라는 테슬라의 마지막 모델을 보여주신다. 2022년에 출시되는 차로 이미 예약까지 해두셨다고 한다. 선생님의 성함은 최형순, 호는 독송. 독송 선생님과의 인터뷰를 시작한다.

1. 간단히 자기소개 부탁드리겠습니다.
   성균관대학교에서 학/석/박사를 했고, 컴퓨터 보안 암호전공으로 금융사 데이콤 등을 거쳐 10년간 월급쟁이를 하고, 현재 17년째 월급을 주는 생활을 하고 있습니다. 수많은 사업을 해보았고, 현재도 새로운 회사를 운영하고 있습니다. 현재 대외활동으로는 보안관련 국제커뮤니티 한국 대표와 보안관련 각종 협회 자문위원으로 활동해 오고 있습니다. 개인적으로 잠을 잘 안 잡니다. 고2 때 선생님 한 분이 '죽으면 실컷 자는 잠인데 왜 살아서 죽는 연습을 하느냐! 하루 3시간만 자도 안죽는다'고 말씀해 주셨고, 고2때부터 지금까지 하루에 3~4시간만 잠을 자고 있습니다. 잠을 줄이기 위해 처음에는 졸음이 오면 물을 많이 마시며 졸음을 쫓기도 하였으나, 열흘정도 지나니 효과가 없어져서, 바늘로 손을 찌르기 시작 그리고, 커터칼로 손등을 내리치기 등으로 방법을 바꿨습니다. 손등에서 피가 흘러 바닥에 흥건해진 피를 보면서, 사람이 빨간 피를 보면 흥분해서 잠을 못잔다는 것을 알았습니다. 그리고 결국 습관을 가지게 되었고 30년간 3~4시간만 자고 있습니다. 잠을 쫓아 주신 은사님을 비롯해 고교시절 무서운 선생님들은 이미 다 추억이 되어 버렸습니다.

2. 인생 파노라마 중에 가장 기억에 남는 일이 있으신가요?
인생을 오늘만 살 것처럼 즐겨라. 오늘 최선을 다하자. 일이든 무엇이든 모든 것을. 내일 눈을 뜨는 건 보너스 데이다. 저녁에 눈을 감을 때 오늘 하고싶은 건 정말 다했다 라는 생각이 들게끔 최선을 다하면서 살고자 살아가고 있습니다. 나중에 안 해본 게 있어서 아쉽다 라고 생각이 들면 인생이 불쌍하다고 생각하거든요. '법에 안 걸리는 범위내에서는 다 하자'는 신조로 살고 있습니다. 좋아하는 문구가 있는데요. '내일을 위해 오늘을 희생하면, 그 내일은 또다른 내일을 위해 희생해야 한다. 즉, 오늘을 최대한 즐기면서 살자'
첫 사업 실패로 자살하려고 한강 물에 들어 가려고 했던 것들과 5끼를 굶고 마트 시식코너에 가서 끼니를 해결했던 경험들은 지금은 다 추억이 되었네요. 저를 비롯한 주변사람들은 과거의 경험과 눈물들이 바탕이 되어서 이제야 웃고 있는 건 아닐까 생각됩니다.
한강 물에 들어갔을 때는 2월 달이었어요. 유서를 다 쓰고 왔는데 물이 너무 차가운 거에요. 결국 머리까지 들어가니 생존 본능으로 기어 나오게 되더라구요. 그때, '아무나 죽는 게 아니구나'를 느꼈고 다시는 그런 생각을 하지 않게 되었습니다. 당시, 27억을 빚을 지고. 깔끔하게 집문서를 포함한 모든 자산을 가지고 채권자들을 불러 모아 함께 고민해서 빚잔치를 하였고 그 진정성으로 지금까지 인연을 맺고 계신 분들이 있습니다. 딱 갈유겸씨 나이 만할 때 였네요. 시련과 역경들은 인생을 포기하는 순간 '실패'가 되지만, 포기하지 않으면 '성공의 과정'이 되는 거죠.

3. 내일 죽으시면, 아 제 질문이 의미가 없겠군요.
   그럼요. 저는 똑같을 꺼에요. 오늘이 마지막날인 것처럼 살고 있으니까요.

4. 혼자 계실 땐 주로 뭘 하시나요?
   산에 가거나, 자전거 타기, 낚시, 레저를 합니다. 집에 있는 것을 좋아하지 않습니다. 와이프 눈에 띄면 혼나거든요(하하하). 원래, 출장으로 일년에 반을 해외에 나가 있어야 하는 와이프가 현재 코로나로 출장을 못 가거든요. 그래서 와이프가 현재 스트레스가 많아요. 저는 조용히 와이프 잘 때 나왔다가 잘 때 들어가죠. 저는 금토일이면 지인들과 주로 캠핑과 여행을 떠나요.

5. 갈유겸에 대해 어떻게 생각하시나요?

사실, 누구 신지 모른다. 열심히 하는 것 같은데 뭘 하는지는 모르겠고….

1) 소개를 간단히 드리고, 마지막으로 앞으로 '자동차' 관련한 재준이 사업에 관해 잠깐 설명을 드린다. 그리고 곧바로 피드백을 주신다.
   코로나 시대에 할 것들이 없기 때문에 자연히 자동차에 대한 인테리어업은 성황 할 것으로 예측하신다. 자신에게 집중하는 시대가 오며, 관련 시장들은 커질 수 밖에 없다고 하셨다.
   나의 코에 대해 조언을 해 주신다. 사실, 중학교때 친구와 싸우며 코가 휘어 있는데 얼른 다시 세우라고 조언하신다. 비즈니스 할 때 코가 중요하다고 하신다. 곧 인터뷰는 건강관리로 이어졌다. 선생님의 몸은 하체가 어느 누구보다 튼튼하며 상체는 약해져 가는 상황이었다. 인터뷰 도중 허벅지를 내어 주셨고 만져본 허벅지는 큰 몸에 엄청난 부지런함이 느껴졌다.
   학창시절 역도부 서클간 실내에서 워낙 많이 맞으며 운동하다 보니 지금도 실내 헬스장에서는 10분을 넘기면 숨이 가빠온다고 하시면서 아웃도어를 하게 된 이유를 말씀하셨다. 상체운동에 대해 이야기를 나누다 19금 운동으로 이어졌고, 결국 선생님이 준비해둔 19금 소설 이야기로 이어진다. 부크크를 통해 필명 '부끄끄'로 얼른 책이 나오길 기원한다.

6. 마지막 질문으로, 독자분들께 조언 부탁드립니다.
평소 하고 다니는 말이 있다. '기껏해야 100년산다.' 하고 싶은 것하고 예쁜 것 보고 싶은 것 먹고 싶은 것만해도 100년이 부족하다. 하지만, 우리는 안 좋은 것, 험담하기, 보기 싫은 거 보고, 하기 싫은 거 하며 시간을 낭비한다. 즉, 남을 욕할 시간도 아깝다는 것이다. 특히, 남의 이야기 하는 사람 보다는 내 이야기를 하는 사람이 되었으면 한다. 상대방을 저하시키는 말은 자신도 낮아지는 말이다. '너보다는'이라는 비교 언어들은 삼가 하길 바란다.

역질문을 주셨다. '인맥'을 어떻게 생각하느냐?

1) 금맥처럼 맥이 통하는 거 아닐까요?
인맥이란 누구를 잘 알고, 많은 사람을 알고 있는게 아니라, 내가 그 사람을 위해 고민하고 도와주고 싶은 사람이 얼마나 많은 지가 인맥이다.
즉, 상대방을 만나면 그 사람이 필요한 게 뭔 지 내가 해줄 수 있는 건 뭔 지를 먼저 생각하며 손을 건 낼 수 있는 사람. 그들이 인맥이다.
2) 제가 친구 사업을 뛰어들 때 자동차를 좋아하시니, 저렴하게 뭐가를 해드릴 수 있는 걸 먼저 찾아 주는 게 인맥이겠네요?(웃어 주신다.)

하지만, 비즈니스는 비즈니스만. 비즈니스와 친분을 구분하지 못하면 안된다고 말씀해 주신다.

7. 제가 요즘 이해가 안되는 말이 있는데요. 불교에서는 '분별심'을 가지지 마라고 하는데, 그 말이 무슨 말인지 모르겠어요.
   분별이란 '역행하려 하지 않는 것', 물에 있으면 물에 있는 데로, 눈에 있으면 눈에 있는 데로. 당구를 칠 때 보면, 고수는 쉽게 친다. 공을 강제로 움직이지 않고 공이 흘러가듯 친다. 인생도 그렇다. 진흙 구덩이에 있으면 나오지 말고, 열심히 그 안에서 최선을 다하는 것이 분별심을 없애는 일이지 않을까 생각한다. 그 진흙 구덩이를 나오면, 불구덩이가 있을 수도 있기에 진흙 구덩이가 더 나을 수도 있다. 벗어 날려고 하지 말고, 현 상황을 받아드리고 즐겨야 한다. 지금 코로나도 벗어날 수 없다. 그 상황에서 벗어나려 하지 말고, 받아드려라.
   애들이 접시를 깨뜨렸을 때, 왜 깨뜨렸냐가 아니라, 다친 곳이 없는지 먼저 확인하고 깨진 그릇을 치우는 것이 먼저이다. 그리고 나서 재발 방지를 위해서 훈육을 하는 것이지 혼내는 것은 백해 무익하다. 선 해결 후 파악으로 개전을 해야한다.

그리고 사람은 자신의 역할을 잘할 수 있는 사람이 많아야 한다.
경찰은 경찰
검찰은 검찰
소방관은 소방관
모든 문제는 그 역할을 잘 안 해서 발생한다.
마지막으로, 자살은 무책임하고 이기적인 행동이다. 죽는다고 해결되는 것은 없다. 죽을 정신으로 살아서 문제를 해결해야 한다.

'오후'

인터뷰를 끝내고, 식사를 대접해 주신다. 자주 놀러 오라며 주차권도 두둑히 챙겨 주신 박사님의 온정을 느끼고 구리시로 출근을 한다. 일을 마치고 아내와 즐거운 저녁식사시간을 가진다. 그리고 오늘의 주인공이었던 기유일주인 승원형님과의 전화 인터뷰를 마무리하며 하루를 마감한다.

47일차 (경술일) 2020년 9월 4일 금요일 - 방승원

'마감 덕분에'

책 쓰기가 이렇게 힘든 줄은 짐작은 했지만, 중권 마감일이 다가오니 그래도 움직이지 않았던 손가락이 다시 활기를 찾았다. 제주도를 다녀와 본격적으로 경술일 저녁 9시를 넘겨 서야 글쓰기가 다시 재개되었다.

'방승원'

어제 밤, 기유일주이신 승원형님과 인터뷰가 있었다. 총각네 야채가게 이영석 대표님을 내 인생에 처음 소개해준 장본인이셨다. 철학적 사유를 줄곧 하시고, 나에게 처음으로 '꿈'이라는 단어를 선물해 주신 분이기도 하다. 어제 밤 인터뷰는 제주도를 가기 몇 일 전 예약을 해뒀고, 오전으로 기억하셨지만 어제 오전에는 무척 바쁘셨다고 한다. 저녁, 나의 취중 인터뷰가 시작되었다.

'인터뷰'

천안, 아버님 병문안을 다녀오시는 길, 차안에서 인터뷰는 시작되었다. 아버님은 기억을 잃어 가시며, 자존심으로 약을 끝까지 거부하셨는데, 설득하고 오셨다고 한다.

1. 자기소개 부탁드립니다.

어~~~~내 소개? 내가 누굴 까? 몇일 전에 내가 물어 봤어 아들한테. 방승원이 누구라고 생각해? 아들 왈 ‘설계사 보험 설계사요’ , 20만명 중 머리가 큰 방승원? 2가지 밖에 없어. 예를 들어서, 나는 양평에 사는데, 누군가 그래. ‘그건 됐고, 얼마야, 몇 평이야? 땅값은 얼마 고?’

나는 어떤 사람인지, 나도 잘 모르겠지만, 가만히 생각해보면 나 안에 수많은 사람이 살고 있다고 생각돼. 때로는 원숭이, 사악한 사람도 있고, 소중한 사람도 있지.

그래도 난 추구하는 게 있어.

‘그물에 걸지 않는 바람과 같은 사람’.

’역사의 흐름 속에서 함께 해보고 싶은 사람’.

‘넌 뭘 하고 잇냐’라고 물어 봤을 때,

꽂힌 단어가. 순자가 한말인가.

‘적토청산’. ‘삽으로 산을 쌓으면 산이 된다’.

그 한 삽 한 삽의 삶. 인생에서 위대한 일을 생각 하잖아.

하나의 삽질을 생각해봐. 장인이 되기 위해서 어떻게 살 것인가.

역사만 잘 알면 안되고, 과학도 잘해야 하지. 물리학도 그리고 수학도. 요즘은 고3 수학책도 열심히 보고 살고 있거든.

그렇게 매일 매일 삽질 하는 인간. 그게 나야.

그리고, 적수 성연.

물을 쌓아서 연못이 되면 물고기가 절로 세어 난다.

2. 인생에서 가장 기억에 남는 것은?
어렸을 때, 조그마한 동네에 살던 소년들이 있었지. 그 소년들과 나는 축구를 좋아했지. 어느 날 신체조건 좋은 아이들이 한판 붙자고 해. 그래서 7:0으로 졌지. 그들은 센터링도 날리고 업사이드도 하고 전술이 있었지. 2번째도 졌지.
그때, 동네형을 코치로 영입해서 훈련을 거듭해서 결국 이겼지. 그리고 다른 대항전도 계속 이겼지. 그때가 생각이 나.

그리고, 42살. 그때 갑갑하고 메마르고 건조 했을 때. 뭔가 막막 있을 때, 티비를 보는데 철학에 대해 강연하는데, 철학을 하면 돈을 번다는 거야. 갑자기 멋져 보여서 만나봐야겠다 라고 해서 찾아갔지. 술한잔을 같이 했지. 그러고 그 사람이 말을 하길, '방승원씨는 자신이야기를 안하고 남이야기만 한다'라는 거야. '니 이야기를 해봐'라고 했을 때, 멍 졌지. 그리고 되물었지. 교수님은 어떤 철학자를 존경 하냐고. 교수님이 그러더라? 내가 세계 최곤데, 누굴 존경하느냐. 그래서 나는 제자가 되겠다고 했지. 청강생이 되겠다고. 그러니, 결석하면 안되고 과제도 다 해야하고 시험을 다 봐야한다는 거야. 그때 시험 문제가 생각이 나. '너가 문제를 내고 너가 풀어라'. 5분 되니 학생들이 다 나갔어. 대부분이 '백지'지.
나도 5분간 고민하나, 42살에 청강생 신분으로 서강대에서 기말고사를 보는 이유는? 이라는 문제를 찾았지. 그리고, 6개월간 모시면서 술을 샀지. 그때 또 질문 하시더라구, '청강생 생활 어때?', '더이상 철학은 공부할 필요가 없다, 세상에 나아가야지' '학교에 머무를 필요없다'고 하셨어. 그리고 스승을 죽여야 진정한 성인이 된다는 이야기 때문에, 선생님께 연락을 안 드리고 지내지.

3. 갈유겸에 대해 설명해 주세요.
최근에, 어린왕자를 다시 읽는데 어린아이를 키우면서 느낌이 다른 거야. 3번을 연거푸 읽었는데, 예를 들어서 양평에 사는데, 우리집은 이렇고 저렇다고 하면, 평당 얼마에요? 라며 다시 되물어, 즉 우리가 구사하는 언어가 가진 한계가 있지. 나에게 질문하지 '넌 누구냐'. 그래서 요즘은 다시, 언어적 습관을 바꾸는 연습을 하는 중이야. 아들에게 '어떨 때 흥분되?'라는 질문이라던지, '아버지가 어떤 사람인지' 같은 질문으로.
갈유겸을 고유명사로 물어보는게 아니라면, 보통명사로는 실채로 다가갈 수 없지. 또라이는 맞는 것 같아.
예를 들어서, 호랑이. 고양이. 개. 이 3마리를 분류할 때, 우리는 고양이과끼리 구분하는데, 중국 사람은 '길들일 수 있는 것'으로 따로 구분했지. 그런 의미에서 너는 '궤도를 벗어 나려는 친구'. 궤도를 이탈하려는 양자학적인 친구라고 표현하고 싶어.

4. 유겸이에게 조언을 좀 해주세요.

최진석 교수님 청강까지 들어보면 결론은

'춤을 잘 춰라 너의 춤을 춰라.'

인생을 살다가 부처를 만나거나 큰 스승을 마나면 즉시 그를

죽여라, '니 춤을 출 수가 없잖아'

그리고,

경직된 순간이 드는 순간. 죽음에 이를 수 있다.

유연함을 추구하라.

48일차 (신해일) 2020년 9월 5일 토요일 - 중권 출판

'인터뷰의 시작'

제 아내는 기적의 순간을 만드는 저의 '솟티'랍니다. 아내의 시작 덕분에 중권에서 열 분의 소중한인터뷰를 함께 할 수 있었습니다. 48일이라는 긴 시간동안 와이프는 내심 속이 많이 불편했겠죠. 그럼에도 불구하고, 제 성격을 받아 줄 수 있는 유일한 첫 사람이기도 합니다.

'쉼표 속 이어달리기'

부크크를 통한 첫 출판 경험은 주말에는 출판이 되지 않는다는 것을 알았습니다. 원고 마무리할 시간도 오늘과 내일 이틀이 남아 있죠. 중권은, 처음 상하권 2권의 기획 중 쉼표를 하나 더 찍고자 하는 마음이었습니다. 글쓰기가 생각보다 더 어려운 과정이었기 때문입니다. 쉼표 덕분에 중권 출판 예정일도 주말에 들어와 이틀의 시간을 더 벌긴 했습니다만 하권 집필은 동시에 진행될 예정입니다.

'상권과 중권'

상권이 제 인생의 제주도의 토대를 만들어 갔던 모습이었다면, 중권은 그 토대를 정리하고 윤곽을 들어내는 과정이었습니다. 지속적으로 꿈틀 된 기생화산들을 잠재우며, 생명이 순환할 수 있도록 사람들과의 인터뷰로 새 생명을 불어 넣는 일들을 해 왔죠. 인터뷰를 통해 많이 성장하고 있는 것 같아요.

'신해일주'

오늘 신해일주를 어렵게 2명을 구해 뒀는데, 인터뷰를 하지 않으려구요. 여러 의미가 있겠지만, 그게 신해일주를 더 잘 나타내는 것 같다는 제 의견이죠. 그런 의미에서 하권에서의 12명의 인터뷰가 실리지 않을 수도 있다는 추측을 할 수 있겠습니다.

'내면의 소리'

미래에도 함께하고 싶은 사람들과의 인터뷰를 통해 내면의 목소리를 들으며 그 울림에 함께 울기도 웃기도 했던 경험들. 그리고, 마지막인 60일째 날, 저의 음력 생일이자 저의 일주 생일날 제 스스로에게 던지고 싶은 질문들과 답변들을 위해서 60일을 달려가고 있습니다.

'하권의 계획'

60일을 채워줄 나머지 12일간의 기록이 담길 마지막 하권이 저도 정말 기대가 됩니다. 인터뷰 외에도 첫 기획이었던, 오름 프로젝트를 함께 연도별, 월별, 주간별로 정리해서 구체화시킬 예정입니다. 2020년 9월 18일 갑자일 하권을 볼 수 있도록 잘 준비 하겠습니다. 기적처럼 계획된 것 같은 우리의 제주도에서 뵈어요.

제8화 60일간의 기적(3)

'두번째 출판 ; 용눈이 오름'

첫번째 출판이 '성산일출봉'이었다면, 나의 두번째 출판은 어떤 오름에 비유해야 할까를 고민하다가 '용눈이 오름'이 생각났다. 오랜만에 네이버에 '소낭 갈유겸'이라는 키워드로 검색을 해본다. '소낭'이라는 게스트하우스 식구들과 함께 올랐던 '용눈이 오름'이 생각났기 때문이다. 위의 사진과 같이 올린 글을 확인하니, 2015년 9월 6일었다. 오늘이 정확히 같은 날짜라는 것을 보면 이건 우연히 아니라 기적이라는 단어가 어울린 것 같다. 상권에서의 기적은 '산방산' 그리고, 중권에서의 기적은 '성산일출봉'. 하권에서의

2015년 09월 >

9.6 용눈이오름

출처 : cafe.naver.com/jejusonang/38892

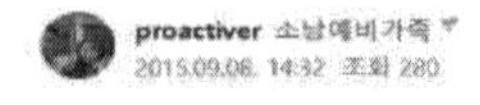

댓글 3 UR

기적은 '용눈이오름'이다.

'모든 것은 나의 무대'

선선한 가을 바람에 아침잠을 깬다. 60일 중 46번째 날이었던, 9월 3일 기유일 저녁 인터뷰 했던 형님의 말씀이 뇌리에 꽂힌다. '스승을 만나면 스승을 죽여라'. '자신의 춤을 춰야 한다'는 말이 나에겐 추상적이고 부담스러운 단어였다. 이미 나의 춤을 위해 승원형님의 메시지를 나의 인생 무대 발판으로 생각하고 있다. 제가 만든 토대 위에서, 자연과 벗삼고 사람들을 불러서 함께 각자의 춤을 추기위한 준비는 끝났다.

'오름 프로젝트 정리'

중권에 나열됐던 오름 프로젝트들 옆에 1~30년의 주기의 기한을 적자. 그리고 년도별로 묶어보고, 나의 다이어리에 옮겨서 내년도 계획을 세워보자. 그리고 올해 남은 4/4분기 계획도!

1년 안에 할 것들

1-1) 옥경이 로또복권 1등 당첨되기

1-20) 옥경이 1년에 한번씩은 해외여행가기

1-35) 옥경이 치마 선물해주기

1-38) 옥경이 감사일기 함께 쓰기

1-47) 옥경이랑 몸무게 배틀하기

1-48) 옥경이한테 일부러 내기 져주기

1-5) 옥경이 샤넬 백 사주기

1-50)　　1년에 한번씩 옥경이 소원 들어주기
1-6)　　옥경이 즉석복권 5억 당첨되기
1-8)　　홀인원 한번 더 하기
2-1)　아날로그용품점가기
2-10)　룬커스텀 프로모션 티켓팔기
2-11)　이진호 선배님께 전화드리기
2-12)　정식 출판기념회 열기
2-13)　한국경제 청춘 커피 페스티벌 부스 참가하기
2-14)　유투브에 120가지 오름 기획 완성해 나가기
2-16)　폴더폰 사기
2-17)　인생은 제주도처럼 상하권 묶어 정식출판등록
2-19)　몸무게 60kg대로 들어가기
2-24)　매일 영어공부하기
2-30)　하루종일 옥경이가 시키는데로만 하기
2-33)　가계부 만들기
2-34)　1주일에 한번씩 등산하기
2-35)　등산할 때마다 절에 들리기
2-36)　자주가게 될 절 찾기
2-37)　60일간의 기적형식으로 매일 일기쓰기
2-38)　강연하기
2-4)　재준이의 60일 간의 기적 작성하기

2-41) 1주일에 한번은 도서관가서 갈유겸식 독서하기

2-42) 매주 로또 분석하기

2-48) 한국재무설계 코드 덕암에셋으로 옮기기

2-5) 아날로그생활 지속하기

2-50) 옥경이의 꿈과 나의 꿈 융합시키기

2-51) 연락처 20명 남기고 다 정리하기

2-52) 주말마다 도서관 가서, 갈유겸식 독서법으로 독서하기

2-55) 나만의 춤 계속 추기

2-56) 스승을 만나면 스승을 죽이기

2-59) 하루 하루 소중히 지내기

2-6) SNS, 2012년 7월 14, 15일 흔적 살펴보기

2-60) 네이버 프로필 등록하기

2-9) 천체망원경 구매하기

3년 안에 할 것들

1-12) 영어 마스터 하기

1-13) 언더파 치기

1-21) 옥경이 에르메스백 사주기

1-32) 옥경이 언니랑 해외여행 보내주기

1-36) 옥경이 긍정적으로 만들기

1-37) 옥경이 3p바인더 함께 쓰기

1-39) 옥경이랑 서재 만들기

1-40) 옥경이랑 게임방 만들기

1-41) 옥경이랑 방탄커피 마시기

1-42) 옥경이랑 케토제닉 식단하기

1-43) 옥경이 깨달음 얻게 해주기

1-44) 옥경이랑 서핑타기

1-49) 옥경이 인터뷰 다시하기

1-51) 옥경이의 60일간의 기적 만들어 주기

1-58) 백화점 vip 만들어주기

2-15) steady seller 되기

2-18) '지금 당장 골프를 시작하라' 출판하기

2-25) 대룡산 페러글라이딩 하기

2-26) 부모님과 제주도 골프치기

2-3) 망한 골프장 가보기

2-44) 제주도에서 연예인들하고 골프치기

2-45) 미국 가면, '소중한 형님'과 라운딩 돌기

5년 안에 할 것들

1-15) 장인어른 모시고 미국가서 MLB 직관하기

1-22) 옥경이 볼보 자동차 사주기

1-25) 옥경이 정규골프장 머리 올려주기

1-29) 옥경이랑 둘째 만들기

1-3) 일산으로 이사가기

1-33) 옥경이랑 바디프로필 찍기
1-54) 옥경이 명의의 가게 만들어 주기
1-55) 옥경이 파워블로그 만들어주기
1-56) 옥경이 명의 디저트 개발 도와주기
1-59) 엄청 큰 멍멍이 키우기
2-2) 시베리아가기
2-23) 아마추어 골프대회 참가하기
2-49) 2036 프로젝트 구체화하기

7년 안에 할 것들

1-57) 옥경이 스카이다이빙 시켜주기
2-27) 계해일주 멘토만들기
2-28) 계해일주 모임 만들기
2-29) 민수형님 골프 머리 올려드리기
2-54) 샷 이글하기
2-8) 최신 안드로이드폰 구매하기

10년 안에 할 것들

1-10) 부모님 BMW 자동차 사드리기
1-11) 미네르바 스쿨 들어가기
1-14) 아내-도빈이와 라운딩하기
1-16) 1층 스타벅스인 상가건물
1-17) 옥경이 아파트 사기

1-2) 두물머리 까페 인수하기
1-23) 옥경이 이호테우 해변에서 보이는 섬에 같이가기
1-24) 옥경이 요트 태워주기
1-26) 옥경이 홀인원 시켜주기
1-30) 옥경이랑 셋째 만들기
1-34) 옥경이 책 출판하기
1-45) 옥경이 유겸투어 시켜주기
1-46) 옥경이 부모님하고 같이 살게 해주기
1-9) 책 10권 쓰기
2-20) 송화관 기술 전수받기
2-21) 용산에 아파트 사기
2-22) 자산 100억 모으기
2-39) 나비독서모임가기
2-40) 3p바인더 새로 구매하기
2-53) 재준이 사업 상장사로 만들기

15년 안에 할 것들

1-60) 자녀 외국유학, 원한다면 같이 이민가기
2-43) 갈유겸 재무설계사무소

20년 안에 할 것들

1-27) 옥경이 영부인 시켜주기

1-28) 옥경이랑 낚시해보기

2-31) 대통령되기

2-32) 1억원 기부하기

30년 안에 할 것들

1-18) 옥경이 평생 일 안하기

1-19) 옥경이 부모님 아파트 사드리기

1-7) 옥경이 송화관 건물 명의 받기

2-58) 도빈이와 여행다니기

집필 간에 이미 모습을 들어낸 오름들

1-4) 60갑자 다이어리 만들기

1-31) 옥경이랑 리얼타르트 감귤 사주기

1-50) 1년에 한번씩 옥경이 소원 들어주기

1-52) 옥경이의 날 만들기

1-53) 도빈이의 날 만들기

2-7) 친구 인수 호주주소 물어보기

2-46) 와인오프너 목록 만들기

2-47) 솟티 목록 만들기

2-57) 도와주고 싶은 인맥관계로 재형성하기

2-42) 매수 도노 분석하기

2-51) 연락처 20명 남기고 다 정리하기

2-55) 나만의 춤 계속 추기

2-6) SNS, 2012년 7월 14, 15일 흔적 살펴보기

제9화 49~59일간의 사람들

49일차 (임자일) 2020년 9월 6일 일요일 - 실업자

'인터뷰 요청'

하권 집필이 시작되었다. 임자일주는 대학생때부터 지금까지 종종 연락을 하고 있는 친구와 마지막 대리점 사장님이자, rotc 18기 선배님이 계시다. 두 분께는 1주일 전부터 작은 메아리로 첫번째 아이 카카오톡으로 인터뷰 요청을 드렸다. 고민 끝에 오늘 아침 드디어, 나의 새로운 3번째 아이의 휴대폰으로 문자를 보낸다. '시간 되실 때 전화를 요청 드린다. 혹시나 시간이 안되시면, 소중한 나의 연락처만 저장을 부탁드린다'고 메시지를 남겨둔다.

'차원의 벽'

첫번째 아이 카카오톡은 현재 세번째 아이의 휴대폰 번호로 인증을 해주면서 간헐적으로 사용이 가능하다. 하지만, 세번째 아이 본인의 카카오톡을 사용할 때는 첫번째 아이 카카오톡 송수신이 끊긴다. 즉, 카톡은 1개 번호 당 1개의 아이디만 사용 가능하다. 나의 첫번째 아이의 메시지는 영화 '인터스텔라'에 나오는 주인공이 차원의 벽에 갇혀 딸에게 보내는 '메시지'처럼 느껴진다. 즉, 나는 스스로 차원의 벽을 만들어 가고 있다. 그런 면에서 나는 세번째 아이와 인연을 맺으신 분들은 소중한 현재를 함께하는 사람들이라고 표현하고 싶다.

'계축일주 인터뷰 계획'

다행히 아내의 직장동료 중 계축일주가 있다. 신기하게도 계축일주의 인상들은 모두 비슷하다. 이목구비가 또렷하고 뭘 하더라도 똑 부러지게 해낼 것 같은 인상들이다. 아내는 나의 차원의 벽을 모두 통과할 수 있는 인물이다. 아내의 도움으로 내일 인터뷰에 대한 걱정은 덜었다. 계축일주도 작은 메아리로 미리 연락을 드리고 있었기 때문이다.

'마지막 12일 계획'

현재, 계축일을 포함해 갑인, 정사, 무오, 기미, 경신일의 5명이 정해지지 않았다. 이미 정해진 5명을 나열해보면, 을묘일에는 나의 상권의 시작부분의 에드시런의 영감을 불어 준 명환이, 병진일에는 소중한 대학교 친구인 성진이, 신유일은 나의 아버지, 임술일은 금융학과 선배이자, 명리학자이신 곽동국 선배님이다.

'1권의 소중함'

상권의 부크크 일련번호는 87298번. 중권의 요청번호는 87871번이다. 즉, 24일 사이 600권 가까이 출판된 것을 추측할 수 있다. 그리고, 판매내역을 살펴본다. 상권의 판매 부수는 '1권'이 찍혀 있다. 1권의 주인공을 추측해보면, 에드시런의 영감을 준 명환이가 분명하다는 생각이 들지만, 1권이 판매된 것을 인정하고 싶지 않았다. 그럼 왜 부크크 신간 서적 1위와 2위를 일주일 넘게 유지했는가 하는 질문부터 시작해서 그간의 페이스북 글들과 수천 통의 이메일 그리고 카카오톡의 수천명이 보았을 나의 QR코드로 된 프로필 사진은 헛수고가 된 느낌이다. 그럼에도 불구하고, 중권은 상권보다 1권을 더 판매해서 24일간 2권을 파는 것을 목표로 설정한다.

'먼저주자'

나의 모든 인간관계는 '라이터'에 불과했을까? 어디서든 쉽게 구할 만한 특별함 없는 사람들…. 그렇다면 나는 과연 그들에게 무엇을 해 주었는가에 대한 질문부터 시작해야할 것이다. 즉, 제가 그들의 '와인오프너' 그리고 '숏티'가 먼저 되어 주어야할 것이다. 스스로 자성하는 사이 임자일주 중 한 분이 연락이 되어 인터뷰를 시작한다.

'인터뷰'

1. 자기소개를 간단히 해주세요.

   갈유겸씨 와는 20대에 처음만난 인연이구요. 3년간 서울살이를 하고 현재 고향인 부산으로 내려 온 사람입니다.

2. 인생 파노라마로 보시면, 가장 본인에게 영향 크게 미쳤던 사건들 혹은 떠오르는 일들이 있으신 가요?

   없어요.

   1) 가장 행복했던 순간은요?

떠오르는 게 없다.

2) 가장 불행했던 순간은요?

행복과 불행에 대해 생각해 본적이 없네요.

3. 24시간 뒤에 이 세상에 없다면 뭘 할 예정이신 가요?

특별한 건 하지 않고, 지금처럼 평소처럼 있을 것 같다. 집에서 얌전히 평소에 안 하던, 방에서 누워있기를 할 것 같다. 조금 더 여유 있게 시간을 보내기.

4. '갈유겸'에 대해서 어떻게 생각하시나요?

'갈유겸'. 음. 미스터리한 친구다. 충동적이면서도 계획적인 친구? 사실, 선택지 질문들을 미리 봤을 때, 가장 생각을 하게 됐던 게 이번 질문이다. 뭐라고 이야기해줄까 생각했을 때, '뜬금없는데'. '유쾌하고', 어떨 땐 사람들과 잘 어울리면서 자기만의 세계가 확고하고, 고집이 있고, 제가 친구를 아는건지 모르는 건지 잘 모르겠다는 생각들 때도 있다.

5. 조언해주고 싶은 것들은?

조언이라, 제가 누군가에게 조언할 정도에 견문이 있는 건 아닌데, 본인이 원하는 거 최선을 다하고, 남들이 생각을 하고 실천에 옮기는 게 어려운데, 말을 허투루 하지 않고 시도 하는 모습이 대단하다. 그리고 옆에서 지지하는 사람들도 대단하다고 생각이 든다.

개인적으로 평소 느끼고 있는 건, 말은 함부로 하면 안된다는 걸 느끼고 있다. 계기는 따로 없고, 내 뱉는 말보다 듣는 일을 많이 해야 겠다는 생각을 하고 있다.

'소름'

인터뷰가 끝나고, 임자일주가 최근 읽고 있는 책의 작가님을 소개해준다. '노희경'. 오늘 예정되었던 두 임자일주의 성과 이름을 합치면, '노화경'이다.

50일차 (계축일) 2020년 9월 7일 월요일 - 직장인1

'나의 차원의 벽을 뚫는 사람'

나의 차원의 벽을 넘나드는 소중한 아내덕에 오늘 계축일주 인터뷰를 소개 받았다. 아내와 첫 직장을 함께 시작했고, 삼성증권으로의 이직도 함께한 아내의 소중한 동료다. 대상㈜을 다니는 시절 퇴근길 상봉역 7호선 지하철 스크린 도어에서 '고객만족우수사원'으로 처음 얼굴을 뵌 분이었다. 이후에는 아내의 직장동료의 애경사를 함께 챙기며 잠시 잠깐 뵈었던 분으로 소중한 시간을 내어 주신다고 한다.

'갑신월의 마지막 그리고 을유월'

지금은 태풍 '하이선'이 부산에 상륙했다. 07시 기상해서, 오랜만에 부산에 있는 친누나에게 안부전화를 한다. 그리고 두 절기가 바뀔 때 마다 물을 주는 우리집 스튜키들에게 물을 준다. 오늘은 을유월로 바뀌기 전 마지막 갑신월이다. 오늘 13:30분을 기점으로 갑신월에서 을유월로 바뀌기 때문이다. 나에게 소중한 '을목'이 낀 을유월. 뭘 해도 잘 풀리는 달이 되길 기원한다. 아침에 돌린 두번째 빨래가 다되었다고 작은 소리가 신호를 준다. 우리는 놓치기 쉬운 작은 수많은 신호속에서 삶을 살아간다.

'적토성산, 풍우흥언'

기상에 관심이 많다. 제갈공명 가문의 64대손이어서 인지, 중학교 시절 수행평가 과제 '태풍'에 몰입한 영향인지 모르지만, 현재까지 기상에 관심이 많다. 태풍과 근접한 지역을 네이버 실시간 cctv로 살펴보며 태풍을 간접 체험한다. 물론, 이런 행위들은 '돈'과는 관련 없지만, '소중한 경험'으로서 나의 인생에 거름이 되어줄 것이라고 확신한다. 지금 하는 하나 하나의 삽질이, 언젠가는 중요한 사업을 하면서 큰 도움이 되리라. 기유일 저녁 승원형님이 말씀해주신 내용은 정확히 '적토성산, 풍우흥언'이었다.

'카카오톡을 통한 정리'

드디어, 나의 세번째 아이 카카오톡에 이메일 인증을 해주었다. 이메일 인증을 해야만 pc카카오톡을 쓸 수 있기 때문이다. 인증을 도와준 메일주소는 osunshineo@naver.com. 초등학생때 만든 나의 네이버 아이디처럼, 내 인생의 제주도에 매일 햇살을 비추어 주어 새 생명이 더욱 잘 돋아나길 바란다.

'세번째 아이가 만드는 기적들'

내일 '갑인일' 인터뷰할 친구가 세번째 아이의 소중한 전화번호로 전화가 왔다. 이제 4명만 확보하면 된다. 그들에게는 나의 소중한 세번째 아이의 전화번호를 공유해야 하기 때문에 더욱 신중하다. 어제 문자를 넣어두었던 경신일주 형님께 조심히 세번째 아이의 카카오톡으로 다시 한번 연락을 보낸다. 연락이 오셨다. 근근이 페이스북으로 나의 소식을 접하신 형님께서는 흔쾌히 인터뷰 승낙을 해 주신다.

'몸이 사려지는 정사,무오,기미'

명리학 박사과정을 밟고 계신 신규영 선생님은 나에게 '화'가 '파'라고 하셨다. 즉, '불'을 조심하라는 말씀이었다. 그래서 그런지 불기운이 강한 일주분들에게는 왠지 몸이 사려진다. 불로 달구어진 '토'기운도 마찬가지다. 토극수. 토는 수를 극하기 마련이다.

'중권 출판 승인'

14:22분 부크크에서 출판승인 연락이 왔다. 드디어 24일간 제주도까지 다녀오며 쓴 나의 소중한 책 중권이 세상에 빛을 발하는 순간이다. 207page. 20,700원. 다소 비싼 가격이지만, 2036프로젝트 평생이용권이 들어 있는 걸 감안하면 저렴한 편이다. 많은 이들이 나의 이야기를 듣고 세상을 보는 눈이 달라졌으면 하는 바람이다.

'집주인의 방문'

저녁 아내와 출판기념식사를 끝내고 함께 식탁에 앉아 있는데, 현관문에 인기척이 들리고 곧바로 문에 노크소리가 난다. 나는 속옷차림이라 화장실에 대피하고 인기척이 사라지고 거실로 나와보니, 집주인이 다녀 가셨다고 한다. 집주인은 아내에게 내년 1월까지는 집을 비워 달라고 하셨다.

'즉각 실행 ; 책에서 배운 대로'

아내와 잠깐 인터넷으로 집을 알아본다. 강동, 하남, 일산 등 모두 전세가 귀하기도 하지만, 가격이 만만치 않다. 아내에게 지금까지 모아둔 돈이 어디 있냐는 구박만이 들려온다. 다시 현실로 돌아온다. 20시가 다 되어, 오늘 예정된 계축일주 인터뷰를 준비한다.

'인터뷰'

나는 본래 낯가림이 심한지라, 아내에게 아이스 브레이킹을 부탁한다. 60갑자 일진 중 귀한 계축일주분 인터뷰를 하고 싶었고, 아내의 도움으로 귀하게 연결되었다고 말씀드린다.

1. 간단히 자기소개를 부탁드리겠습니다.
   안녕하세요. 역삼동 직장인입니다. 고객을 상담하는 일을 하고 있습니다.

2. 지금 바로 생각해 보셨을 때, 최근 본인에게 영향을 끼친 일들이 있으신 가요?
   원래는 건강에 대해서 큰 생각을 하지 않았었는데, 주변에 지인분들의 부모님들께서 암에 걸리시는 등 몸이 아픈 걸 보면서, 건강을 생각하게 됐고, 그 이후로 부모님 건강을 챙기게 된 것 같다.

3. '남옥경'하면 어떤 생각이 드시나요?
   결정력 있고 자기주장이 있는 친구다. 호불호가 강한 친구며, 나는 이래도 좋고 저래도 좋은 성향인데 옥경이를 통해 많이 배우는 것 같다. 때로는 옥경이가 언니 같다는 생각도 하게 된다.

4. '남옥경'에게 조언을 해 주신다면?
   노하우는 아니지만, 인간관계에 대해 스트레스를 받지 않았으면 좋겠다. 마음 맞는 사람끼리 잘 지내면 좋겠다. 굳이, 마음이 안 맞는 사람들과 관계를 이어 나가려는 것들은 결말이 좋지 않기 때문이다. 나이가 들수록 더 깊어지는 그런 인간관계를 만들어 나갔으면 한다.

'인터뷰 소감'

아내 덕에 시작한 인터뷰를 아내를 위한 질문들로 마무리하며 하권의 2번째 날을 마감한다. 안방에서 들려오는 아내와 도빈이의 웃음 소리가 삶의 정석을 이야기해 주는 듯 하다.

51일차 (갑인일) 2020년 9월 8일 화요일 - 경찰

'더 완벽한 루틴'

오랜만에 07시 전에 일어난다. 방탄커피를 마시고, 오늘 인터뷰를 하기로 했던 고향친구에게 pc카톡을 보낸다. pc카톡이 첫번째 아이의 카톡을 버리고 드디어 완연한 세번째 아이의 카톡으로 바뀐 것이다. 완벽한 하루의 시작이다. 뭔가 꼬여 있던 게 완전히 풀어진 느낌이다.

'꿈 일기'

어제 밤 꿈 속에서는 야구를 했는데, 나의 타선 직전 만루 찬스에서 나의 앞 타선의 팀내 부정선수로 인해 경기가 허무하게 끝나고 말았다. 아쉬운 마음에 홀로 방망이질을 몇 번 하다가 잠에서 깨고 만다.

'이사의 현실화'

아내를 위한 기적의 함수를 찾는 동안 아내도 일어나서 아침식사를 챙겨 먹는다. 함께 있다 보니, 어제의 일이 현실이 되어 집을 알아본다. 현재 전세 계약연장청구권은 집주인 그리고 직계 존비속 거주까지는 거절 사유에 해당함을 알게 된다. 즉, 우리는 이사를 해야만 한다. 나의 오름 프로젝트의 '일산으로 이사가기'의 영향인지도 모르겠다.

'숲을 먼저 보는 습관'

09:30분 결론이 났다. 9월 동안은 강동구를 알아보고, 10월에는 일산 쪽에서 집을 알아보는 것으로. 거시적인 계획을 잘 세워야 역시 흔들리지 않는 세부계획이 나오는 듯 하다.

'사랑을 이용한 재테크'

결혼이라는 것을 앞두고 양가부모님들이 기존의 보수적인, 전통적인 생각을 대신해서 혁신적인 생각을 함께 해주신다면 어떨까? 예를 들어 우리가 2년 전, 집을 사서 동거를 시작해 동거인이 나의 집으로 전세 계약으로 집을 들어오는 것이다. 그리고, 아기가 생겨 혼인신고를 하고 1~2억이 불어난 종자돈으로 갭투자를 하며 살았으면, 현금은 족히 5억은 모았을 것 같다. 우리 로서는 이미 지난 과거이지만 현재 사랑하는 사람이 있다면 서로를 믿는다면 좋은 방법일 것 같다. 물론, 이제서야 갭투자는 힘든 상황이 되었다. 하지만, 첫번째 방법만으로도 종자돈 1~2억 정도는 쉽게 모을 수 있을 것 같다.

'인터뷰'

오늘 인터뷰하기로 한 친구와 아침부터 카톡을 주고받으며 사랑을 이용한 재테크도 소개해 준다. 그리고, 자연스레 오전 인터뷰를 시작한다. 앨빈토플러의 미래쇼크가 이미 현대인들의 만연한 질병으로 자리잡았다는 이야기를 건내 주며.

1. 자기소개를 해주세요.

카르페 디엠! 경찰? 6년 전에 경찰행정학과 졸업해서 수사가 하고 싶었는데, 검찰 수사관을 꿈꾸다가 4학년 1학기 휴학을 내고 검찰 9급을 준비하다가 예정된 14년도 4월 19일 시험 전에 경찰시험이 3월 15일에 있어서 연습삼아 시험을 쳐서 합격을 했고, 사람이 간사한지라 공부하기 싫고 체력은 자신이 있어서 모든 합리화가 경찰로 방향을 틀어 버리게 되었습니다. 지금 생각해봐도, 나는 성격이 활동적인데, 검찰 사무직은 정적이라는 부분에서 선택을 잘 한 것 같아요. 대학 선배들 따라 노량진 학원에 다닐 수도 있었는데 함께 놀게 될 것 같아서 어머니 밥 먹고 싶기도 해서 고향 삼천포로 내려가서 독서실을 등록해서 다니기 시작했고, 6개월간 열심히 공부해서 합격했습니다. 자신감 하나 믿고 면접을 잘 통과했구요. 원래 수사관을 꿈꾸고 있었고, 1년차에 여성 속옷 1000개 가까이 훔친 도둑을 잡아서 형사과에 2년을 근무하게 된 계기가 되었습니다. 이후에는 기동대에 1년간 의무 복무해야 해서 기동대를 1년간 거치고 일찍이 정보과에서 1년 근무를 하게 되었습니다. 경찰의 꽃은 형사과와 정보과 라는 말이 있던데, 젊은 시절 모두 경험해 보는 운도 따랐어요. 특히, 정보과는 도청 소재지인 창원에서 근무하면서 집회 시위 관리관련 사람들을 중재하고, 타기관의 고위직들을 만나면서 나중에 나이가 들어서 다시 근무하고 싶다는 생각을 하며 의경 중대에 지원해서 1년이 되었습니다. 그렇게 총 6년을 보내고 있네요. 다른 부서에서는 대부분 막내생활을 했지만, 현재는 지휘관으로서 병을 거느리고 있다 보니 입장이 바뀐 생활에서 많은 것을 배우고 있습니다. 평소 좋아하는 말은 처음 말씀드린 것 처럼 '카르페디엠'입니다.

경찰 이야기가 나왔으니까, 한마디 하고 싶습니다. 경찰은 요즘 많이 뽑다 보니 사람이 많다. 그리고 집단이 커서 힘이 강해지고 있기도 하지만, 자연스레 내부적인 사건사고가 많다 보니 국민들이 나쁜 부분만으로 전체를 비판하는 모습들을 보기도 합니다. 내부적인 사건사고들은 굉장히 작은 부분이고 외에는 모두가 열심히 일하고 있으니 그런 부분들을 알아주셨으면 합니다.

2. 살아오면서, 스스로의 터닝포인트가 있으셨나요?
아~, 그런 게 있나. 직업이 직업인지라 사건사고들은 평소에도 많이 봤지만, 스스로 크게 다쳐본 적이 없고, 가까운 가족이 돌아간 적도 없다 보니 딱히 없습니다.
떠오르는 게 있다면, 첫 경찰임용간 진주에서 실습 기간 중 아파트에서 뛰어내린 여자를 수습했던 일인데, 무서워서인지 후드를 끈으로 조여 멘 모습에 몸은 이미 뼈가 으스러지고 심장이 뛰고 있는 모습이었는데, 소방관들이 도와 달라고 해서 맨손으로 현장을 함께 수습하면서 들것에 옮겨 드리고 나오는데, 무전으로 5분뒤에 사망하셨다는 말이 흘러나왔을 때가 뭔가 경험해 보지 못한 충격이 있었습니다. 지금은 더한 일도 많이 보는 직업이지만 그때는 처음이라서 생각이 많이 들었지요.

3. '갈유겸' 떠오르는 이미지는?
   착한 또라이.
   지금 봐서는 자신이 계획했던걸 성실하게 이루고 있는 느낌. 돈이 되던 안되던 나이가 들수록 버킷리스트들을 해내고 있는 친구. 삶에 대해 충실하고 성실해 보입니다.

4. 갈유겸에게 조언을 해주면?
   멀리서 봐도, 마누라가 많이 이해해 주고 있으니까. 그걸 좀 신경 쓰고 평생 잘해라. 아기도 있으니까. 가정을 위해서 더 신경쓰고!

5. 현재 그리고 앞으로 사랑할 사람들에게 전하고 싶은 말은?
   직장생활을 하고 있지만, 편가르기, 시기질투 등이 많은데, 서로 헐뜯지 말고, 모든 사람들을 진정으로 사랑하면, 주변은 자연스레 너를 위해주는 사람이 많아지는 것 같아요. 제가 덩치가 크다고, 잘 났다고 가 아니라, 모든 사람들을 수평적이게!

'제가 기억하는 카르페디엠 경찰관'

실제로, 학창시절 키가 크고 체격이 좋았음에도 불구하고, 약한 친구를 단 한번도 괴롭혀 본 적 없던 정의로운 나의 친구였다. 고향 내려가면 지금처럼 종종 만나는 소중한 친구로 인연을 이어 나가야겠다. 그때가 생각난다. 수능시험 치기 며칠 전날이. 이 친구와 나는 중학교를 함께 나왔지만, 고등학교를 서로 진주로 유학을 갔지만 선택지가 달라 헤어졌다. 하지만 친구가 먼저 수능 전날 연락을 주었다. '시험 잘 치고 보자'고. 나는 고등학교 3년 내내 반장을 하며 더욱 독선적이고 내면은 약하지만 외면의 강한 모습을 키워보려고 안간힘을 썼었다. 그런 나의 마음에 따듯한 손길을 내민 친구였다.

'대뇌 전전두엽의 활성화'

아제가 즐겨 보는 넷플릭스로 어제부터 아껴보던 '나쁜녀석들'을 마무리한다. 오전 경찰관과의 인터뷰의 영향인지 말이다. 영화에서 경찰인 주인공의 팀 반장이 주인공의 방황하는 모습을 보며, 두 스님 이야기를 해 주었는데, 미쳐 날 뛰는 말을 탄 스님 이야기를 통해, 우리도 미쳐 날뛰는 자신의 말의 고삐를 당겨, '삶의 주도권을 잃지 않아야겠다'는 다짐을 한다. 즉, 편도체를 제어할 수 있는 강인한 npfc. 즉 대뇌전전두엽의 기능을 활성화 시켜야 한다.

52일차 (을묘일) 2020년 9월 9일 수요일 – 방사선사

'명리학은 나의 일상'

을묘일 아침 수만가지의 생각을 앉고 아침 눈을 뜬다. 어제 분석해낸 공전의 을경 '금'의 간합이 오늘 아침 자전에도 일어나는 게 보인다. 07:30~09:30. 급히 어머니에게 안부연락을 드린다. 어머니 일간은 갑목이기 때문이다. '화' 일간은 오늘 오전 때 돈을 벌거나 여자때문에 아니면 술 때문에 인생을 망치는 날이 될 것이다. 그리고, 을경 '금'의 간합이 일어난 때로 돌아가봐, 그날 그날 사건 사고들을 점검하고 기록한다. 산불이 보이고, 가수 김상혁씨의 음주운전 사고가 있었다. 김상혁씨는 '을목'이었다. 금기운이 강할 때 '목'일간들은 자동차를 타면 안될 듯 싶다.

'로또번호와 명리학'

아내의 로또 당첨 1등을 위해 을경 간합 아이디어를 로또 번호로 가지고 온다. 드디어 로또 번호가 그날의 시간과 그 시간을 가진 '년주'의 연관관계가 살며시 들어낸다. 이번주 번호는 적어도 3개 이상은 맞춰줄 수 있을 듯 하다.

'을묘의 영향'

오늘 인터뷰할 을묘 일주 친구와 아침 기분 좋은 카톡을 주고 받는다. 을묘친구는 오늘을 위해 제주도 오메기떡으로 만든 오메기주를 준비했다고 한다. 취중 토크를 하기로 했다. 제주도 쫄깃쎈타에서 만난 동생이다. 함께 마라도도 다녀온 소중한 인연이다. 인생은 제주도처럼 상권을 첫 구매해준 고마운 친구다. 그 친구는 나를 위해 제주도산 술까지 준비했는데, 나도 제주도와 관련된 술은 죄다 사와야 겠다는 마음으로 마트로 향한다. 무슨 욕심인지 인터뷰할 을묘 일주에게 오늘 유투브 및 SNS 라이브를 함께 진행해도 되냐고 물어본다. 곧 승낙이 떨어진다.

'가는 날이 장날이다'

아침 일찍 마트 입구에 도착하니, 수요일 휴무다. 바로 옆 노브랜드마트도 휴무. 집 앞 홈플러스익스프레스도 휴무다. 결국, 이발소로 발길을 옮긴다. 짜증이 날 법 했지만, 긍정의 마인드로 재무장한다. 내친김에 오늘 방송을 위해 다운 펌까지 감행하며 단골 미용실 사장님께 그간 책 쓴 이야기를 들려드리고, 오늘 20시에 유투브에 들어오시기로 약속한다.

'끊임없는 삽질'

설렌 마음을 안은 채 구리 시청일을 끝내고, 테스트 방송을 하다 보니 오늘의 삽질에 진이 빠졌다. 하지만, 다시 긍정의 마인드로 재무장하여 집에 있는 노트북 2대와 스마트폰 2대로 오늘 방송 준비를 마친다. 아내는 취중 토크를 위해 맛있는 족발을 시켜주고 때를 기다린다.

'인터뷰'

모든 방송을 켜고 드디어 동생과 인터뷰를 시작한다. 동생의 아버님께서 나와 비슷한 성향을 가지셨다는 이야기로 편하게 말을 나누며 각자의 '제주도산' 술 첫 잔을 건배한다. 나의 제주도산 술은 유실물센터에서 다시 찾아온 마지막 한잔 남은 제주도산 조니워커 블루라벨이었다.

1. 자기소개 시작하시죠.
   30살 된 김명환이라고 합니다. 직업은 방사선사입니다. 쉽게 생각해서 저는 지금 혈관 조형실에서 시술을 담당하고 있고 영상을 만들고 있습니다. 취미는 농구입니다. 그리고 저자 분 상권을 완독했습니다.

2. 인생에서의 임팩트 있는 순간이 있는지요?
   방금 샤워하면서 떠올랐는데, 21사단 gop 군생활 시절, 밤에 해가 지고 일몰 후 30분에 휴전선에 불을 키는데, 다른 부대 인원도 함께 시간을 맞춰 불을 키는 작업이 생각났습니다. 완전히 캄캄한 밤에 불이 동시에 켜지는 그 경험이 제 인생에서 찬란한 순간이었던 것 같습니다.
   그리고, 잔소리가 듣기 싫어서 3~4년 전 분가를 했고, 지금까지 자유를 누리면서 인생의 즐거움을 느끼고 있습니다.

3. 24시간 뒤에 죽으신다면 뭐 하실 거 에요?
나름 계획 적인 사람으로서, 일단 계획을 할 것 같아요. 가장 좋아하는 농구 팀원들과 한게임하고, 친구들과 밥 한끼 그리고 가족들과 함께 있을 것 같아요.

4. '갈유겸'을 어떻게 보시나요?
일단, 형을 봤던 게 제주도에서 2박3일 같이 다닌 기억과 더불어 책에서 만났을 때와 종합해보면 말이죠. 현재 구리시에서 하는 업무 외에도 할 게 정해 있는 걸 보면, 완전한 몽상가는 아니구나 라고 생각해요. 완전한 몽상가들에 비해 형은 미래가 다 계획 되어 있으니까. 솔직히 부럽다 라고 해야하나. 못했던 거 하는 거니까. 꿈만 쫓는 놈들에 비해 형은 딱 '선' 안에서 꿈도 꾸고, 본인의 실제 미래도 계획하고, '둘 다 양립해서 인생을 살아가는 사람도 있구나'라는 생각이 들었어요. 처음 느꼈어요.

5. '갈유겸'을 위한 조언은?
형수님한테 좀 잘하세요!

'인터뷰 후기'
동생과 취중진담 토크쇼를 끝내고, 방송을 끈다. 그리고 2시간

가까이 연결중인 카카오영상통화로 잘 정돈된 동생의 방을 구경하며 한 시간 넘게 '희망'에 관한 진솔한 이야기를 나누고 헤어진다. 동생은 직장내 인간관계 그리고 조직관의 갈등에 염증을 느끼고 직장생활에 회의감을 느끼고 있었다.

53일차 (병진일) 2020년 9월 10일 목요일 - 직장인2

'더 나은 내일을 위하여'

어제 밤의 숙취를 깨기 위해 쓰레기를 비우고 와서 목욕을 한다. 그리고 대청소를 시작. 아내의 아침식사 겸 오붓한 시간을 보낸 뒤 아내의 컴퓨터 정리를 하기 시작한다. 재무설계 일을 시작하며 설치했던 수많은 파일들을 정리하니 새로 태어난 느낌이다. 내친김에 전화번호를 잃어버린 카카오톡 1,2번 두 아이들 모두 계정을 삭제한다. 남아있던 카카오페이도 깔끔하게 정리한다.

'비우고 비우면'

아내의 노트북 성능이 돌아왔다. 역시 비우고 비우면 다시 좋은 일들이 많아지는 느낌이다. 즉, 나의 아름다운 제주도를 완성하기 위해 불필요한, 악한 생물들을 없애고 또 없애 착한 생물들이 돌고 도는 그런 아름다운 작업을 이어 나가야겠다.

'ROTC가 아닌 LOTC'

즉, 라이터(Lighter), 와인오프너(Opener), 숏티(Tee) 분류작업을 꾸준히 해 나가는 것이다. 담배 따위나 붙여주는 라이터들 중에 소중한 와인을 열어주는 와인오프너가 되어야할 사람들을 골라내고, 숏티였던 분들을 찾아내어 은혜에 보답하고 제가 숏티가 되어줄 사람들을 선정하는 것이다. 즉, Contribute. 공헌을 통해서 선한 영향력은 LOTC를 반복하게 되고 결국, 모두가 각사의 아름다운 제주도를 만들어 갈 것이다.

'인터뷰'

오늘 인터뷰하기로 한 친구는 나의 대학교 축구동아리 동료이자 함께 ROTC 생활을 했던 전우다.

1. 자기소개 부탁드리겠습니다.

   나이는 빠른 90년생인데, 32살과 함께 살고 있는 양산에 사는 김성진입니다. 유겸이와는 대학 동료이자 ROTC 동료입니다. 저는 한샘에서 부산경남 시공관리팀을 맡고 있습니다. 이상입니다.

2. 행복이란 뭐라고 생각하시죠?

   제가 현재 하고 싶은 것을 하는 것이 행복인데, 지금 자고 싶으면 자고 먹고 싶으면 먹는게 행복인데, 현실은 그게 아니다. 아침에 일어나기 싫어도 출근해야 하고, 하고 싶은 데로 못하는게 인생인데 그 와중에서도 좋은 사람 만나고 맛있는 거 먹고 하는게 행복. 그것이 행복이죠. 그렇게 생각합니다.

3. 반대로 불행은 뭐라고 보시나요?

   자기 가족이나 친구들 이런 분들에게 안 좋은 일이 생기거나 하는게 불행이다.

1) 그럼, 앞에서 말씀하신, 하고 싶은 걸 못하는 건 뭘 까요?
   사람이 하고 싶은 것만 할 순 없기 때문에 그것은 불행이 아니다.
2) 하고 싶은 거만 하는 사람은 어떻게 생각하시나요?
   부러워요.

4. 인생에 후회는 없나요?

고등학교때, 조금 많이 못 놀았던 게 후회된다. 집과 도서관을 왕복했던 패턴인데, 당시 공부를 열심히 한 것은 아니었다. 당시 유행했던 PMP로 '거침없이 하이킥'을 열심히 봤다. 차라리, 열심히 놀 걸이라는 후회를 한다.

5. '갈유겸'에 대해 어떻게 생각하시나요?

하고 싶은 거 하고 열정적인 사람인 것 같아요. 도전적이고 멋있는 사람. 평범하지 않은 것 같아요.

6. '갈유겸'에게 해주고 싶은 조언은?

조언요? 뭐, 할 게 있나요. 건강 잘 챙기고 와이프 잘 챙기고 와이프 많이 챙겨주고. 너무 한 곳에 빠지지 말고, 적당히 하면 좋을 것 같습니다.

인터뷰를 끝내고 나만의 '숏디힐릭'을 열심히 떠들다 성진이의 피곤함이 느껴져 그만 쉬도록 놓아준다.

54일차 (정사일) 2020년 9월 11일 금요일 - KPGA 정회원

'나의 라이터는 누군가에게는 소중한 와인오프너'

어제 밤 원고 정리와 60일차 계해일 인터뷰를 1차적으로 하느라 새벽 1시를 넘겨 잠을 잤다. 아침 눈을 떠보니 08:30. 방탄커피를 내리고 아내의 아침도 차려준다. 샤오미 체중계를 드디어 버린다. 80.5KG 까지 불어난 줄 알았는데, 3KG로 오차가 생긴다. 77.5KG가 아니면, 80.5KG이다. 혼란스러웠다. 다행히 그 와중에 도빈이의 몸무게를 재는 데는 무리가 없었다. 3KG의 오차가 발생해도 발생한데로 함께 잰 몸무게와 혼자 잰 몸무게를 차감하면 나오므로 무리없이 잴 수 있었다. 다시 스레기통에서 샤오미 체중계를 꺼낸다. 나에게는 '라이터'이지만, 도빈이에게는 소중한 '와인오프너'가 되니 말이다.

'도빈이를 위하여'

도빈이는 최고치인 8.1KG 를 기록한다. 그리고, 도빈이의 똥을 오랜만에 본다. 노란 황금변을 사진 찍어서 나중에 도빈이가 크면 보여주고 싶지만 아내는 쓸 때 없는 행동이라고 한다. 하지만, 난 도빈이에게 모든 것을 남겨주고 싶다.

'명리학은 나만의 춤'

명리학으로 3주째 분식하고 있는 로또번호를 나의 세번째 아이에 들어있는 카카오톡 친구들에게 공유한다. 뚱단시 같은 소리에 일일이 반응해주는 주변 사람들에게 감사하다. 중권 을사일 제주도로 떠난 주에 휴대폰을 잃어버리고, 첫번째 아이 카카오톡이 연락두절이 되어서 인터뷰를 못했던 바로 그 친구다. 그리고, 오늘 인터뷰가 없는 일진을 분석하기 위해 다이어리를 펼쳐 든다.

'정사일의 반복'

2020년 5월 14일 정사일 저녁 일규와 만나서 진하게 소주를 한잔 한 날이다. 기적처럼 오늘도 정사일이다. 일규 주변분들의 사주상담도 해줄 겸 재미있는 이야기를 주고 받는다. 내친김에 인터뷰를 신청한다. 일규는 쿨 하게 인터뷰에 응한다. 일규는 월간의 경과 간합된 '을사일주로' 2006년, 17살 젊은 나이에 프로에 입단한 친구다.

1. 일규씨 자기소개 좀 부탁드릴게요.
   인천에 살고 있는 어렸을 때부터 골프만 치고 있는 32살 강 일규라고 합니다.

2. 행복과 불행에 대해 스스로 생각하는게 있으실 까요?
   저는 평범한 게 가장 행복하다고 생각합니다.
   1) 왜요?
      제 삶을 평범하지 못하게 살았기 때문입니다.

2) 그럼 반대로 불행은요?

하고자 하는 것들을 의지와 다르게 못할 때가 불행하지요.

3) 불행 중 요즘에는 떠오르는 일들이 있다면?

음~ 솔직히 지금은 불행하다고 느끼진 않지만 답답한 상황은 있어요.

4) 독자분들께 공유해 주실 수 있으신가요?

좋아하는 친구가 있는데, 너무 좋아하긴 하는데, 모임에서 만난 친구라 고민되요. 제가 그 모임 리더거든요. 만약에 그 친구에게 고백을 해서 사귀게 될 수도 있고 사귀지 못할 수도 있는데 결국 고백의 결과와는 상관없이 모임이 파토가 날 수가 있거든요.

5) 어떤 모임이죠?

모임은 골프모임이고, 또래끼리 재밌게 골프치고 다니고 놀자라는 취지로 만들었죠.

리더가 모임을 파토 낼 수도 있지만, 개인 사로 인해 그렇게 하기에는 부담인 것 같아요.

평소에는 남자답게 일 처리를 하는 편인데, 이성에 관해서는 조심스럽습니다.

6) 제가 연애상담 해줄 능력은 안되지만, ROTC에서 만난 인생 경험이 풍부하신 선배님들의 자주하시는 말씀이 떠오르네요. '인생은 Birth 와 Death 사이의 Choice의 연속이다.'

그리고, 제가 법인영업, 보험영업 그리고 책도 팔아보면서 개인적으로 느낀 것은
'이 세상은 당신의 행복에 관심이 없다.'입니다.
저는 일규씨가 행복한 선택을 하길 바랍니다.

3. '갈유겸' 을 생각해 보시면, 어떤 느낌이 드세요?
어~, 우리 또래보다 성숙된 친구.
결혼을 해서 그럴 수도 있겠지만, 되게 어른 같다. 또래보다 어른 같다. 배울 점도 많은 것 같고. 좀 더 알아보고 싶기도 하고.

4. 인생의 곡절이 많으신 데, 인생에서 조언 부탁드리겠습니다.
(겸손하게 물러나신다.)
    1) 저는 같은 골퍼로서 일규씨를 굉장히 존경합니다. 1억은 소비한 것 같은데, 핸디가 아직 20개가 넘습니다.
    더 쓰셔야 합니다. 저는 최소 15억은 썼기 때문에. 그 정도는 어림없습니다.
    2) 살아오면서, 다신 하고 싶지 않은 실수들은 없나요?
    사람을 너무 믿는 게 잘못이었어요. 사람들을 격없이 만나고 선을 경계하지 않고 만난 인생. 사람을 너무 좋아하다 보니까 손해가 많았던 것 같아요. 알면서도, 성격이

그래도 계속 그렇게 만났는데. 배신도 당하고 이용도 당하고. 계산을 하지 않고 만나는 성격인데, 이제는 약간의 의심은 해야겠다 라는 생각이 들어요.

'나한테 너무 잘해주면 의심을 하자.'

3) '인맥'에 대해서 어떻게 생각하세요?

우리나라에서는 없어 선 안될 것 같지만…

4) 제가 중권에 인터뷰한 박사님 내용을 공유드리면, '도와주고 싶은 사람들이 인맥이다'에요. 저는 그 말씀을 들으면서, 참 대인배 생각이고, 제가 카카오톡 친구 3,700명을 가진 게 인맥이 아니구나 라는 생각이 들더라구요. 현재는 제 카카오톡 친구는 일규씨를 포함한 28명이랍니다.

그리고, 책을 쓰며 개발한 저만의 철학이 있어요. 모든 만물을 라이터 / 와인오프너 / 숏티 / 공헌 4가지로 구분해 즉, ROTC로 만들었죠. 제가 하권이 나오면 꼭 선물 드리도록 하겠습니다.

일규와의 인터뷰를 마치고 '강일규'를 검색해 본다. 그리고 함께 꿈을 꾼다.

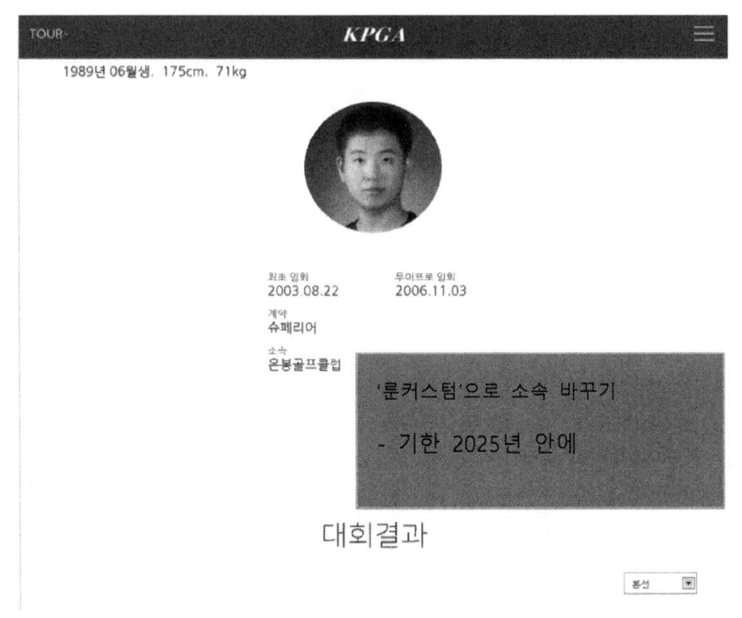

'비우면 채워지는 비밀'

비우고 비우면 채워지는 마법은 엄청나다. 오늘은 원래 인터뷰상대가 없던 날이었는데 일규가 인터뷰를 해주었다. 중권에서 일규를 만나지 못한날은 건설회사 회장님을 만나게 되었고, 룬커스텀과 함께 못해도 우리 일규의 우승을 위해 회장님에게 부탁을 드려 봐야겠다. 비우고 비우면 또 채워지는 마법.

55일차 (무오일) 2020년 9월 12일 토요일 - 고향으로

'운명을 거스르지 않기'

'화'기운이 강한 정사일과 무오일. 열심히 술을 마셨다. 최근 살이 폭증할까 봐 안 마시던 액체 빵인 '맥주'로. 하지만, 오늘 새벽 식도의 맥주로 인해 생긴 체증으로 고생을 하고 그 영향으로 다이어트를 결심한다. 제대로 해보기 위해 부크크에서 첫 책도 산만큼 아침 목표들을 세우고 결국 다가오는 10월 18일 목표체중 66kg를 설정한다.

'주말 계획'

오늘 아내는 언니의 결혼식 준비를 도와줄 겸 아침에 집을 나섰다. 도빈이와 오랜만에 단 둘이 남는다. 육아는 템빨이라는 아내 덕에 도빈이는 혼자서도 잘 놀고 잘 잔다. 아제가 돌아오는 15시에는 별내에 사는 사촌형님을 픽업해서 고향 사천으로 내려간다. 내일 벌초가 있기 때문이다.

'스마트폰'

스마트폰으로 도빈이의 육아 브이로그를 잠깐 한다. 역시나 업로드는 지난 계해일처럼 잘 되지 않는다. 집필을 위해 아기띠에 도빈이를 메고 의자에 앉으니 운다. 노트북을 주방으로 가져와 일어서서 쓰기 시작하니 이내 잠이 든다. 그대로 도빈이를 눕혀 누고 오랜만에 ROTC 라이더스클럽 활동을 한다. 진주에서 회계사를 하시는 36기 선배님께서 경남 사천 부모님 식당에 들려주셨다. 멤버들께도 공유하며 함께 기쁨을 누린다.

'고향 갈 준비'

아제가 준비한 큰아버지댁과 부모님 댁에 드릴 추석선물인 육포를 차에 미리 실어 두었다. 대전 두물머리에서 주어 온 발모양의 노란색 돌도 차에 실려 있다. 혹시 모를 라운딩에 대비해 트렁크에는 골프백도 실려 있다.

'저녁식사'

형님은 일찍 우리집에 오셔서 함께 커피를 한잔하며 도빈이를 안아 보신다. 16시가 되어 아내는 집에 도착한다. 고향에 기다릴 부모님을 위해 급히 출발한다. 휴게소를 2곳 들려 휴식을 취하며 고향집에 도착하니 20시가 조금 넘었다. 큰아버지와 큰어머니도 우리집에 와 계신다. 아제가 챙겨준 육포를 큰아버지댁과 부모님 댁에 선물로 드리며 저녁식사를 함께한다.

'강인한 아버지'

제비추리. 아버지가 오늘 식당에 고기가 들어오는 날이라 거래처에 제비추리만 골라 따로 주문하셨다고 한다. 막내인 제가 고기를 맛있게 구워 와인 그리고 벌로 만든 술, 소주와 함께한다. 여러 이야기를 주고받으며 행복한 시간을 보낸다. 어머니의 모습은 그대로 신데 아버지가 오늘따라 기운이 없어 보이신다. 몸무게는 이제는 70kg 라고 하신다. 얼마전에는 장염에 위염까지 더해져 몸이 좀 안 좋으시다고 하신다. 하지만, 맡은 업무는 충실히 하시고 오늘 저녁상까지 손수 준비하셨다.

'아버지의 사랑'

제비추리 이후에는 소면까지 해오신다. 장난삼아 '비빔면!'을 외치니 나 만을 위한 비빔면까지 해주신다. 오늘부터 다이어트 계획을 세웠지만, 아버지의 사랑을 듬뿍 먹는다. 사촌형님과 큰아버지 그리고 큰어머니는 집으로 돌아가시고 부모님은 뒷정리를 하신다. 나는 집으로 돌아와 샤워를 하고 거실에서 어머니와 이런저런 이야기를 나누며 함께 거실에서 어프로치 연습을 한다.

'고향집 잠자기'

곧 2층으로 돌아와 잠자리에서 잠자리에 눕는다. 노트북을 키고 오늘이야기를 간단히 정리한다. '20시를 조금 넘어서 고향에 도착한다.'

56일차 (기미일) 2020년 9월 13일 일요일 - 벌초

'고향집 아침

새벽 06시 고향집에서 숙면을 취하고 시끌벅적 한 1층 거실로 향한다. 어머니 아버지는 항상 아침부터 깨가 쏟아진다, 나도 좋은 기운을 받는다. 화목하고 행복한 우리집. 아버지와 나의 상권 중권 이야기 그리고 어머니에 대한 인터뷰식 대화를 나누다 보니 한 시간이 훌쩍 넘어선다. 어머니는 24시간 뒤 죽음을 맞이해도 평소와 같은 루틴을 유지하겠다고 하신다.

'큰집'

07시 30분이 되기 전, 큰집으로 향한다. 사촌형님과 큰아버지를 모시러 가기 위해서다. 인기척이 없는 큰집에 곧 차가 들어온다. 큰아버지와 큰어머니는 집 바로 옆, 온천을 다녀오신다. 사촌형님은 집에서 더 잠을 청한 모양이다. 식당 위 2층 집으로 올라가보니 잠을 잘 못 주무신 형님이 계신다. 어제 함께 신나게 내려온 모습은 온데 간데 없다.

'함안으로'

다시 마당으로 내려와 큰아버지를 따라 닭장에 다녀온다. 닭장에서 꺼내 오신 달걀을 생으로 하나 까서 노른자만 먹는다. 비린맛이 전혀 없고 아침 식사 대용으로 안성 맞춤이었다. 곧 08시가 넘어 함안으로 출발한다. 가는 길에 마트에 들려 아버지가 챙겨

주신 돈으로 함안 종갓집 댁에 드릴 과일을 산다. 대 문중 벌초를 젊은 세대로 옮기고자 큰아버지와 아버지는 작년부터 우리들 끼리 가도록 길을 들이고 계셨다. 오늘은 문중 산소 이장문제가 있어 큰아버지가 동참하시게 되었다.

'7대손 문중 벌초'

1시간 내로 파수에 있는 대 문중 산소에 도착한다. 7대손 할머니 할아버지의 산소다. 09시에 모이기로 했지만 부지런한 갈씨 집안 어른들은 이미 벌초가 한창이었다. 얼른 장화로 갈아 신고 조아제약 함안공장과 문중산소 사이의 도랑을 건너, 갈고리로 예초기가 지나간 흔적을 정리하기 시작한다. 인원이 10명이나 되니 10시가 되기전에 첫 벌초가 끝난다. 간단한 제사를 모시고, 조를 두 조로 나눈다. 사촌형님과 나는 얼굴이 낯이 익은 어른을 따라 두번째, 벌초에 나선다. 낯이 익은 어른은 파수골의 산도 과거에 문중 산이었다고 한다. 파수골 안쪽에 위치한 산소 2곳 벌초를 끝내고 점심식사 겸 이장문제를 논의 하기위해 식당으로 향한다.

'후세대를 위하여'

이장문제는 후세대를 위한 작업인 듯 했다. 지관이라는 선생님께서 이장관련해서 설명을 해주신다. 기존 산소들을 완전히 파내어 이장하면 여러 문제가 발생해서 요즘엔 흙은 좀 퍼서 옮기고,

비석을 세워 정리 한다고 한다. 식사를 마치니 회계사인 사촌형님이 밥값계산을 다 끝내 놓으셨다. 뒤늦게 사이다를 시킨 다른 형님을 위해 나도 차에서 1,000원을 내어와 식당아주머니에게 지불한다.

'아버지의 배려'

지관선생님과 함께 집안 어르신들은 문중산에 잠시 다녀오신다고 한다. 사촌형님과 나는 함안 첫째할아버지의 맏아들이신 함안 큰아버지댁에 들린다. 믹스커피와 오늘 가져온 복숭아를 대접해주신 함안 큰어머니 연세는 벌써 80세다. 몸이 하나 둘 고장 나기 시작 한다고 한다. 커피를 직접 끌이고 과일 직접 깎는 자상한 나의 모습에 우리 아버지와 똑 닮았다고 하신다. 아버지는 함안 큰어머니를 위해 과일 외에도 하얀 통들을 여러 개 챙겨주셨다. 무거운 통들을 대신해 여러가지 시골 전통음식들을 담아둘 때 쓰시라는 배려였다.

'포용력'

묵묵히 조상님들의 터전을 지키고 일구고 계신 함안 큰집 어르신들 덕분에 우리 도빈이까지 함안에 본적지를 두고 있는 듯 하다. 물론, 작은 집 식구들이었던 우리 가족들은 할아버지가 돌아가시고 어린시절 구박을 많이 받으셨기도 했다고 한다. 그 상처로 인해 아직까지 함안 큰집에 인사를 드리지 못하는 분들이 있는 반면 우리 아버지는 모든 것을 포용하시고 어른들을 잘 모시고 계신다. 덕분에 나도 포용력을 키워 살아가는 것 같다. 가족이기 때문에.

'아버지의 빅픽쳐'

지관 선생님을 따라 다녀오신 어르신들이 집으로 오시고 큰아버지 커피를 한잔 타드리고 우리도 얼른 다시 사천으로 돌아간다. 큰아버지의 딸, 사촌누나가 최근에 태어난 사촌형님 딸 혜윤이 장난감을 챙겨왔다고 한다. 우리 아버지가 사촌형님에게 전화를 거신다. 15시쯤 도착한다고 말씀드린다. 사천 큰아버지 댁에 두 분을 모셔다 드리고 집으로 돌아온다. 드디어 우리집이 보인다. 그리고 멀리서 아버지가 보인다. 어디 가시냐고 물어보니 연습장에 가신다고 한다. 나는 오랜만에 스크린 골프 대결을 청한다. 그리고 아버지 차로 갈아탄다. 어머니도 덩달아 아버지 차에 함께 타서 오랜만에 골프장으로 향한다.

'골프 동반자'

부모님의 골프실력은 월등히 향상 되었다. 나는 꼴등을 기록한다. 아버지는 72타 이븐을 기록하시고, 어머니도 싱글을 쳐 내신다. 나는 19타를 더쳐 보기플레이를 하지 못한다. 스스로 자괴감이 들 법했지만, 부모님과 이렇게 소중하고 행복한 시간을 보낼 수 있다는 데 큰 의미가 있었다. 앞으로도 골프동반자는 그 자리를 함께 즐기고 웃고 행복하게 보낼 수 있는 사람들로 가득 채워 나가야겠다.

'서울로'

연습장을 다녀와 곧바로 부모님은 저녁장사를 준비하신다. 나는 아버지의 석쇠불고기와 맥주한병을 비우고 집으로 돌아와 샤워를 하고 곧바로 잠을 청한다. 19시에 일어나 서울을 올라가기로 했다. 눈을 떠보니 20시가 거의 다 되어 갔다. 부랴부랴 챙겨 나와 보니 때마침 사촌형님도 큰아버지와 우리집에 와 계신다. 곧바로 출발한다. 휴게소를 여러 군데 들리고 무사히 별내동 사촌형님 댁에 도착한다. 고향에서 받아온 여러 짐들을 함께 집으로 올려 보내고 집으로 돌아오니 00:30분이 훌쩍 넘었다.

'아내와 도빈이 품속으로'

손발을 깨끗이 씻고 곧바로 아내와 도빈이 곁에 눕는다. 부모님이 챙겨주신 음식들이 생각나 다시 일어나 냉장고를 채운다. 그리고 다시 잠을 청하지만 쉽게 잠이 들지 않는다. 귀여운 도빈이가 계속 꿈틀 댔기 때문이다. 아내는 어디선가 흘러오는 찐한 담배냄새에 나를 미워하는 모습이다.

57일차 (경신일) 2020년 9월 14일 일요일 - 은행 퇴사자

'고향으로의 여운'

어제의 500km 강행군 때문인지 몸이 움직이질 않았다. 겨우 09시에 눈을 떠내고 분리수거를 한다. 어제 밤 평행주차를 해둔 차량을 다시 이쁘게 주차를 해놓고 집으로 돌아와 샤워를 하고 빨래를 한다. 어제 못한 글쓰기를 끝내고 나니 11시가 다되어 간다. 아내는 역시나 간밤에 찐한 나의 담배 냄새들에 대해 경고를 한다. 그리고 이내 부모님 그리고 나의 생일선물을 건내 준다. 행복한 아침이다. 아내는 도빈이 100일 겸 아버지 생신 겸 9월 24일, 사천행을 허락했다. 거리가 멀고 차가 밀리니 추석, 설날에 한번만 고향을 내려오라고 했었다. 아버지 생신은 음력 9월 16일이다. 첫 명절행은 설날에 내려가기로 했다.

'아내의 배려'

아내는 내려가는 겸 부모님과의 라운딩을 허락했었다. 그날 입고 라운딩을 하라며 예쁜 셔츠를 하나 선물했다. 그리고, 부모님에게 드릴 선물은 캘러웨이 상자에 들어있다. 아마도 부모님 선물도 셔츠로 보인다. 이쁜 며느리가 준 티셔츠를 입고 함께 라운딩을 할 생각을 하니 벌써부터 감사하고 설렌다.

'나에게 카카오를 닮아가는 한국경제신문'

오늘 아침 한국경제 신문의 1면의 가장 첫 제목은 '부동산 막차 놓친 2030 '이였다. 사실 맞는 말이긴 한데, 무주택자로서 불쾌감을 유발하고 현 정부를 함께 비판하고자 여론을 조장하는 제목이기도 했다. 이번 책을 집필하면서 살펴본 한국경제신문이 여론을 조장하고 부자들을 대변하는 부분을 다루었는데 오늘의 첫면 제목 덕분에 구독취소를 하게 된 계기가 된 것 같다. 나의 춤을 추기위해서 말이다. 스승을 죽이기 시작한다. 수신전용인 나의 휴대폰을 친히 들어 고객센터에 전화하니, 이번 달 까지는 계속 신문이 들어올 수 밖에 없다고 한다. 그래도 한국경제신문에 기꺼이 칼럼을 싣고 계신 멋진 선생님들의 이야기를 좋아하는 지라 그간에 스크랩을 하며 소통하는 시간을 가져야 겠다. 한국경제시문은 카카오톡 처럼 소중한 사람들을 위한 기능만으로 충분하지만 정리되지 못하고 몸집이 비대 해지며 거부감을 느끼게 하고 있다. 친구가 3,000여명에서 30명으로 변한 나의 카카오톡처럼, 한국경제신문은 나에게 오직 칼럼만을 선물해주는 도구로 바뀔 것이다.

'도찐개찐'

'부동산 막차를 놓친 2030' 제목을 유심히 들여다본다. 기존 기득권 세력인 극보수정권을 물리치고 과거 운동권의 탈을 쓴 보수정권이 현재 자리를 잡아 있다. 보수적인 어른들의 관점에선 현정권은'그냥 좌파'다. 보다 객관적으로 바라보면, 현 정권도 보수정권이다. 수많은 증거가 있지만, 최근 조국사태, 옵티머스사태, 부동산사태들로 다시한번 확인해주고 있다. 그들을 요약하자면, '강남좌파'다. '강북우파'보다 사회에 심히 걱정되는 세력들이다. 그들은 새로운 기득권을 마련하기위해 즉 부자가 되기 위해 최선을 다해왔다. 부자가 되고 싶으면 현정권과 함께하자. 소문에 의하면 현정권 관계자들은 '남양주'에 부동산이 몰려 있다고 한다.

'당신의 춤을 위하여'

하지만 우리는 언제까지 남의 춤을 바라보기만 하고 비판만 할 것인가. 중요한 것은 우리 각자의 춤이 아닐까? 당신은 어떤 춤을 추고 있는가? 앞으로 들어서는 정권은 자신의 춤을 따라 추라는 정권이 아닌, 각자의 춤을 잘 추게 만들어주는 정권이었으면 한다. 재준이의 사업장도 모두가 각자의 춤을 잘 출 수 있는 환경을 만드는 회사로 만들어야겠다. 각자의 아름다운 춤들이 모이면 그보다 멋진 회사는 없을 것이다. 묵묵히 토대를 마련하고, 만물이 춤추게 하는 '제주도처럼'

'오늘의 인터뷰'

오늘은 인터뷰가 잡혀 있다. 대학교 시절 동아대학교 취업정보실에서 운영하는 취업프로그램인 리더스클럽의 조장. 리더형님의 인터뷰다 형님은 신한은행에서 행원으로 바른 생활을 하시다가 나처럼 꿈을 쫓아 회사를 그만두고 계신 분이다. 나의 롤 모델이 될 법한 형님이다. 형님의 그간의 이야기들도 궁금하다. 나의 지난

주 추첨 로또번호가 5개나 맞은 것에 유일하게 감탄해 주신 분이기도 하다. 현재는 부산에서 영어강사일을 하고 계시다. 19:30분 예정대로 칼같이 전화를 주신다. 경신일주 이주영 형님.

'사라진 인터뷰'

다음날 아침 컴퓨터를 켜보니 40분가량의 어제 인터뷰 내용이 사라져 있다. '인터뷰' 마지막 나에게 조언으로 지금 와이프와의 이 소중한 시간을 즐겨라는 조언을 주셔서 아내 곁으로 달려갔기 때문일까? 허무하지만 디지털의 농간을 이겨 내기로 결심한다. 어제의 기억을 더듬어 인터뷰를 재생 시키자.

1. 자기소개를 간단히 부탁드리겠습니다.
   유겸이와는 대학교 3~4학년 시절 취업 스터디에서 만났던 이주영이라고 합니다. 대학시절 함께 금융의 뜻을 가지고 함께 동거동락 했었어요. 취업 후 왠지 모를 불안감에, 그리고 어린 시기에 회사에서 뛰쳐나와 하고자 했던 일에 도전했지만, 결과는 만족스럽지 못했습니다. 하지만, 현재 부산에서 고등학생들에게 영어와 꿈, 진로에 대해서 알려주면서 만족스러운 삶을 살고 있는 이주영이라고 합니다.

2. 인생 파노라마 중 기억에 남는 일들을 공유해 주세요.

특별히 기억나는 일들을 없지만, 제가 시중 4대 은행에 다니면서 지금의 아내를 만난 것이 인생에서 가장 큰 터닝포인트가 됐던 것 같아요.
남자들은 항상 경쟁심이 강해서 인지 스스로를 돌이켜볼 수 있는 시간들이 부족한 것 같아요. 저는 운이 좋게도 결혼을 하면서 다른 '꿈'을 준비하기 위해 첫 직장을 그만 두면서 스스로 많은 생각을 할 수 있었어요. 물론, 그 꿈은 현재는 포기한채 영어강사 일을 하고 있지만요.
특히, 당시 신영준 박사님의 말이 머리 속에 멤 돌았어요. '삼성전자에 다니는 친구들의 대다수가 행복하지 않다'고. 이유를 분석해 보니 대기업 시스템을 전체적으로 이해하고 본인의 일을 잘 알고, 잘 하는 사람이 없다는 것이죠. 사실 그런 면에서 저도 첫 행원 생활이 제가 맞게 하는 건지 잘 모르겠더라구요. 스스로 조바심도 생기고 만들어진 시스템이 지속적인 불안감을 느끼게 하더라구요. 사실 후회도 남죠. 당시 지침서라던지 회사 내부적인 자료들을 열심히 탐구하고 익혀 나가야 하는데 그런 것들이 부족하지 않았나 싶어요.
반대로, 제 시간을 가짐으로서 평소 느껴보지 못한 것들을 느낄 수 있었고, 우리가 은퇴 이후에나 느낄 수 있는 감정들을 먼저 맛보는 느낌이었어요. 행원 생활을 참고 견뎌냈으면 아마도 높은 급여와 사회적 지위로 현재의 느낌들을 맛보지 못했을 것 같아요.
사실, 이 모든 행복은 와이프에게 즉 여자에게 생각하는 법을 배우고 태도를 배우면서 달라졌던 것 같아요.

3. 24시간 뒤에 죽는 다면, 현재 무엇을 할 건가요?
   아마도, 주변 분들께 인사를 먼저 드릴거 같아요. 부모님이라던가 장인, 장모님께도 마지막 인사를 드려야죠. 그 인사 드리는 시간을 와이프와 함께 보내면서 저의 마지막을 보내고자 합니다. 24시간이라.. 유겸씨는요? 어떻게 하시겠어요?
   1) 저는 사실 아직 생각을 해보진 않았지만, 형님과 비슷할 것 같아요.

4. '갈유겸'은 어떤 사람 같나요?
   이 친구를 제일 처음 봤을 때는 취업스터디모임에서 군생활을 앞둔 ROTC 였죠. 뭔가 좀 안타까웠죠. 앞으로의 일이 정해져있는 상황에서 반대로 찐 4학년들은 조급해하고 자신의 앞날에 불안해 하는 와중에 챙겨주지 못했죠. 유겸이는 그런 면에서 혼자 여행도 다니며 편안하게 남은 기간을 즐겼으면 했는데 뭐 라도 배우려는 자세가 있었던 친구 같아요. 매사에 늘 진지했던 친구로 기억이 됩니다.
   특히, 페이스북으로 간간히 소식을 전해 들었는데, 이 친구는 정말 재미있게 살구나! 라는 생각이 들기도 했구요.

5. '갈유겸'에게 조언 좀 해주시죠.

지금 휴식? 쉬는 시간에 와이프랑 함께 즐거운 시간을 보냈으면 좋겠습니다. 어쩌면 인생에서 은퇴 전까지 서로 붙어서 보낼 수 있는 마지막 기회이니까 이러한 기회를 잘 활용해서 충분히 즐기고 와이프랑 행복한 시간을 보냈으면 좋겠네요.

1) 형님! 저희 둘끼리 이야기인데요. 형님도 현재 충분히 절제하며 살고 계신 거죠?

   맞아요. 저도 충분히 절제하며 결혼생활을 즐기고 있죠.

2) 저도 마찬가지랍니다. ㅎㅎ 그런데 남들 눈에는 뭔가 생각없이 일을 저지르는 것 같아 보여 걱정이네요 ㅎㅎ

'집단지성의 힘'

어제 저녁 형님과의 인터뷰의 A to Z. 받아쓴 부분들이 날아갔지만 중요한 부분들은 기억해 낸 것 같다. 그리고 형님의 도움으로 '함께' 글을 완성할 수 있었다.

58일차 (신유일) 2020년 9월 15일 월요일 – 아버지

'아날로그 1호 ; 뇌'

오늘은 국보 1호 '신유'일주 이신 아버지의 인터뷰다. 어제 저녁 경신일주와의 인터뷰 내용이 컴퓨터 상에서 날아가 버려서 혼란스러웠지만 이내 방탄커피와 함께 차분히 글을 쓰다 보니 아날로그 국보 1호인 나의 뇌가 기억을 해내는 모습에 감탄한다. 지난밤 꿈을 상당히 많이 꾸었고 잠도 8시간 이상 잤는데도 말이다.

'도와주고 싶은 사람'

아침 재준이에게 카톡이 들어와 있다. 오늘 상당히 중요한 계약을 할 예정인데 일진에 무리는 없는지 물어본다. 분석해보니 공전과 자전 모두 금의 기운이 강한날이다. 아무 문제 없는 날이다. 재준이의 천을귀인이 뜨는 시간인 13:30~15:30을 공략하라고 조언을 아끼지 않는다. 재준이에게 돈을 상징하는 '물'의 기운을 위하여 오늘 일주와 시주가 '수'로 간합하는 17:30~19:30을 공략하라고 두번째 시간도 알려주며 오늘을 시작한다.

'메모하는 습관'

결혼 전만해도 나의 화장실 안은 메모지로 가득했다. 화장실에서 떠오르는 영감들이 많았기 때문이다. 그때의 메모들 중 가장 소중하게 떠오르는 것은 큰 집으로 이사가면, 아내와 자식과 함께 즐길 수 있는 '게임방'을 만드는 것이었다. 물론, 나의 서재는 따로. 결혼을 하면서 메모지들을 모두 떼어냈다. 사실 거실에도 나의 신문스크랩들과 메모로 가득했지만 그것 또한 결혼을 통해 정리되었다. 모든 것을 깔끔하고 호텔방처럼 운용해서 휴식을 취해야한다는 아내의 의견 그리고 혹시 모를 장인 장모님의 감정적 추론들을 피하기 위해서 말이다. 하권 출판을 3일 남겨두고 오랜만에 노란색 넓은 메모지 그리고 볼펜과 함께 화장실에 들어간다. '냉정과 열정사이'의 연속성을 유지할 해답을 찾았다.

'냉정과 열정사이 ; 계획과 즉흥'

사실, '냉정'이라는 것은 '계획'으로 보아야 하고, '열정'이라는 것을 '즉흥'이라고 는 것이 맞았다. 불교에서의 말하는 그 분별심을 없애기 위해서도 냉정과 열정 사이에 머물러야 한다. 인간관계, 일, 일상 등 모든 부분에서 그 사이에 머무를 수 있는 방법을 찾았다.

'메모의 기능'

우리의 수많은 생각들은 계획성 없이 쏟아진다. 그들을 메모하고 적다 보면 쓸 때 없는 생각들을 지워 나갈 수 있다. 반면에, 생각없이 사는 사람들은 메모를 통해 무수한 생각들을 끄집어 낼 수 있

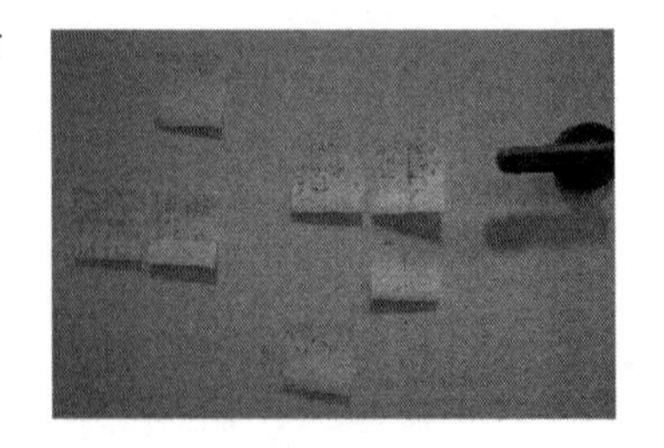

다. 그런 메모를 전제로 아침 나의 화장실에서의 메모들을 공유해 보자.

'가장 위에 있는 메모 ; 아내를 위하여'

어제 밤에는 오름프로젝트 하나를 수행하기 위해, 아내에게 아침에 눈을 떠서 첫 마디를 하는 것을 소원으로 들어주겠다고 했다. 까먹을 줄 알았던 아내는 대뜸 '하루에 하나씩 소원들어주기' 라고 한다. 그리고 첫 소원은 금연. 아내를 위해 이번 집필을 마감하면 담배를 내려놓으려고 한다. 내일 아내의 소원이 또 한번 기대가 된다.

'가장 왼쪽의 메모 ; 집구하기'

어제까지 집을 구하려고 전화를 돌리다 보니, 2달 전부터 구해야 한다는 것을 알았다. 계획을 수정한다. 11월에 '강동' 12월에는 '일산'가까이로.

'가장 왼쪽의 메모의 바로 옆 메모 ; 삼성과 애플'

삼성노트북은 MS 도구들이 실행이 잘된다. 엑셀 등으로 일진을 분석하고 오름프로젝트를 관리하고 년간 월간 계획을 수립하고 있다. 반면, 애플노트북은 MS 도구들이 실행되지 않는 반면 스마트폰과 연동이 되어 메모하기가 훌륭하다. 서로 즉각 공유되고 동기화된다. 즉, 냉정은 삼성으로 열정은 애플로가 성립이 된 메모다. 대상㈜ 영업시절 대상정보기술 어플을 깐 뒤로 카메라 기능이 제

한된 삼성 탬플릿 PC를 살리기 위해 대상정보기술에 연락하는 것으로 메모를 마친다.

'가장 위에 있는 메모와 가장 왼쪽 메모들 사이의 메모'

중간에 자리잡은 메모는 명리학이다. 제가 가진 '지지'들로 도움을 줄 수 있는 사람들을 나열해 본다. 스스로 기적의 순간을 만들어주는 '숏티'가 되고 싶기 때문이다. 나의 앞으로의 진정한 '춤'을 위해 설계자가 될 도구다.

'가장 우측 메모'

가장 우측 메모는 화장실에서의 메모를 종합하는 내용이다. 좌측은 냉정, 계획적인 것들 그리고 우측은 열정, 즉흥적인 것들로 제목으로 만들어주고 아래에 관련한 내용을 채운다. 계획적인 것들 아래에는 '삼성'이 자리잡고, 즉흥적인 것들 아래에는 '애플'이 자리잡는다. 삼성 아래에는 '와인오프너', 논리를 뜻하는 'S' 그리고 '다이어트'가 적힌다. '애플' 아래에는 '라이터', 직관을 뜻하는 'N' 으로 마감한다.

'가장 아래의 메모 ; 일'

일은 삶의 토대다. 토대가 무너지면 인생은 중심을 잡지 못한다. 재준이사업을 위해 자동차 역사~ A to Z 공부가 적힌다.

'인터뷰'

22시, 아버지와 카카오 영상통화로 인터뷰를 시작한다. 아버지는 어머니와 3층 서재에 계셨다. 어머니는 방청객을 자처했지만, 부끄러움이 많은 지 아버지는 어머니를 내려 보내신다.

1. 자기소개를 부탁드릴 게요.

저는 경상남도 함안군 함안면 봉성리에서 태어났어요. 우리 아버지와 엄마가 재혼하신 것도 아닌데, 나이 차이가 20살 차이가 났어요. 아버지가 56살, 어머니가 36살에 나를 낳았어요. 그 당시에 두 분다 연세가 많은 사람이 낳은 거죠. 2남 4녀 중 막내로 태어났습니다.

어머니가 자기도 원치 않은 임신을 해서, 나를 유산시키려고 '하늘 수박'이라는 열매를 다려 먹고 했는데, 유산이 안 되서 결국, 제가 태어나게 됐죠. 태어나서, 나이 많은 부모님 밑에서 사랑을 많이 받았다고 해요. 너무 어려서 제 스스로는 모른답니다. 누나들이 막내라 사랑을 많이 받았 데요.

3살때, 어머니는 이질로 돌아가셨어요. 이질이라는 것이 장염인데, 장에 세균이 급격히 번식하면서 돌아가셨어요. 그것도 모르고 돌아가시는 날 저는 배위에서 젖을 빨고 있었다고 하네요. 그러고 아버지는 어머니 살릴 거라고 무당을 불러서 굿도하고 여러 방도를 했지만 결국 돌아가셨어요.

돌아가시고, 큰집 백부가 가까이 사셨는데, 큰아버지가 나를 너무 좋아하셔서 매일 업고 다니셨어요. 백부는 어머니 장례식 치르고 와서 과음과 스트레스로 돌아가셨어요. 어머니가 가시고, 3일만에 큰아버지가 돌아가신 거죠.

3살때부터 큰 누나랑 나이차이가 많이 나니까 큰 누나가 나를 키우다시피 했어요. 5~6살 무렵, 큰누나가 시집을 가서, 아버지와 막내누나와 그렇게 생활하게 되었어요. 나머지 형제들은 돈을 벌러 나갔어요. 그러다가 10살 때, 아버지도 돌아가셨어요. 아버지는 67살에 돌아가시고 10살때부터 나는 집이 가난해서 형제들은 흩어져 있고, 결국 남에 집에 들어 갔어요. 돌아가신 아버지 땅에 농사를 짓는 조건으로 사촌형님이 제가 초등학교 다닐 때까지 거두어 주기로 했어요. 그때부터 눈치를 많이 받았어요. TV SOS 프로그램에 나오듯 일만 시키고 학교를 안 보냈어요. 시골사람들은 제가 불쌍하다고 껌을 주고 사탕을 주기도 했어요. 밥을 많이 먹는다고 머리도 박히고 구박을 많이 받았어요. 학교도 못 가고 매일 농사 일만 했죠.

사촌형님 아기가 나오고, 아기를 업고 다니는 건 제 일이었어요. 형수님이 목욕가시면 2시간동안 목욕탕 입구에서 아기를 업고 기다리기도 했죠. 그 모습을 본 친구들은 놀리기도 했어요.

초등학교를 졸업하고, 마산에 셋째 누나가 일하는 곳으로 가서 밥만 얻어먹기도 하고, 일거리를 구하러 형님이 계신 삼천포로 내려갔어요. 형님은 곧 입대를 하고, 형님이 일하던 빵공장에 들어가 월급도 없이 밥만 얻어먹으며 생활을 시작했죠. 그때가 스스로 굉장히 힘든 시기였어요. 14~15살부터 공장에서 일만하고 밥만 얻어먹었어요. 영양실조로 실려 가기도 했어요.

다시 마산으로 시골에 아는 지인이 보일러 판매하는 집이라 수도에 관련한 양수기와 보일러 버너를 수리하고 설치하는 일을 했어요. 월급을 2만원씩 받기로 하구요. 일을 많이 배워서 수리하러 큰 건물이나 병원에 자주가게 되니, 개인병원원장님이 수리비용이 크게 드니 직원으로 채용하게 되었어요. 월급을 3배로 준다고 말이죠. 직원 채용으로 하고 싶은 일을 물어보셨어요. 운전 면허증도 따고 공부를 하고 싶다고 했죠.

병원에 근무하면서 X-ray 기술도 배우고, 주로 정형외과와 신경외과가 있어서 수술을 보조로 들어가기도 했어요. 특히, 기부스를 배우기도 했죠.

3년뒤 친구소개로 창원병원 전문 기부스 기사로 취업을 했어요. 그간에는 중학교 야간학교를 6년 넘게 갔어요. 고등학교는 중학교를 마치고 야간에 다니고 공부하며 직장일 그리고 군생활 3가지 일을 했죠. 하루 3~4시간 잠을 잤던 거 같아요. 당시 많이 힘들었어요. 시간이 지나고 나이가 27살이 되었어요.

친구 어머니 소개로 현재의 와이프를 만나 결혼을 했어요.

그 과정속에서 굉장히 힘든 일이 많았어요. 할아버지 산소에 가서 원망을 많이 했어요. 좌절도 하고 너무나 힘들었어요. 스스로 남에게 폐 끼치는 것을 굉장히 싫어했어요. 동생 자살하면 염려가 되어서 죽지도 못했어요.

다시 마음을 잡고 살아서 결혼을 했지요. 결혼 전 과정은 여기까지 내요. 그렇게 힘들게 살았고 지금 하는 일은 모든 게 쉬워요. 하는 일마다 적성에 잘 맞고 모든 게 쉽고 재미있었어요. 그리고 지금은 1남 1녀를 낳아서, 자기만족에 도취할 정도로 이렇게 편하게 살고 있는 상태입니다.

2. 살아오시면서 임팩트가 컸던 일이 또 있을까요?

빵 공장 다닐 시절 자전거에 빵상자를 가득 실어 배달하는데, 겨울에 울퉁불퉁한 담벼락 사이에 빠졌죠. 양쪽 손에 손톱이 3개가 한번에 빠졌어요. 배달할 때는 귀에도 손에도 발에도 동상이 걸렸죠. 그런 게 정말 힘들었어요.

중학교, 고등학교 시절까지 우리 6남매 이야기는 듣질 못했어요. 그래도 제가 기반이 잡히고 형제를 찾기 시작했어요. 같은 형제지만 그만큼 무관심할 수도 있었나 싶지만 지금은 이해가 다되요.

빵 배달하면서 거래장 수첩을 잃어버렸는데 맞을까 봐 공장에 돌아가지 못해, 밤을 지새우기도 했어요. 공원 벤치 위에

누어 바라본 달에 드라마에 나오듯이 셋째 누나 얼굴이 그대로 선명하게 달에 걸려있는 걸 봤어요.

1) 과학적으로 힘들어서 환각, 환청이 보인 거 내요!

그렇다고 볼 수 있죠. 20대 초반에는 격려를 많이 받고 자랐는데, 다른 사람들이 그런 부분을 이야기를 하니까 스스로 더 위안을 받고 싶은 마음이 컸던 것 같아요. 그러곤 직장동료의 말에 충격을 받았어요. '너보다 더 어려운 사람도 있다'고 이야기를 듣고 머리가 핑 돌았어요. 그 이후로 위로 받겠다는 그런 생각을 하지 않았어요.

17살때인데, 개인병원에서 직원이 몇 명 되지 않았을 때, 사무실 3살 연상 누님 퇴근길에 찾아온 누님 어머니가 '미란아 퇴근하고 마치고 호래당에서 기다릴 게'라는 말에 나도 모르게 눈물이 줄줄 흘렀어요. 주변 동료들이 놀랐죠. 제 무의식이 부모의 사랑을 마음으로 봤던 것 같아요. 생각이 전혀 없었는데도 눈물이 흘렀죠. 충격적이었던 사건이었어요. 왜 제가 눈물을 흘렸을까요.

2) 의식보다 무의식이 반응했던 것 같네요.

그리고 인덕이 많았던 것 같아요. 주변사람들이 저를 많이 도와주려고 했어요. 직장 동료 누나가 야간학교를 알아본다고 해서, 앞으로 세상을 살아가려면 영어도 알아야 하고 기본적인 교육을 받아야 쉬워진다고 했어요. 그분 가족분들은 밤 11시 넘게 수업을 듣고 내려오면 밥상을 차려주고 저보다 1살 동생 방을 빌려주기도 했어요. 그렇게, 주변에 친절한 사람도 많았어요. 그분들이 있기에 지금이 있는 것 같아요. 지금 생각이 안 나서 그렇지 사연이 너무 많아 이야기를 할 수가 없네요.

3. 22:20분에 세상을 떠나야 하신다면, 지금 24시간 동안 뭘 하실 건가요?
 잠깐이라도 살아온 것을 회상하고, 인연이 되었던 모든 분들에게 감사하다고 전하고 싶어요. 그 동안 어떤 사람들과 많은 경험과 고난을 누렸으니 후회가 없다는 스스로 마음을 다스릴 수 있는 시간을 가지고 싶어요. 결국, 세상에 태어나서 재미있게 살고가서 감사하다고 말하고 싶어요. 그 순간 시간에 따라 다르게 행동하겠지만, 억지로 살고자 하진 않을 것 같아요.

4. '갈유겸' 사람에 대해 어떻게 생각하시나요?
 내 아들이니까. 아들 입장에서 보면, 조금 평범한 사람은 아닌 것 같고 인내력은 부족한 것 같고, 다방면으로 도전하는 것이 아들인 데도 제 스스로 열등 의식을 가지고 있어서, 나도 저렇게 한번 살아봤으면 하는 생각이 있어요.
 아빠로서. 부럽기도 하고 그러네요. 늘 경험이 중요하고 실패하는 것이 미래에는 더 감사한 일들이라는 것을 제가 경험해보니까 힘든 일들을 겪다 보니까, 그 이후로 힘든 일이 없는 것을 아니까. 아들은 조금 더 도전을 즐겼으면 좋겠어.

그리고, 제가 볼 때는 정말 괜찮은 사람이라고 봐요. 주변사람을 비교해서는 안되겠지만, 전문직을 가진 사람보다 자랑스럽게 생각을 합니다. 특히, 인생 경험이 많은 어느 누구보다도 많은 경험을 했으니까. 특히 마라톤 완주, 국토 순례 라던지, 본인이 하고 싶은 것을 도전하는 정신. 한마디로 '멋져'. 머리가 좋은 사람들, 월급이 많은 사람들 보다 '갈유겸'이 더 멋지다고 생각해요. 아들이라서 지금까지 그 말을 안 했는데, 인터뷰라 그 말을 하게 되네요. 아들이 자만 할까 봐서요.

5. '갈유겸' 사람에게 조언을 해준 다면요?

미래에는 지금 어려운 게 어려운 게 아닌 것이니까 조금 더 도전을 해봤으면 좋겠어요. 하고 싶은 걸 더 많이 했으면 한다. 아프면 치료하고 기쁘면 기쁨을 누리고. 현 상황에 일어난 그대로를 잘 소화를 시켰으면 좋을 것 같아요. 어려운 상황에 처해도 늘 살아가면서 바닥이 있으면 올라갈 수 밖에 없기 때문에. 모든 일에 낙담하지 말고 현재를 즐기고, 현재에 감사할 주 알아야 하고, 모두가 부자가 될 수 없고, 모두가 가난할 수 없으니 그것을 잘 인지했으면 좋겠어요.

그리고, 살아가면서 엄청 기쁜 일도 있고 슬픈 일도 있었는데, 살아오면서 우리 부부가 이렇게 33년 살아오면서, 여러가지 트러블이 있었는데, 트러블 중에서 자식이 있어서 살아온 것 같아.

저는 개인적으로 아들이 장교 임관식을 했을 때 살아가면서 가장 기뻤습니다. 앞으로 더 기쁜 날이 있겠지만 말이죠. 반대로 가장 슬펐을 때는 우리 딸 아정이가 의식이 없었을 때가 인생에서 가장 슬펐어요.

1) 자식에 대한 애경사에 각오 하라는 말씀으로 들어야 할까요?

그렇죠. 우리 부모님도 그랬겠지요. 그게, 사람의 세계가 아닌가 생각합니다. 스스로 경험을 해봐야 스스로 느껴야 공부지. 책만 보아서는 공부가 안되죠. 이야기도 인위로 만든 것보다는 실제 경험해본 스토리가 재밌으니 말이죠.

'아버지와의 인터뷰 후기'

아버지의 조언은 내가 포기하지 않으면, 모든 고난과 역경들은 성공의 이야기에 불과하니, 더 높은 성취를 위한 도전을 끊임없이 이어 나가라는 말씀으로 들렸다. 예상대로 아버지는 나를 멋진 녀석으로 생각하고 있었다. 아버지의 과거이야기는 생각보다 심각했다. 다행히 그 심각했던 과거들은 멋진 추억이 되었다. 심각한 상황 속에서 아버지 스스로의 생각과 결정들, 소중한 마음씨 좋은 사람들이 곁에 있었기 때문에 내가 존재하는 건 아닐까 라는 생각이 든다. 아버지의 '솟티'들에게 아버지와 함께, 아버지를 대신해서 그분들에게 꼭 은혜를 갚아야 겠다.

'마감'

어느덧 임술일 경자시가 되었다. 9월 17일 출판을 위해 스스로 정한 마감날이다. 강산 역학원장님께 안부연락을 드리니 내일 오전은 인터뷰가 힘들다고 하신다. 덕분에, 아버지의 이야기 그리고 아들의 이야기로 이 책을 마치고자 한다. 이미, 나의 책의 결론은 오늘 만들어 두었기 때문이다.

59일차 (임술일) 2020년 9월 16일 수요일 – 진짜 마지막

'강산 역학원'

인터뷰를 드리려고 했던 87학번 선배님은 2020년 4월 24일 금요일 밤, 함께 부산으로 출장을 떠났던 88학번 선배님의 소개로 인사를 드렸던 분이었다. 부산에서 유명하신 '강산' 선생님이다. 지금은 유투브 '강산TV'도 출연하신다. 88학번 선배님은 명리학을 공부한 나에게 명리학 대가를 연결해 주고 싶었던 모양이었다. 덕분에, 우리 도빈이의 시간도 '유시'에서 '미시'로 조정을 받고, 내 팔자가 선배님 말씀처럼 '써먹는다'는 이야기도 듣고 왔다. 그래서인지 나는 더 큰 성을 쌓기 위한 포부로 더 많은 삽질들을 계속 하고 있는 지도 모른다.

'진짜 마지막'

60갑자 중에 진짜 마지막날은 임술일이다. 60번째날인 계해일은 새로운 시작을 알리기 때문이다. 즉, 사기캐릭터인 계해보다 정말 마지막은 '임술'. 오늘이다. 드디어 나의 하권이 마지막을 장식한다. 임술일주, 즉 끝판왕이신 87학번 선배님 곽동국 선배님과 신유일 아버지와의 인터뷰에서 방청객을 자청하신 어머니와의 인터뷰는 오프라인 인터뷰로 기약하자. 새로운 시작을 준비하듯 이미 60일차 계해일의 원고는 신유일 아버지와의 인터뷰를 앞두고 정리했었다.

제10화 계해, 또다른 시작(2)

60일차 (계해일) 2020년 9월 17일 목요일 - 영업을먼저배운고흐

'다시 오는 60일간의 계획'

내일은 다시, 1일차 '갑자일'이다. 새로운 60일간 열정이 과한 날은 냉정을 살리고, 냉정이 과한날은 열정을 살려내어 균형을 유지해 나갈 예정이다. 현재 나에게는 '라이터'가 넘치듯 열정이 과하다. 냉정, 계획적인 일들 그리고 삼성과 함께할 때가 된 것 같다. 균형 그리고 만물의 순환을 위해서.

'더 높은 성취를 위하여'

오름프로젝트는 냉정과 열정 사이에서 만들어진 소중한 계획들이다. 기꺼이 두물머리를 찾아가서 적어낸 아내를 위한 '60가지 꿈'들이기 때문이다. 그리고, 최근 활화산으로 재분류가 된 제주도처럼 끊임없는 도전을 위해 나 만을 위한 '60가지 꿈'들은 균형만을 쫓기보다는 더 높은 성취를 위해서 말이다.

'인생은 제주도처럼'

내일보다 중요한 '오늘'은 60일의 마지막날 그리고 다시 시작을 알리는 계해일이다. 계해처럼 끊임없이 도전하는 제주도에서 영감을 받은 60일간의 책쓰기는 나의 인생을 냉정과 열정 사이로의 중심을 잡게 만들었다. 그리고 차후 나의 죽음은 제주도가 다시 누군가에게 사화산으로 명명되어 보다 안전하게 만물을 소생시키는 모습으로 마감할 것이다. 결국 나의 인생은 제주도처럼.

'현재, 당신의 제주도는 어떤 춤을 추고 있나요?'

1. 자기소개를 해주세요.

1989년 8월 31일 15:30분을 조금 넘겨 삼천포 성심병원(한마음병원)에서 태어났습니다. 동금동 관공서 주변에서 슈퍼마켓을 운영하는 부모님 밑에서 한 살 위 누나와 함께 유년시절을 보냈습니다. IMF 직전, 식당으로 전직하신 부모님 밑에서 중학교 1학년 때까지 동금동에 있었습니다. 저녁이면 동네 꼬마들과 함께 뛰어놀며 즐거운 시절을 보냈습니다.

첫 이사를 중학교 2학년때 경험했고 그 당시 현재 부모님이 운영하시는 '송화관'이 있는 사천 용남고등학교 옆에 자리를 잡게 되었습니다. 아버지의 권유로 고등학교는 진주의 동명고등학교로 진학을 하게 되었고 3년간 반장을 역임했습니다.

대학은 CFO를 꿈꾸며 동아대학교 금융학과를 진학했고 좋은 학점과 함께 많은 대외활동을 경험하며 ROTC장교로 임관을 했습니다. 춘천 1전차대대에서 기갑소대장으로 단기복무 육군중위로 제대하여 곧바로 대상㈜에 입사하여 서울에서 법인영업을 시작했습니다. 2016년에는 부산으로 발령을 받고 다시 2019년 서울로 복귀하였고, ROTC리더십아카데미총동문회 창립멤버로 감사직을 수행하며 '정의롭지 않았던' 대상㈜에서의 영업활동에 회의감을 느끼기 시작했고, 결혼직후 퇴사를 했습니다. 퇴사 이후에는 한국재무설계㈜에서 위촉직으로 프리랜서로 경제활동을 해왔습니다.

2020년 ROTC중앙회 사무부총장에 위촉되어 사회 공헌에 이바지 하고 있는 중 아들을 얻게 되었고 단란한 가정을 위해 다시 구직활동을 시작했습니다. 드디어, 2020년 10월에는 다시 직장생활로 돌아갈 예정이며 그동안 꿈꾸던 '책쓰기'를 실천하며 살아오고 있습니다. 현재 취미는 골프와 독서이며, 특기는 빠르게 생각하기 입니다.

2. 행복과 불행에 대해서 말씀해 주세요.
   모든 사람의 기준에 따라 다른 것.
   누군가에게는 연봉 4,000만원이 행복일 수 있고,
   누군가에게는 연봉 4,000만원이 불행일 수 있는 것.
   즉, 개인마다 다른 편도체의 크기 그리고 그것을 통제할 수 있는 대뇌의 크기에 따라 스스로 느끼는 건 다르다. 극단적인 예로, 살인자에게는 살인이 행복일 수 있는 것. 즉, 우리는 개인의 행복과 불행을 넘어 사회의 행복과 불행에 대해서 고민해야할 때이다.

3. 인생에서 임팩트 있었던 순간은요?
   첫번째는 2013년도, 춘천 군생활시절 어머니가 뇌졸중으로 쓰러지셨다는 소식을 들었을 때가 인생에서 첫 충격이었죠. 어머니 소원이 아들 '금연'이었는데, 그날 '금연'을 했었죠. 물론, 어머니는 아버지의 사랑에 기적처럼 건강을 잘 회복하셨습니다.

두번째는 2015년도, 한창 신입사원으로 첫 직장에서 근무하던 시절 친 누나가 뇌출혈로 쓰러졌다는 소식을 받았을 때가 또 충격이었어요. 그날로 누나의 회복을 위해 서울 방방곡곡 그리고 책들을 뒤지고 복사하는데 열정을 쏟았던 것 같아요. 물론, 친 누나는 자형의 사랑에 기적처럼 건강을 잘 회복하셨습니다. 두 경우를 지금 돌이켜보니, 두 분다 배우자 덕에 기적의 순간을 만들어 낸 것 같아요.

세번째는 2019년도 저의 첫 퇴사에요. 스스로 퇴사를 결심했을 때는 앞뒤가 안보였어요. 지금 생각해보니 자살하는 사람들의 심정이 이해가 되는 상황이었어요. 그때 응원해주고 자살대신 퇴사를 하게끔 도와주었던 사람이 바로 지금 제 아내랍니다. 아내는 저의 기적의 순간을 만들어 주는 '숏티'랍니다^^

마지막 네번째는 2020년 7월 2일 제주도에서 홀인원을 했던 순간 손맛. 임팩트가 상당히 좋았습니다. 그날 공이 홀컵을 향해 빨려 들어가는 것이 지금도 생생하네요. 물론 그때 홀인원 했던 공은 간직하고 있습니다만 그날 공을 받쳐준, 기적의 순간을 만들어준 숏티가 그렇게 생각났습니다. 그 숏티를 통해, 인생은 라이터와 와인오프너 사이의 수많은 '숏티'들을 알아보고 보답하고 스스로 '숏티'가 되어가는 아름다운 여정 아닐까라는 '숏티철학'을 만들어 내게 되었습니다. 저만의 기적의 로직을 찾아낸 것이죠.

이미 수많은 만물들에게 '숏티'가 되어주고 있는 제주도에서 그 '숏티'가 살아 숨쉬며 누군가에게 또 다른 기적을 선사해 주길 기원합니다.

라이터가 누군가에게는 기적의 순간을 선물하듯이 우리는 우리 주변의 소중한 것들에게 '숏티'라는 의미를 부여해줄 차례입니다. 즉, 임팩트를 주는, 도와주는 사람이 되어요 우리.

4. 24시간 뒤 죽으시면 뭘 하실 건가요?

죽기 전 24시간 동안의 모든 순간 순간들을 기록할 거에요. 그리고 사랑하는 사람들에게 선물할 거에요. 이 책을 출판하듯이.

5. '갈유겸'을 어떤 사람으로 생각하시나요?

생각이 많은 사람. 즉흥적이면서 모든 걸 계획적으로 바꾸는 사람. 정의롭고, 정직한 사람. 정이 많은 사람. 예민한 사람. 쿨 한 척 하지만 짠 내 나는 사람. 수평적인 꼰대. 행동하는 사람. 한마디로 '영업을먼저배운고흐'.

6. '갈유겸'에게 해주고 싶은 조언은?

책을 썼다 라는 것은 '책임을 가진다' 라고 생각합니다. 말씀하신 '120가지의 오름'들을 정복해 나가시는 모습 꼭 유투브로 기록해서 공유해 주셨으면 합니다.

'유겸씨, 60일간 정말 긴 여정이었네요.
완주를 축하 드리며 제 명함을 드리겠습니다.'

'QR코드를 찍으시면,
아내의 실시간의 제 평가가 들어 있습니다.
제가 생각나실 때마다 제주도의 현 상황을 살펴보세요.'

갈유겸
YuGyeom GAL

아내에게 이 책을 바칩니다.

2015년 2월 14일. 여의도에서 아내를 처음 만난 날입니다. 서로 소개팅을 대신해서 만난 소중한 인연이었습니다. 아내와 저는 그렇게 타인을 위해 배려하는 모습이 너무나도 닮은 사람입니다.

아내를 처음 만나기 3일 전,
2015년 2월 11일, 사촌형과 사는 다세대 주택에 도둑이 들었습니다. 제 소중한 물건들을 모조리 가져가버렸고 집은 쑥대밭이 된 날입니다.

아내를 처음 만나기 1일 전,
2015년 2월 13일, 혼자 영업을 처음 나간 날 난폭운전자의 해코지로 압구정동 도로 한복판에서 무릎을 꿇은 날입니다.

불행한 일들은 행복한 일들을 담아 내기위해 비우고 또 비우는 일들이지 않을까요? 지금 코로나도 가족 그리고 친구 그리고 동료들을 더 사랑하고자 더 비우고 비우는 세상의 행동이지 않을까요?

2019년 12월 2일 오전, 자살 대신 퇴사를 할 수 있도록 용기를 주고 안내해준 아내에게 이 책을 바칩니다.

'항상, 제가 무슨 일을 저질러도
묵묵히 응원만 해주는 한 살 위 누나
제 아내를 사랑합니다'
- 영업을 먼저 배운 고흐가

작가 개인 연락처
H.P : 010-2902-8266
E-MAIL : galyugyeom@gmail.com

SNS
페이스북,유투브 : '갈유겸' 검색
인스타그램 : @smartness.gal